魅丽文化 飞言情工作室

CONTENTS 目录

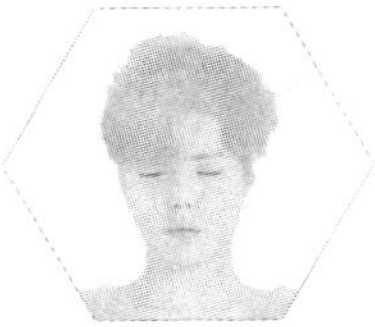

目录

CONTENTS

Chapter01

初次见面，小姐姐

九月，暑气尚存，楠都大学的新生报到正在如火如荼地进行。

新生们在报到处排起了老长的队伍。报到窗口明明有好几个，偏偏其中一个桌前的队伍比其他队列要长出一截。

桌前帮忙办手续的男生是楠大信息技术专业大三的学生，名叫罗姜。因为队伍太长，他已经忙得许久没离开座位，只盼着接班的同学赶紧来。

和他形成鲜明对比的，则是坐在后排的走廊栏杆上，斜倚着柱子、指尖转着一本资料册的少年。之所以用少年形容他，是因为跟罗姜比起来，他真的太年轻，周身有种介于少年与青年之间的跳脱气质。

他的外形太过于惹人注目，即便是坐着，曲着穿着牛仔裤的长腿，也能看得出挺拔的身段来。微鬈的短发染成浅褐色，在一众尚显朴素的新生之中显得出挑又不羁。

当然，这份出挑更多是来源于他的容貌。

眼神放空的桃花眼，睫毛浓密，眼尾微挑，嘴角不笑也带着上翘的弧度，他虽然很显然是个不抹防晒霜的钢铁直男，却还是像极了从二次元里走出来的美少年。

这是新生报到的第二天，新生妹子们早就在BBS（论坛）上得出了结论——楠都大学新生报到处，有个不输男团成员的帅哥学长，东边第二列，不要排错队！

而对于东边第二列的实际办事人——罗姜来说，这真是件喜忧参半的事。

喜的是，因为这家伙的存在，他这排的漂亮妹子比别处加起来都多；忧的是，他已经足足两小时没离开过这张桌子，活人都快给尿憋死了！

“喂，我说叶旌，你倒是来帮帮忙啊！你来这儿干吗的？当模特供人瞻仰的？”罗姜压低了声音抱怨。

叶旌闻言，终于停下指尖转动的书，起身。

罗姜喜出望外：“终于良心发现了？”

“嗯……”叶旌眉眼一弯，笑得春风满面，“我决定以实际行动帮你减轻工作负担。”说着他俯下身，在好友耳边说：“我走了，她们不就不爱排你这列了？”说完拍了拍罗姜的肩，走人了。

罗姜气得想往这张逆天的帅脸上揍一拳，奈何实在没胆子当着迷妹们的面犯众怒，只能压低嗓音装可怜：“你就真的忍心看我一个人忙得焦头烂额，连口水都喝不上啊？”

“这不就是你的愿望吗？”叶旌一本正经地说。

罗姜看了眼新生队伍，其中女生占绝大多数。对，当初瞒着叶旌替他报名做新生接待，罗姜是存了私心，琢磨着靠好友一张帅脸多骗美少女来自己这一列，近水楼台先得月，说不定就此解决了终身大事，脱离单身贵族之列。

但是……

罗姜几乎要哭出来，他还是低估了叶旌的杀伤力，这艳福他一个人消受不来。

“你别走，我一个人承受不来。”罗姜恨不得抱住叶旌的大腿哀求。

叶旌耸耸肩，露出爱莫能助的表情。

“请问……”一个甜嗲的女声打断了两人，“这里结束之后是不是就可以回宿舍了？”

罗姜条件反射地扫过手头的资料表，上面显示面前让人移不开眼的漂亮女生叫唐梦楚。

罗姜连忙把资料叠放整齐，站起来："对啊，这就办完了！刚好，我也忙完了，顺道领你回宿舍，认认路！"一边说着，他不动声色地戳了戳叶旌。

"没事的，学长手头事儿多，不麻烦您跑了。"唐梦楚微笑着看向罗姜身后的叶旌，"这位学长送我就行。"

"不不不！他……他要接我班在这里办手续的。你说是吧，叶旌？"

叶旌仿佛完全没有领会好友的殷殷期盼，唇一勾："不是啊，这是你领的差事，不是我的。"说着，向唐梦楚的方向走去。

唐梦楚喜出望外，羞涩地低下头，顺势将行李箱把手递过去，可那双骨节分明的大手根本没有接过去的意图。

叶旌目不斜视地与她擦身而过，嘴角依旧带着刚刚那抹笑。

"你去哪儿？"罗姜问。

"你忙你的，别管我，回头见。"叶旌头也没回，手往裤兜里一插，走了。

唐梦楚抬起头，看向他挺拔的背影，虽然被人无视了，但她脸上甜美的笑容不减分毫。都说走路的姿势能看得出一个人的性格和教养，如果这种说法靠谱，那这个被新生们奉为男神的叶旌，大概并不像看起来这样不靠谱。

罗姜正气得牙痒痒，忽然听见有人打招呼："罗姜，我来接班了。不好意思，要不是叶旌提醒，我都忘了这茬事。"

罗姜顿时见了救星似的将来人一把按在椅子上："不晚不晚，来得刚好。"说完，又热情地对唐梦楚招呼，"走吧，学妹，我下班了，送你去宿舍。"

唐梦楚微笑，将行李箱的把手递给他："好啊，那就拜托了。"

罗姜送小美女离开，余光刚好看见叶旌消失在拐角的背影。这家伙，明明已经看见接班的人来了，所以才走，偏偏不告诉他，看好戏似的任由他在美女面前着急上火。

可就算这样，罗姜还是一句责备的话都说不出。毕竟，如果不是因为他擅做主张地报了名，叶旌压根儿不会浪费时间待在这里。

不过，话说回来，叶旌怎么又在看手机？从帝都回来几天了，天天如此，他到底在等什么？

叶旌走在教学楼楼下的停车场里，因为还没有正式开学，自行车车库里空无一人，安静得只剩他的脚步声。

他下意识地摸出手机看了一眼，没动静，又忍不住打开微信，目光停留在被他设置置顶的那个头像上。

画面上是个齐耳短发的女生，黑白画面加上逆光拍摄，看不清楚五官，但微微仰起的面孔还是透露出女孩的倨傲清冷。头像旁的 ID 被叶旌备注为：有趣的小姐姐。

叶旌点开了她的头像，聊天记录里空空荡荡——添加好友之后，两人连一句寒暄都没有。

“该死。”他低咒了一句，狠狠地关闭了手机屏幕，顺手取了一支烟，点燃，靠在无人的墙边，也不抽，只盯着袅袅升起的烟发呆。

罗姜猜得没错，暑期自帝都回来之后，叶旌一直在等一个电话。

整整三天了，他本来就睡眠不好，这几天更是辗转反侧，眼睛一闭，那张清清冷冷的面孔就从黑暗中浮现出来，简直要把人逼疯。可手机就跟死了似的，无论是电话，还是微信，始终都毫无动静。

叶旌简直怀疑是不是自己旧病复发，甚至更严重了——她会不会只是他臆想出来的存在？一个幻影？

可是，他摸了下空荡荡的颈项，戴了快二十年的翡翠护身符此刻并不在胸前。在帝都的时候，翡翠坠子被他抵押给了“有趣的小姐姐”。

所以，他才有十足的信心，回楠都之后，她必然会主动联系自己。可她居然没有！

“你说凭什么啊？我们累死累活迎新生，凭什么苏萤就能吹着空调，在咖啡店赚外快？”背后的楼道里传来女生的抱怨，大概是没料到车库里居然有人，两人正肆无忌惮地吐槽。

“教授喜欢她，她当然可以为所欲为啊！如果奖学金没给她，她哪里交得起学费。”

“也是好笑，时装设计这种专业，真不知道她那样的人来凑什么热闹。”

“别闹，你以为人家是要学设计？人家不过是想借着时尚圈攀高枝而已，你没见连邱会长都拜倒在她石榴裙下了吗？苏萤啊，可比你以为的心机重呢——”

一截燃着的烟蒂突然被丢在两个女生的面前，吓得两人立刻噤声。

从拐角慢慢走出来一个高挑的男生，褐色鬈发，黑色印花T恤衫，花哨的衣衫在他身上瞬间沦为了陪衬。那是怎样精致的五官，以至于即便他的神色再不羁也无损英气！

女生愣了下：“叶旋？你是信息院的叶旋？”

叶旋的嘴角弯起弧度，眼里却没笑意，答非所问：“你们刚刚说的人，叫什么？”

“哪个？”女生愣了一瞬才会意，“哦，你说苏萤啊，我们系的贫困生……”

“现在她在哪儿？”叶旋打断了对方。

“学校咖啡厅。”女生疑惑地问，“你问她干什么？”

“谢谢。”叶旋笑不及眼底，将烟蒂踩灭，转身往生活区走。

两个女生正面面相觑，忽然看见他停下脚步，人没回头，语气似笑非笑：“对了，背后议论别人容易生口疮。提前买药吧，同学。”

他的声音天生带着磁性，是说情话的好嗓子。可是用温柔的嗓音说出这样的话，让两个女生不由自主地打了个寒战。

不得不说，叶小哥跟传闻中的不大一样。

作为一流学府，楠都大学以校区大、生源好、历史悠久闻名。

正因为校区很大，所以生活设施一应俱全，其中一家新开的咖啡店更是备受欢迎。倒不是因为它的咖啡口味有多醇正，而是因为这家店幕后的老板正是楠大的学生会会长邱礼源——现阶段最受欢迎的校园男神。

此刻，这家咖啡店座无虚席，服务生们忙得连喝水的空闲都没有。

伴随着一声尖叫和玻璃碎裂的声音，店内一隅顿时乱成一团。

兼职打工的服务生周宇九十度鞠躬地向客人道歉，可男人还是怒不可遏地咆哮："对不起？说声对不起就能解决了？你把我衬衫西裤泼成这样，待会儿我怎么去谈事？啊？"

周宇是本校大二学生，刚做兼职没多久，第一次遇见这种场面，被对方咄咄逼人的气势吓得说不出话来。

对方见他畏畏缩缩的模样，更加盛气凌人："对不起有什么用？你赔得起吗？"说着，就去推搡低着头的侍应生，刚要碰到，手臂却被人拨开了。

"对不起，这位先生。"是一道清冷的女声，普通话格外标准，声音也干净好听，但是透着一股子冷淡。

闹事的客人顺着纤细白皙的胳膊向上看，只见来人二十出头的年纪，齐耳短发，瓜子脸，唇色偏淡，穿着咖啡店里统一的粉色制服，虽说是软萌的款式，却没能化解她骨子里透出的冷。

女孩不算高，一米六五左右的个头，还穿着平底鞋，在男客人的面前需要仰面才能与之对视，但是未化浓妆仍旧勾魂摄魄似的眸子，让她看起来有种一米八的气场，让人不敢怠慢。

尽管气场很强，但此刻她双手叠放在身前，客气地致歉：“是我们的错，我先代表店方给您赔个不是。您的衣裳可否由我代为送去干洗？您留个联系方式，完毕之后我们给您送上门。”

“苏……萤。”男人的目光从她的胸牌上扫过，哼笑了声，“是这里的领班？”

苏萤诚恳地再度躬身：“是的，非常抱歉给您添了麻烦。”

男人的笑容浮夸到了极致，然后突然变脸：“领班是什么东西！几时轮到你跟我说话？叫你们店长出来！”

周宇被吓得一哆嗦，躲在苏萤的背后。

苏萤不卑不亢地解释：“这件事在我的处理权限内。您放心，楠大的干洗店很专业，不会对您的衣物有任何损伤。”

“干洗？”男人冷笑，“我这衣裳拿去干洗，那我待会穿什么去谈生意？裸着吗？你说话啊！怎么不说了？呵，还领班！小丫头片子一个，跟我说你能做主，你做给我看看！”

苏萤面色如常，认真地寻找解决途径：“那可否麻烦您回去换一下衣裳？当然，衣服还是我们负责洗，来回的打车费也由我们负担。”

“这是钱的事吗？！”男人叫嚣着，“你知道什么叫谈生意？我能让人家叶先生在这里等我回去换身衣裳吗？搞笑了真是！”

“真是非常抱歉。”苏萤躬身，齐耳短发从耳后滑落，遮挡了半张雪白的面孔，“先生，或许可以在附近的服装店暂时购置一件替换？我也可以替您借一套。”

“你认识这个吗？”男人扯起衣袖上的轻奢品牌袖标，“你们楼下买得到吗？还是说，你能借得到？”

话说到这个份儿上，苏萤也听明白了，对方压根儿没打算解决问题，只是一味地泄愤。她终于放弃了息事宁人的态度，挺直了腰板，纤薄的唇抿出一抹矜持的笑容：“那么，您希望怎么处理？”

男客人觉得年轻的女侍应忽然转变了态度，顿感不快："你这是什么态度？你们的人犯了错，还让客人自己想办法解决？"

此刻周围已经渐渐围满了人，周宇偷偷拉拉苏萤的围裙，小声说："苏萤，不然找保安来吧。"

那客人一听立马火冒三丈，吼道："保安？你当我是来闹事勒索的？我跟你讲，这点洗衣服打车的钱，老子还真没放在眼里，我就是来火！算了，老子懒得跟毛丫头谈，马上叫你们店长出来！"

苏萤按住周宇，慢条斯理地说："店长目前不在。就算在，也是一样的处理建议——弄脏了您的衣服是我们的错，洗衣服的钱应当我们负担，如果您有其他解决办法，我们也愿意配合。"

男客人一挑眉："配合？那好办。既然他泼了我一身脏，你也让我泼一身，就算两清。"

周宇从苏萤身后挺身而出："咖啡是我打翻的，要泼泼我。"

"说要配合我解决的是她，要泼，当然该泼她。"说完，男人冷眼看向面前站姿挺拔的女侍应。凭良心说，这样漂亮的小姑娘，如果放在其他场合，他会忍不住多关照一些，毕竟，她足够好看。

周宇还想再说些什么，苏萤已经应下："好。"

男人原本就是想让苏萤食言，教她难看，没想到她还真豁得出去，居然就这么答应了。

他端起桌上的半杯咖啡："你别后悔。"

"泼吧。"苏萤简单地说，"泼完，我去给您送洗衣裳。"

男人端着咖啡杯，犹豫了一下，竟真朝着她那身粉色的制服泼去——

在周宇的惊呼声中，苏萤错愕地看向那抹不知何时出现的身影，在咖啡泼出的那秒，来人忽然横插在她和客人中间。那半杯咖啡几乎悉数被泼在这人黑色的T恤衫和结实的胳膊上，此刻顺着他修长的手指，一滴滴落在地上。

苏萤愣住了，一直冷淡的神情终于有丝松动：“叶——”

她还没说完呢，泼了人一身咖啡的男客人已经抢先开口了：“叶……小叶先生，您怎么提早来了？我……我不是……不是故意的。”说着，他慌乱地扯纸巾去擦叶旌手臂和衣服上的污渍。

叶旌无所谓地拨开他的手：“她也不是故意的。”

男人难堪极了：“其实主要是因为要跟您见面，我这一身脏衣服，多不成体统啊。”他至少比叶旌年长两轮，却始终用着敬语。

叶旌一笑，和煦如春风：“衣服脏了有什么要紧的？我是来跟赵叔叔您谈事情，看中的是您的人品，又不是您的衣服，您说对吗？”

姓赵的被叶旌口口声声的“您”搞得有点恍惚，泼了叶少爷一身咖啡的惶恐使他魂不守舍，只能连连称是。

叶旌随手抽了张纸擦着手背往外走，姓赵的就唯唯诺诺地跟在后面。

周宇和苏萤站在一边，突然看见叶旌停下了脚步，他回过身，下巴微扬：“去换件衣服吧，小姐姐。”说完，转身推开门，大步流星地离开了咖啡店。

周宇看向苏萤，苏萤低头才发现制服还是被弄脏了，薄薄的衬衣贴在身上，她连忙拿手掩住。

周宇跟在她身后道歉：“对不起，苏萤，我又给你添麻烦了。”

“没事，我是领班，这都是分内的事。”

“你刚才是可以喊店长出来的。只是，如果那样，我今天的薪水就要被罚光了。谢谢你没有喊店长。”

苏萤将沿路的空杯拾起，随口说：“刚刚是因为那人突然起身，才会打翻杯子的，对吧？”

周宇说：“虽然是这样，但店长只会说没有犯错的客人，只有出错的我们。”

“既然如此，”苏萤心不在焉地说，“能解决的就自己解决吧。”

“总之，谢谢你了，苏萤。”周宇停在更衣室外，书呆子气地向她鞠了一躬。

苏萤终于露出一抹浅笑：“去做事吧。”

周宇点点头，替她拉上了门帘。

谁能料到呢？这个在店里独当一面的“领班”跟他同班，甚至还比他小半岁。周宇曾经一度觉得苏萤太过于强势，作为女孩子显得不够可爱，现在……真是觉得有点打脸。

听见周宇的脚步远了，苏萤才脱下弄脏的制服，拉开衣柜的门，嵌在门内的镜子里清晰地倒映出她的脸，平直的眉，纤长的眸子，眼尾微微上扬，居然带着些意外的欢喜。

苏萤猛地关上了柜门，把那个陌生的自己阻隔在门后。

怎么突然就重逢了呢？

就是因为察觉到自己心底那莫名其妙的躁动，她才犹豫着迟迟没有联系叶旌，谁知道居然在这儿撞上了，这世界怎么就这么小！

因为是工作时间，苏萤很快换了一身制服又回到店里，没想到，刚刚带着闹事的客人离开的叶旌，已经坐在临窗的地方，窗外照进来的阳光给他镀上了一道金边。

这一幕，令苏萤顿时想起了初见的那天……

那是一周前——

正在楠都大学设计专业念大二的苏萤，兼职做着模特的活，暑假期间刚好接到了一份广告拍摄的邀约，地点在帝都。因为拍摄周期很赶，所以不光报酬优厚，经纪公司甚至还承担了模特往返的机票，算是肥差。

登机之后，苏萤意外地发现邻座上躺着一只灰色的双肩背包，居然和她身后的背包一模一样。这背包是小众设计师Ser早年的限量款作品，她也是有幸才能拿到。都这么多年了，她还第一次遇见同款。

真是巧了……

苏萤边想边落了座，随手拿起闺密林锦锦的书翻看。书有点偏门，是抑郁症少女康复之后的回忆录，笔调温暖，也很真实。

她刚看了几行，就察觉到有人在附近停下了脚步。

苏萤抬头去看，恰好撞见一双澄澈到会发光的眼睛。

迎着窗外的晨曦，那可真是张明媚到让人心生亲近的年轻面孔——来人二十来岁，但苏萤的第一反应，是用“少年”来形容他：明媚、干净、不谙世事。

他穿着一件宽大的黑色T恤衫，胸口有白色的涂鸦。衣服略显花哨，如果不是因为五官特别清秀，穿起来会有股子痞气，还好，他的颜值hold住了，他看起来就像从画报里走出来的年轻偶像。

男孩冲苏萤友好地笑笑。

苏萤微微颔首，重新低头看书。

对方坐了下来，她立刻闻到淡淡的烟草味，混合着洗衣粉的清香。看起来这么纯粹的少年居然抽烟？这个念头在苏萤脑海中一闪而过，但她没有再考虑这个问题，就重新低头看书了。

过了许久，苏萤才被一个清朗的声音拉回现实。

“那个……”

苏萤抬起头，只见身旁的男孩脸色微白，正不无讨好地看着自己：“小姐姐，你晕机吗？”

苏萤摇头。

对方顿时如释重负：“那太好了，能跟你换个座位吗？我有点晕……”

那双澄澈的眼睛让苏萤想起了林锦锦的大金毛，一副人畜无害的模样，随便站着都像在卖萌。她沉默地与他交换了座位，刚坐下，就听见他长长地呼出一口气：“幸好遇见你。”

苏萤没说话，重新捧起书来看，但这次她有点走神，注意到那人侧过头，飞快地瞄了眼她的书封，不过没再开口。

因为是清晨的航班，途中机舱异常安静，等苏萤看累了抬眼，随意看向窗外的时候，不期然地看见了一张近乎完美的侧脸。

那个少年闭着眼睛，歪头靠在椅背上，戴着耳机，光线为他勾勒出金色的轮廓，鼻梁与下颌的弧度优美，即便是精修的模特图也不过如此。

他大概是在美梦中，嘴角微翘，带着点孩子气的轻快。

苏萤正肆无忌惮地欣赏，他却忽然睁开眼，嘴一咧，给了她一个毫无保留的笑容。

她慌忙躲开视线，目光投在书本上，只听身边人轻声说："小姐姐，能再让我一下吗？我想去洗手间。"带一点点尾音，有点撩人，有点苏。

苏萤站起来。

那人侧身从座位出来的时候，肩头不小心擦到了她。苏萤条件反射地抬头，发现这人虽然长了张少年面孔，但至少有一米八的身高，而且很结实。

他很快就回来了，这次苏萤没等他开口就主动让开座位。

"谢谢。"

苏萤摇摇头，意思是不用谢。

他坐好了，指着她手里的书，问："这书很枯燥，小姐姐，你读得进去吗？"

苏萤本不想回答，奈何余光一直接收到他殷切的目光，只好低声说："这书不适合小孩子。"言下之意，他觉得枯燥是因为他还小。

他似乎还想再聊一聊。

苏萤把书一合，头往椅背靠去，闭上眼睛假寐。直到身旁许久没有动静，她才重新睁开眼——果然，他也闭目养神去了，脸朝着她的方向，睫毛长得简直像女孩。

因为从小相貌出众，加上习惯独来独往，苏萤的被搭讪史足够写一本小说，所以她对于旅途中的“艳遇”早已麻木，当对方是空气就好。模特圈子里小鲜肉多如牛毛，也从没有谁让她注目。所以，大概真的是因为这人身上有着特别干净、纯粹的气息吧，如五月阳光，温煦、治愈，让她不由自主地去留意。

爱美之心人皆有之，就算他那句“小姐姐”里有显而易见的搭讪成分，似乎也可以被原谅。

为自己找到了理由，苏萤终于重新开始看书，书里的女孩说自己从走出阴霾之后，觉得每一天都是劫后余生，把每一天都当作末日度过，所以反倒活得比谁都精彩。

能体会劫后余生，真是太好了……她正想着，忽然察觉肩膀被人轻轻地戳了下。

苏萤转过头，只见男孩正眉眼微弯地对她笑：“小姐姐，你看得太入迷了，我喊你你都没听见。”

苏萤连问都没问，就直接起身。

他挠了下鬓发：“我还没说什么事。”

“还能有别的事吗？”苏萤反问。

他语塞，揉了揉鼻尖，委屈巴巴地去洗手间了。

苏萤看着他的背影，居然觉得这人怪可爱的——被挤对了就可怜巴巴，也不知道回嘴，真是跟金毛一样憨傻。

因为脑海中把他跟金毛联系在一起，等他再回来的时候，苏萤看过去的眼神里不由带了些微笑意。他像是察觉到苏萤的愉快，立刻回以笑脸，可惜话还没说出口，她就又低头看书去了。

苏萤听见身边的人微不可闻地叹了口气，在余光里看见他放在扶手上的手——骨节修长，指甲修剪得体，食指与中指间有块薄薄的茧。

她怎么又去注意这个陌生人了！苏萤自责着收回目光，却还是不受控制地想，看模样还是高中生吧，真的抽烟吗？

旅途不过两个小时，中途苏萤因为邻座起身了四次。最后的那次，他回来的时候很不好意思地解释：“我不是肾不好，我只是晕机……”

苏萤差点笑出声，勉强憋住了，眼观鼻，鼻观心，一门心思等下机。

飞机停稳之后，苏萤起身拎起包，头也不回地扎进人群里，她走得很快——离约定的试镜时间很近了。

结果，当她掏钱包准备买去市区的大巴车票时，打开双肩包就愣住了，里面是一些黑色的T恤衫、牛仔裤，还有个褐色的钱包躺在衣物上。

——这不是她的双肩包！

一定是因为那男孩儿的包跟她的一模一样，她因为着急走，所以拿错了。可是，她分明记得自己的包在左，那人的包在右，怎么会弄错呢。

幸好，他的钱包里有卡片留着手机号码，还有一行飞扬的小字“拾获交还，必有重谢”，末尾画了个龇牙的笑脸。

苏萤拨过去，对方很快就接听了，声音清润带着笑意：“嗨，小姐姐。”就像正在等她的电话一样。

苏萤说：“不好意思，我拿错包了，你在哪儿呢？我们换回来。”

“终于发现啦。”那头轻笑，“你回头。”

苏萤转身，果然看见那个黑衣少年正站在人群里笑吟吟地朝她挥手，肩头还背着她的灰色背包。

少年跑了过来，把背包递给她：“你走得可真快，追都追不上。”

追不上，你可以喊我啊！苏萤这么想着，但没说出口。对她来说这些都不重要，重要的是她试镜要迟到了！

“谢谢。”她匆匆道谢，就背上包去买票。

身后传来少年的声音：“我叫叶旌，旌旗的旌！”

苏萤头都没回地走远了，不过，真是个合适的名字，鲜衣怒马的少年配上春风得意的名字。

急忙离开的苏萤对身后少年浮上嘴角的笃定笑容一无所知。

她前脚刚离开，叶旋就把最近通话记录里的号码存了下来，命名为“高冷小姐姐”。

他怎么可能主动喊她呢——如果不等着她主动打电话找自己换包，想要向这高冷小姐姐讨个手机号码，还不知得多费多少功夫。

叶旋低头，看了眼拎在手中灰色的双肩包，据他所知，这包当初参赛只打样了十个，分给了入围前十的参赛选手，其中一个居然在她手上。

不管了，等回了楠都，他一定会弄清楚的。

将手机轻轻一抛，叶旋看向那个匆匆上车的背影，嘴角一勾。这么多年了，终于遇见一个让他产生了几分兴趣的人，怎么能就此擦身而过。

Chapter02
什么圈套？这叫雪中送炭

楠都大学咖啡厅。

苏萤站在门口，远远地看着那个侧影，不得不承认，尽管分开了几天，她刻意没有联络对方，但这个侧脸始终在她脑海里徘徊不去。

此刻的重逢，比起惊，还是喜居多。

周宇站在苏萤身侧，小声说："我刚问他喝点什么，他非要等你来再说。"

苏萤点点头，刚要上前，又被周宇拉住了："刚才闹事的客人被他嘻嘻哈哈就摆平了，这种笑面虎不好惹……你小心点儿。"

"我知道了。你去忙吧，我来应付。"

苏萤深呼吸，走到叶旌的桌边，客气又疏远地问："你好，请问需要点什么？"

叶旌收回视线，抬头，终于又看见这张清冷不近人情的脸，顿时嘴角一弯："你。"

苏萤不动声色地说："别胡闹。喝东西的话就点，不喝的话，拿了这个就走吧。"说话间，她从衣袋里掏出一枚莹润的翡翠吊坠，轻轻地放在桌面上。

叶旌瞥了吊坠一眼，没接，认真地说："我欠你的钱还没有还清呢！抵押物我怎么能拿回来？"

“那你现在还我好了，微信，还是现金？我都行。”

“都没有。”叶旌坦然地笑着说，接着又问，“你怎么会在这里？”

“在打工，你看不出来吗？”

“可你不是模特吗？”叶旌终于恍然大悟，“所以说……拍片和做服务生，都是你在勤工俭学。”

苏萤抿抿嘴唇：“没其他需要的话，我走了。”

“别走……”叶旌喊住她，下巴微抬指着桌上的翡翠，“这个东西拿好，很贵的，弄丢了，你跟我都得哭鼻子。”

苏萤没动：“怕丢，你就自己收好啊！”

“不收，等我还清欠你的钱再拿回来——这是我做人的原则。”说完，起身，与苏萤擦身而过时，他俯身在她耳畔轻声说，“你穿这个制服也挺好看的。”也不管她的反应，说完就轻快地离去了。

苏萤只好将那枚价值不菲的吊坠重新握在手心，只觉得心脏像要跃出喉头。每次这家伙蓄意靠近，都会让她几乎窒息，简直是无解！

她回过头，正看见叶旌站在咖啡厅门口，不知在跟周宇说着什么。简单交谈之后，他就拍了拍周宇的肩，笑着走了。

“他跟你说了什么？”苏萤问。

周宇说：“他问店里的招聘告示都是在哪里发布的。你说，他该不会也想来打工吧？”没等苏萤作答，他就自问自答地否定，“不可能的，店里打工一个月，连他一件 T 恤衫都赚不回来。”

苏萤没有继续听周宇碎碎念，快步走向后场：“去忙吧，他的事跟我们无关。”

话虽这么说，苏萤在忙碌里却总是忍不住向外场张望，特别是那家伙刚刚坐过的位置。潜意识里，她总疑心下一秒会在那里看见那个曾给予自己温暖的笑脸。

不过，直到傍晚她工作结束，叶旌也没有再出现。

苏萤换好衣裳，跟接班的同事打了招呼，刚要离开，却被周宇叫住了：“苏萤，那个……”

顺着他的视线，苏萤看向叶旌刚刚坐过的那张桌子。此刻夕阳西下，余晖之中，一捧娇艳欲滴的玫瑰正静静地躺在粉色包装纸中，煞是吸睛。

苏萤的心再度突突跳跃，她勉强保持冷静，走了过去。

花束之间插着一枚粉色卡片，她捏起翻开，在看清上面的内容的瞬间微不可闻地叹了口气，一言不发地将卡片放了回去，然后轻车熟路地拿起花束，取出下面压着的信封打开，清点里面的纸钞，放进自己的灰色双肩包里，然后转身离开，一气呵成。

周宇问：“苏萤，这花……”

苏萤说：“谁喜欢就拿几枝走好了。如果下次邱学长再留花儿在这儿，别再替我收了。”

周宇苦笑：“我说了也不管用啊，邱学长才是这里的老板。”

“那就放这里好了，就当给店里当装饰。”苏萤说完，就快步离开了咖啡店。

原本围观的女孩儿们顿时围了过来：“周宇，又是邱少爷给苏萤送的花？那苏萤拿走的是什么？”

周宇没好气地说：“当然是这周的薪水。”

“刚刚苏萤是不是说谁喜欢都可以拿走？”一个女孩笑嘻嘻地伸手，“我想要。”

“我也要！我也要！一人分几枝，好吧？”

几个女孩正嘻嘻哈哈，一只手忽然从人群后伸了过来，抽走了花束。几人一回头看清来人，顿时噤声，再也不敢嬉闹了。

手拿花束沉着脸的正是楠大学生会会长，也是这家咖啡店老板的儿子，名叫邱礼源，人高马大，一表人才，堪称全校女生的头号梦中情人，来这家咖啡店打工和消费的女学生，一小半是慕他之名而来。

不过，来了之后才发现这位公子哥当真情种——据说这家咖啡店就是他为了追苏萤，才让老爸开的。为了追女朋友而这样一掷千金，在校园里也算大手笔了。

人人都知道邱少爷喜欢苏萤，却不明白苏萤为什么一直不接受他。

当然，邱礼源本人也不明白。他黑着脸，把一整束娇嫩的鲜花全部扔进了垃圾箱，然后推门而出。

女孩们面面相觑，谁也不敢再去打那捧花的主意了。

苏萤背着包，穿过拥挤的人群，才意识到今天正是本校新生报到的日子，难怪店里这么忙碌。她无意识地摸了摸衣袋里冰凉的吊坠，光滑得摸不到一丁点儿棱角，就像……叶旌本人。

真是搞不清，这个奇怪的家伙脑袋里究竟装着些什么。

想到他把玉佩给自己的场景，苏萤忍不住耳后一热。

当初，帝都的广告片前后拍摄了四天，杀青之后叶旌说没钱买票，厚着脸皮让她垫了高铁票钱，同车回楠都。

列车茶水间里，叶旌将自己的外套系在苏萤腰间，理由是中铺的大叔“目光猥琐”，然后要求跟她互换上下铺。

可是苏萤从来只睡上铺，因为拍摄酬劳都在包里，那是她的全部家当。下铺人来人往，财物不安全，所以她宁可忍受中铺的大叔不怀好意的目光，也坚持留在上铺。

于是，叶旌从脖子上取下了这枚带着他体温的翡翠吊坠，递给她：“你的包留在上铺，我替你保管。这个给你抵押，如果包丢了，这东西赔给你。”

在此之前，苏萤对于坚持留在上铺的原因根本只字未提，可叶旌居然猜到了。

深夜，轰隆作响的车厢里，下铺的苏萤辗转反侧，摸着因为怕弄丢而戴在胸口的翡翠，说什么都没办法把那个善解人意的少年从自己脑海里驱赶出去。

正沉浸在回忆之中，苏萤忽然在人群里看见了一抹熟悉的身影，身形挺拔，哪怕是在熙攘的人流之中，也足以让人一眼注意。

叶旌拖着一只黑色的行李箱，正和一个比他稍微矮些的男生说笑着，从入学手续办理处朝信息学院的方向走去。

——原来是大一新生。

苏萤心道，难怪会在今天遇见他。

如果他也是楠都大学的学生，那以后……她猛地摇了下头，打断了自己关于“偶遇”的期待。

苏萤啊苏萤，脑子清楚一点，这段际遇不过是昙花一现，千万不要有不切实际的期待。对她来说，脚踏实地的生活远比虚无缥缈的爱情要重要得多。

一路长大，因为漂亮，她身边从来不乏追求者，什么样的人她都遇见过，但都长不过两个月的热情。像叶旌这样的男孩子，家境好、年纪小，有的是玩耍和追逐的热情，也许会在这一刻为她着迷，却终究会抽身而去。

而她，没有那个资本陪他玩耍。

忽然，苏萤在余光里看见一辆黑色宝马 Z4 正停在校园门口，惹得学生不住回顾。她略一犹豫，选择朝反方向的另一个校门走去。

敞篷跑车里的年轻男人正是邱礼源，此刻他正在拨弄手机，并没有注意到苏萤的折返。

如果不是刚刚花束里那张热情告白的卡片，苏萤不一定会躲开他。老实说，她对邱礼源的印象并不坏——比她大两岁，书香世家，又是涉外英语专业的高才生、学生会主席，光鲜照人。

最重要的是，从他开始追她，迄今已经快一年了，比起那些两个月看不到曙光就及时止损的男生，他当真算是长情。

苏萤有时候不免会想，如果干脆接受了邱礼源，生活会不会轻松一点。可不知道为什么，当看到告白的卡片，她还是落荒而逃。

此时，邱礼源正在给死党打电话，等电话通了立刻没好气地说："晚上聚会取消。为什么？有什么好问的，没约到人不就取消了？你再笑一声试试？我真没见过像苏萤这么难搞定的妞，你说就凭她的条件，到底有什么可矜持的？"

正说着，邱礼源的注意力忽然被从车边走过的人吸引，不轻不重地啐了一口。

电话那头的人问："怎么了？"

邱礼源说："没什么，姓叶的那小子路过。看见他我就来气。"

走了将近一站路，苏萤终于在一台自动柜员机前停下脚步，抽出钱包里全部红钞，与刚刚从玫瑰花下拿出的薪水一起存进了银行卡，然后轻车熟路地输入一连串的卡号，迅速地转账出去了。

等屏幕显示转账完毕，屏幕上显示她的账户余额只剩下两位数。

尽管如此，苏萤却重重地吐出一口气，仿佛千钧重担终于从肩头被卸了下来。

她掏出手机，一边走，一边拨号。

对方很快接听了，是个沉稳的中年男声，刚接起来就先开口了："萤萤，我跟你说很多次了，不着急还钱，你怎么就不听呢？有余钱你留着自己花，等将来工作了再还也不迟。"

苏萤将头发撩到耳后，声音不复平时的冷淡，带了些许乖巧："许叔叔，你放心，我生活费没什么压力。这钱拖了这么多年才还清，真的特别谢谢您从来没有催过，真的，我……替爸爸谢谢您。"

对面沉默了一下，说："凭我跟你爸爸的关系，不需要这一声谢。你近期课业还忙吗？等将来要实习了，记得和我联系。"

苏萤轻轻地应了一声："好的，谢谢许叔。"

挂了电话，苏萤独自走在夕阳渐落的街头，树影被风吹得摇曳，她的影子时隐时现，显得格外孤独。

无论如何，从今天开始，她挣的每一分钱都可以用来为未来做打算，再不必为还不清的债务而喘不过气来。

真是值得庆祝啊！她决定去等闺密林锦锦下班，和对方分享喜悦。

林锦锦打工的网吧就在楠都大学的校外，因为靠得近，环境也不错，是学生们的首选，一向人满为患。

苏萤到网吧的时候，林锦锦还在前台，看见她来，连忙招呼她坐到自己身边："你来得正好，我正在校讯网上帮你看兼职信息呢。"

"谢啦。"苏萤放下双肩背包，凑近林锦锦，"有什么合适的吗？"

林锦锦瞥了眼她的包，随口问："这包很流行吗？"

"怎么了？"

"今天我看见个小帅哥，背的也是这个。"林锦锦话题一转，又问，"萤萤，不是说你爸的债务还清了吗？那你还这么急着找兼职干吗？"

苏萤认真地翻看着屏幕上的招聘启事："债是还完了，但日子还得过啊！不挣钱，吃什么？喝什么？"

林锦锦侧过头，靠在她肩上："要不是因为你把这份前台的工作让给我，你也就不用风里来雨里去地奔波了。"

苏萤不以为意地在她额头一点："依我这性子，坐不住的。"

林锦锦笑了下："嗯，谁都没我能坐得住。"

苏萤蹙眉："别胡说！"

"那以后，还要像从前那么拼命吗？"林锦锦问，"我觉得你之前有点超负荷运作了，看把你给瘦得。"

苏萤笑笑："不会啊，模特界以瘦为美，你又不是不知道。"

"我觉得你以前稍微胖一点更好看。"林锦锦连忙补充，"当然，现在也是国色天香，全楠大最美。”

“别贫了你，嘴巴跟抹了蜜似的。”

与此同时，网吧一隅，罗姜正在噼里啪啦地打着字。

身后的叶旌指着屏幕说：“不对不对，这里改一下——不是找专业设计师，是找服装设计专业的学生。对，只要楠大在读的学生。”

罗姜回头，狐疑地说：“你不是要找家教吗？找在读学生还不如干脆找讲师、研究生。普通本科生哪里有资本来教你叶少爷啊？谁能比你三岁开始跟着叔叔阿姨玩设计的资历深——”

“胡说八道什么。”叶旌捂住罗姜的嘴，把他脑袋转回去面对屏幕，“就要学生。嗯……学生的专业课基础扎实，我就要听系统的，不想跟老江湖啰唆。”

“好好好，你是金主，你说了算。”罗姜改好了要求，按下回车键，“成了，发布了。”

他这边话音刚落没两分钟，网吧入口的柜台处就响起惊喜的女声：“快看这个！这个合适！”

叶旌和罗姜不由抬头看过去，只见网吧前台的姑娘正兴奋地对身旁的短发女生说：“这个合适！萤萤，快看这个！”

短发女生背对着罗姜，看不清脸，但前台妹子的五官姣好，笑起来阳光灿烂。罗姜看呆了，过了半晌从牙缝里挤出俩字：“美女！”说完，没得到叶旌的回应，不由回身抬头去看，却见这位少爷已经站直了身子，双手插在裤兜里，眉眼带笑，俨然心情极佳。

“我以为唐梦楚的颜值已经到顶了，真没想到还能见到更好看的。”罗姜喋喋不休地说。

“走吧。”叶旌嘴角噙着笑意，拍拍好友的肩。

“哎，不玩一会儿再走？”

“不玩了。”叶旌低下头，边走边低声说，“我要等一个电话。”

“谁的电话？”罗姜追问。

叶旌没立刻回答他，半侧着身子，从网吧的柜台前离开了。

罗姜看向柜台里的两个少女，短发女生正背对着他们起身看电脑屏幕，而前台妹子刚好面对着他。他惊讶地发现，前台的漂亮妹子居然坐在轮椅里，膝头盖着薄毯。

“真是可惜了，年纪轻轻的。”罗姜喃喃着走出去，只见叶旌正停在路边树下，捏着手机。

“在干吗？”罗姜刚刚问出口，叶旌的手机就响了起来。

叶旌比了个噤声的手势，接通了：“嗯，是的。”

罗姜百无聊赖地等着，目光不由自主地又飘回了网吧，却发现那个短发女孩正在打电话。

他福至心灵，回头看了看好友叶旌，又看向她，联想到刚刚的情景，顿时恍然大悟。

“好，具体的可以跟招聘启事上的座机联系，管家会告诉你。”说着，叶旌挂断了电话，轻轻地擦了下鼻尖，雀跃之情溢于言表。

罗姜大叫：“好啊！你这是设了圈套等人家妹子掉啊！”

叶旌搂住他的肩膀，顺势捂住他的嘴：“什么圈套？我这叫雪中送炭。”

罗姜问：“你小子，认识人家？”

当然，何止是认识。

暑期的重逢其实比叶旌想象的更快——

机场分别之后，他本以为要回楠都才能见面，没想到他刚打车到位于二环的摄制中心，就意外地看见了那抹纤细的身影。

那个叫苏萤的小姐姐正蹲在门卫岗亭的墙边，用食指逗弄着乘凉的花斑野猫。

小猫舔了舔她的手指，她脸上那层薄薄的冷淡就消融了，眼尾弯起，小声地对猫咪说着什么，又从身后背包里找出面包来，撕成小块丢给它，温柔得不像话。

女孩比别的人都冷淡，但此刻又比谁都柔软。叶旋看得出神，只觉得反差得格外有趣。

“确认了，苏小姐，刘总监已经在楼上等你了。”门卫一边从岗亭里走出来，一边招呼。

苏萤恋恋不舍地在猫咪头顶揉了揉，起身走进摄制大楼。

叶旋等她消失在电梯里，才从树影里走出来。

门卫眼尖，一眼看见他，忙不迭从岗亭里跑出来，热情地迎上前：“小旋怎么来了？叶董这会儿人不在。”

叶旋笑：“我随便逛过来的，不找他。”

门卫连忙说：“进里面说，外头热。”

叶旋在大厅里四顾，随口问：“今天的拍摄多吗？”

“不多，就一个广告片选角。”

“什么广告？”

“听说是别墅。”

苏萤试镜出来的时候，已经知道这单十拿九稳了，她走到化妆间，细细地拿卸妆棉擦脸。

忽然，门口传来一阵骚动，她不经意地抬头，从镜子里看见了个被女孩簇拥的身影。

是飞机上的那个男孩，叫……叶旋——她居然记住了。

来试镜的女孩们都围了过去，或矜持或热情地与叶旋攀谈，他无论模样，还是个头都很出挑，难得的是脾气又好，始终礼貌地微笑着对答。

“你多大了？成年了吗？”有人问。

“十九。”

果然连二十岁都不满，苏萤一边想着，一边收回目光。

“苏萤在哪儿？”经纪公司的摄制总监刘瑞一边问着，一边走进了化妆间。

刘瑞也看见了鹤立鸡群的大男孩，只一眼，他就知道这是张极为上相的面孔，不由在他脸上多看了两眼。

叶旌笑容不减，客客气气地对刘瑞躬身，一本正经地说：“领导好，我是来试镜的。”

刘瑞点头：“资料留下来吧，我晚点联系你。”

叶旌解释：“我来面试今天的别墅广告。”

刘瑞不由皱眉，这少年脸蛋、身材都没得挑，只可惜……

“别墅广告人选已经定了。”

一屋子人顿时都安静下来。

卸好了妆的苏萤不紧不慢地走了过来：“刘总，您找我？”

刘瑞点头：“广告主选好了，你跟杜星河。”

苏萤毫不意外，又问了正式拍摄的时间，得到答复以后背着她的双肩包，从叶旌身前走过，看都没多看他一眼。

叶旌低头，刚好看见她卸了妆之后瓷白的肌肤下微透的红晕。

他转头，对刘瑞说：“您就让我试试吧，兴许我比杜星河合适呢。”

“毛都没长齐，就口出狂言。”走廊里传来一声冷嘲。

苏萤听见这句轻蔑的话语，抬头，刚好看见迎面而来的杜星河。他是圈子里小有名气的模特，人高马大，韩范儿十足。

杜星河对苏萤一笑：“明天我等你啊，萤萤。”

苏萤不由自主地打了个战。她不是第一次跟杜星河搭档，这人仗着有几分相貌，逢妹必撩，是她不喜欢合作的人之一。

杜星河对苏萤的冷淡习以为常，朝她抛了个媚眼，就往化妆间走去。

一眼看见站在刘瑞面前的男孩，杜星河扑哧笑出声："刚刚说兴许比我更合适的人，是你？毛长齐了吗，就敢跟我争？"

苏萤站在电梯门口，听见叶旌不卑不亢地答："适者生存，不试，怎么知道我就不行？"

杜星河被人宠惯了，哪里被新人这么顶撞过，顿时冷笑："看着就是一堆排泄物，难道你也要尝一口才能确定吗？"

苏萤眉一皱，厌恶更盛，不由回头去看，没想到的是，叶旌居然正越过杜星河看向她，眸光灿灿。

这都被人指着鼻子骂了，还看我做什么？！苏萤哭笑不得地想。

对上苏萤的视线，叶旌忽然转过头去，低眉顺眼地央求刘瑞："为了来试镜，我把所有零花钱都用来买机票了。我等不起下一个case（项目），哥，能不能让我试试？要是不行，我就自己走。"

刘瑞四十出头了，做他叔都绰绰有余，他居然嘴甜地叫了声哥。

不过刘瑞这种多年被小鲜肉们包围的腊肉对此特别受用，想了想，居然答应了："广告主还在摄影棚，你现在就过去，试几个镜头，要是过不了，别怪哥哥没帮你。"

叶旌立刻喜笑颜开地应了。

杜星河冷哼："不懂规矩，将来连怎么死的都不知道。"

叶旌不以为然，背着他的双肩包大步流星地往摄影棚的方向走，一眼看见电梯门口空空荡荡，那个白皙修长的身影已经不在了。

走了？啧，他还以为只要装得足够弱小，爱猫的小姐姐一定会忍不住拔刀相助呢！

看着少年走开的利落背影，刘瑞忽然疑惑：难道他不是第一次来这里？怎么对路很熟似的。

摄影棚。

镜头下，那个不足二十岁的男孩——不，应该说是年轻男人，衬衫领口微敞，手指轻轻拨开领口望向窗外，简单的动作和毫无表情的侧脸，充满了矜持与疏离，全然不复片刻前少年郎的稚气。

只是，不知道因为角度，还是 其他问题，他看起来比实际要矮。

地产开发商几人低声私语："好像没有杜星河那么贵气……"

"镜头角度为什么这样放？"突如其来的女声，令摄像师一惊，下意识地看向站在自己身边的杜星河。

身为专业摄像，他当然知道镜头的角度会造成视觉上的偏差——模特的高矮与气质是一回事，呈现在镜头前的效果是另一回事。如果不是杜星河让他帮个忙，他不可能犯这么低级的错误。

摄像师那个下意识的目光，令苏萤确定这果真是杜星河捣的鬼。原本叶旌能不能胜出，对她来说也没什么要紧，但要眼睁睁看杜星河这样欺负人，她做不到。

苏萤不吱声，直接动手调整了镜头的角度。

巴掌大的监视器里，那个人气质卓然，正看过来。镜头特写之中，那双桃花眼从漠然到泛起涟漪，又到粲然一笑，万语千言藏在眼底。

连苏萤都忍不住屏住了呼吸。

"这个感觉就对了。怎么回事？怎么感觉一下就对了？"几个广告主啧啧称奇，仿佛镜头只是晃了晃，就变了个人似的。

得到刘瑞的示意，叶旌才解开了袖口，直接脱掉外套，捋起袖口，跳下摄影台。

"回去等消息吧，是你，还是杜星河，也就这一两天定下来。"刘瑞说。

"好，谢谢哥。"叶旌说完，开始在各处搜寻苏萤的身影。在他试镜的时候，她明明一直在摄像机旁边守着，怎么一眨眼的工夫就不见人影了。

叶旌一路狂奔，连衣服都没来得及换就冲出了摄制大楼，终于看见那个背着双肩包的窈窕身影。

"小姐姐！"

苏萤听见了，但脚步没停。

可他很快就追了上来，一把拉住她的包带，喘着气问："怎么不等我？"

苏萤不动声色地抽回了自己的包带，反问："我们很熟吗？"

叶旋脸上挂着汗，被她这么一呛声微露窘色，讷讷地说："我只是想谢谢你帮忙。"

苏萤微怔，她跟摄像大哥说话的声音很轻，就连广告主都没发现他们的交涉。身在聚光灯下的他，理应一无所知才对吧。他是一直在关注着自己吗？

"你怎么不说话？"

苏萤看向眼前的大男孩，他眼里有显而易见的不安，像是怕惹她生气似的。可能因为急着来追赶她，他还穿着试镜时的衬衫，领口的扣子连着开了好几颗，露出些许结实的胸膛。

苏萤耳后一热，别开了视线："没什么想说的，我走了。"

叶旋追问："你去哪儿啊？"

苏萤抬眸，眼里没有情绪："跟你有什么关系？"说完，毫不留情地走了。

尽管嘴上狠，但擦身而过的那一瞬，他眼底受伤的情绪还是被她收入眼底。

她能感觉到这男孩对自己的好感，也正因如此，才更不想跟他多牵扯。这种漂亮到可以没心没肺的男孩，多半家世优渥，对女孩势在必得，却从不当真。这种人她见得多了，不想也不愿意在他身上耽搁时间。

苏萤步行了许久，见叶旋没有追上来，才就近在路边的一个公交车站停了下来。

等了片刻，来了辆开往西郊的车，她立刻上了车，径直朝最后排走去。

车辆启动的时候，她无意中看见一辆黄色的计程车也跟着起步了。

计程车内。

司机问后排穿着衬衣的年轻男人：“您去哪儿？”

男人答非所问：“前面的公交是往哪儿开的？”

“底站是西郊那边的老住宅区，要拆不拆的。”

“跟着它开就行。”

司机说：“公交绕道，您要去城西我知道近道，载您去。”

“不用。”年轻男人口吻里有不易察觉的冷淡，“跟着开就行，车费多少我都认。”

Chapter03

庆祝同居！晚安

网吧里，苏萤刚刚挂断了与雇主管家的电话。

林锦锦说："每周一三五上课，课时费日结，怎么听都比发传单、当服务生什么的好多了。"

苏萤点头："确实挺好的，管家也知书达理，感觉这家人应该不坏。"

林锦锦松了口气："那真是太好了。"

"这下你放心啦，不用天天在校讯网上替我找工作了。"

"反正我上班也没什么事做。"林锦锦转动轮椅，去检查了一下监视器，"走吧，我交班了。"

苏萤背起包，轻车熟路地推起轮椅："最近的理疗，你有没有按时去做？"

"做了做了。"林锦锦打着马虎眼。

苏萤停下脚步，绕到闺密面前，正色道："你是不是又三天打鱼两天晒网？"

林锦锦无奈，只得承认："我这腿，没什么希望了。"

"听我说，锦锦……"苏萤蹲在林锦锦面前，双手放在她的膝头，"只要还有一点希望在，我们都不要放弃好不好？你看，我现在无债一身轻，赚的钱除了学费还有结余，你不要担心治疗费——"

"不要。"林锦锦断然拒绝了姐妹的好意，"你当初把网吧的闲差让给我，自己风里来雨里去地跑兼职，攒点钱不容易。与其要你救济，我宁可不治了。”

“谁说救济你了？”苏萤起身，“只是借给你，将来你还得连本带利还我，一毛不能少。”

林锦锦眼眶一红，终究软下声来：“谢谢你，萤萤，你真的太好了，好得我恨不得……嗯，娶你回家。”

苏萤扑哧笑出声来：“这你可办不到。好了锦锦，当年如果不是你和爷爷一直帮衬着，我都不知道能不能撑得过来。所以不要再跟我客气，老老实实地做理疗，早点康复起来。将来我若是红了，还指望你给我当经纪人呢。”

林锦锦闻言，终于笑起来：“好，我等着给你做经纪人。话说回来，你这次去帝都拍的广告片，要什么时候才上？”

“不知道，大概快了吧。不过那是区域性的广告，我们这里看不到。”

“网上总有资源吧，我得下载了替你存下来。”林锦锦笑眯眯地说，“这是身为‘经纪人’的本职工作。”

两人说说笑笑到了林家，苏萤见家里灯还亮着，便说：“快回去吧，爷爷还没睡。”

林锦锦点点头：“你回去路上小心，到家告诉我。萤萤，要不然你搬来跟我住吧，这样还省一份房租。”

“我考虑一下吧。”

苏萤独自走在回家的路上，路灯照出孤寂的身影。林锦锦不是第一次邀她同住了，她也确实考虑过干脆合住，房租交给林家补贴家用也好。

终究没落实的原因，是苏萤私心希望保有一点属于自己的空间。

父亲去世之后，她曾经寄人篱下多年，受够了没有私人空间的日子，以至于后来到楠大读书，宁可省吃俭用租单人间独居，也不愿与人同住宿舍。

也正因如此，关于她的走读，学校里各种传闻纷杂，她也听过一些不堪入耳的流言，一一被她当作耳旁风。

掏钥匙开门时，苏萤不期然地又摸到那枚沁凉的翡翠坠子。

她捏着吊坠坐在床沿，手指无意识地摩挲着，脑海里不由浮现出那张总噙着笑的面孔。

思来想去，苏萤终于拿起手机，找出叶旌的微信，他的头像是幅白底黑字的图，大写的Y字，简单粗暴到和他的为人似乎对不上号。

她发：玉佩什么时候给你？

没想到，对面居然秒回：我还没筹到钱还你。

骗子！

那家伙一件T恤衫都不止四百块，怎么可能这么多天都筹不出车费还她。

对面很快又发来消息：别急，我会加上利息还你。

苏萤哭笑不得，知道是自己在帝都时的“利息论”给对方留下了深刻的印象，想了想，问：那个人没为难你吧？

叶旌：哪个？哦，那人啊！生意黄了呗，他能为难我什么？

苏萤：真是找你谈生意？

这一次，叶旌发来的是语音，苏萤犹豫了一下，点开了。

安静狭窄的房间顿时被清朗的男声填满：“阿萤，我怎么觉得你不信我有生意要谈似的？我看起来不像能谈生意的人吗？”

苏萤嘴角不自觉地一弯，回：“嗯。”

对方立刻发了个火冒三丈的小人过来：“他想收购我的一个程序，但我不想卖给他。”

苏萤有点疑惑，现在楠大信息院的新生已经这么牛了吗。刚入学，就有作品能卖钱。尽管将信将疑，她也没追问，只回：“赶紧还钱，我好把玉佩给你，再耽搁，小心我去当了换钱。睡了，晚安。”

对面许久没回，苏萤就搁下手机洗漱去了。

等她关了灯，躺回被窝，才发现微信里有一条未读语音。

她点开了，安静的房间里，一道略带磁性的男声透着隐约的笑意，说:“晚安，阿萤。”

仿佛有双手轻轻地推了她一下，她的心神一晃，将熄屏的手机放在枕边，翻了个身却毫无睡意，终于又翻了回来，将手机打开，盯着那个头像怔怔出神。

说起来，这并不是他第一次对她说“晚安”——

帝都那天，苏萤甩开叶旋之后，乘公交颠簸了一个多小时，终于抵达位于西郊的老旧四合院。

天色已晚，巷道里都是归家的行人，苏萤刚刚走到四合院门口，门就开了，里面一个老太太喜笑颜开地迎了出来

“我听说巷子里来了个小美人儿，就猜是你到了。我的小乖乖，你是不是又瘦了？”老太太热络地把苏萤引进院子，亲热地嘘寒问暖。

苏萤摸了摸自己的脸：“方婆，我这夏天还胖了两斤呢，可能苦夏，所以脸色不好。”

方婆大笑：“你这小脸儿跟白玉似的，哪儿不好啦？睡一觉，保管明儿个容光焕发！”

苏萤笑笑，从钱包里取出几张人民币递给老人家：“我这次大概要在这里住三五天，要看拍摄的进度。房钱我先付给您，万一拍完时间合适，也许就直接回楠都去了。”

方婆接过来，又退了一张给她：“给点钱意思意思就得了。我孤老婆子一个，就指望你常过来陪陪我呢。”

两人在院里寒暄，并没有注意到街对面的叶旋。他站得远，听不清老太太和苏萤的对话，但能看见女孩为了迁就老人家一直微微屈膝，弓

着腰。

直到苏萤和老太太暂时道别，独自走进北厢房，叶旋才慢吞吞地踱步走开。

路灯亮起，昏黄的灯光照在他栗色的头发上，显得整个人分外柔和，那双撩人的桃花眼里满满都是被挑起的玩味，他低头将手机联系人里的“高冷小姐姐”改成了“有趣的小姐姐”。

入夜之后，苏萤才重新出门，因为不想麻烦方婆，她谎称自己已经用过晚饭，但其实一路奔波肚子饿得很，于是只好等老人家离开之后才出门觅食。

盛夏的夜晚，巷道里的风有些黏湿，她穿着灰色人字拖，手插在牛仔短裤的兜里，戴着耳机，走得很慢。

附近只有一家大排档会营业到后半夜，以前苏萤接到帝都的单子，工作到夜里回来方婆这儿投宿，都是去那儿吃夜宵。

“老板，各两串。”苏萤站在烧烤台边，随手指了几个，“麻烦了。”

老板抬起头，顿时笑了：“苏小姐，很久不见了！”

苏萤不好意思地笑笑：“好些时候没接到帝都的工作了。”

“好嘞，您坐，一会儿就送来。要啤酒吗？冰镇的。”

“不了，明天还有工作。”

“好，您等着。”

苏萤微笑着点头，转身刚要落座，却意外地发现店里唯一一个客人正托腮坐在角落里，愁容满面。而关键的是，这个人她认识。

几乎毫不犹豫，苏萤转身就走。眼瞅着她要离开，角落里“双目无神”的叶旋立刻起身，殷切地喊她：“小姐姐，好巧啊！你也来吃饭。”

苏萤见被发现了，只好回头，面无表情地看向他。

叶旋快步跑到她面前，明明比她还要高出一头，偏偏一脸孩子气的欢喜：“真是巧，你怎么会在这里？”

苏萤就近坐下了，随口说："这话应该我问你才对吧。"这里离白天试镜的地方那么远，乘公交要颠簸一个小时，如果他说自己是随便溜达过来的，也太假了。

叶旋大大咧咧地坐在她对面，眼睛亮晶晶的，像是终于找到救星似的："我听说这边的民宿价格比较便宜。"

苏萤瞟了他一眼，丹凤眼里映着路灯的光："你？为了便宜一点，跑这么远？"说着，她的目光从他T恤衫袖口扫过，那个logo（标志）虽然又小又不起眼，但也足以证明它的价格买她全身行头都绰绰有余。

这种公子哥，会需要来这儿找便宜的民宿？简直比说自己是随便溜达过来的还要假。

叶旋忙解释说："家里人不同意我做模特这行，我是瞒着他们出来的，当然没多少钱嘛。来帝都的机票花光了所有零花钱，剩下的只勉强够吃饭，我真的住不起二环酒店。"

正说着，老板端着盘子过来了，从一把烤串里挑了四五支，放在叶旋面前："得了，刚好给苏小姐烤的，顺手送你几串。这么大小伙子，就吃几个烤馒头哪儿够啊。吃吧，不收你钱，我请客。"

苏萤闻言，下意识地看向叶旋刚刚坐的位置，桌上的铁盘子里果然只有三两根签子，不过吃得一干二净，馒头皮都不剩。她再转头，只见叶旋已经起身，恭恭敬敬地跟老板道谢，然后坐下来毫无形象地大口吃肉。

很奇怪，这么没形象的吃法，苏萤居然觉得有点可爱，就像……对，就像林锦锦的大金毛，憨憨的，惹人怜。

叶旋有点不好意思，咽下满嘴的东西，才对苏萤说："对不起，我是真饿了。"

苏萤没说话，转过头对老板说："老板，麻烦来一听冰镇可乐。"等老板送来了，她默默地推到桌子中间。

叶旋犹犹豫豫地看了眼可乐，又看她。

苏萤说："请你的，你要是被噎住了，还得付医药费。"

叶旌受宠若惊，取过罐子仰头猛灌，喉结随着液体而滚动。

苏萤脸一热，赶紧收回视线。

等叶旌喝够了，放下空了一半的罐子，才发现自己面前又多了几根肉串。

苏萤正慢条斯理地吃着自己的，目光看向铺子外。

"谢谢。"叶旌轻声说，"你人真好。"

苏萤眼皮跳了下，没理他，只顾吃自己的那份。

叶旌像是已经习惯了她的冷淡，一边吃着串，一边有一搭没一搭地说自己的计划——如果通过试镜，就可以拿作品去说服家人，别再反对他的兴趣。末了，他又问："其实模特这行业没什么不好的，对吧？"

苏萤抽了一张纸巾，轻轻地擦拭嘴角，起身："你们小孩子的想法我不懂，对我来说做这行就是谋生而已。"说完，她起身付了钱就走。

她没走出去多远，身后就传来了一阵脚步声。苏萤闷头又走了会儿，终于忍不住回头，眉头皱着："我再说一次，不要跟着我。"

叶旌坦然地说："我不是跟着你，我只是在找取款机。"

取款机？苏萤蹙眉，他不是说吃饭都没钱了吗。

叶旌像是看出她的狐疑，低声说："外面蚊子多，又热，取款机房间里有空调。"

苏萤刚想说点什么，他忽然眼睛一亮："有了，那边有一个。"

那是间自助取款的小服务区，二十四小时服务，常年亮灯，有空调。叶旌推门进去，对苏萤挥了挥手告别："那……明天见。"

苏萤摆了摆手，扭头走了。

巷子里还有稀稀拉拉的路人，空气闷热，她越走越闷，渐渐地竟觉得胸口憋得喘不过气来。那家伙刚刚那个勉强挤出来的笑容，始终在她脑海里挥之不去。

这种有钱人家的小孩，大概是头一次露宿街头吧。居然不知道那里是不允许过夜的。可这跟她又有什么关系呢，她为什么放心不下。果然，这是个看脸的世界吧！苏萤丧气地想。

又走了几步，她终于停下脚步，在原地发了会儿呆，认命地折返，回到分手的地方时刚好看见一个保安推门进去。

叶旌原本是抱着包坐在墙边的，见了保安连忙站起来，略显尴尬。

苏萤快步上前，推开门，只听保安大叔正在毫不留情地撵人："这里不允许过夜，你不知道吗？有手有脚，学人家当要饭花子，不嫌丢人吗？走走走，别跟我叨叨！"

眼见叶旌脸色又红又白，苏萤眉头微蹙，在保安身后开口："你还要耍多久的少爷脾气？快跟我回家，妈都快急死了。"说着话她已经上前，一把拉起叶旌的手腕，拖着他就往外走。

保安讪笑："原来是离家出走啊，快回去吧。"

直到离开保安的视线，苏萤才松开手。

"小姐姐，我……"叶旌说，"我不知道那里不能过夜。"

"嗯。"苏萤应了声，过了会儿，又缓声说，"我可以收留你——"

她话还没说完，叶旌已经两眼放光："真的？！"

苏萤顿时有点后悔，又接着说："明天试镜结果出来了，如果你入选了，拿到佣金你就自己找地方住；没选上，你就立刻回家——总之，我只收留你这一晚。"

叶旌忙不迭地点头。

开弓没有回头箭，苏萤即便有点后悔自己的鲁莽，也只能硬着头皮领着他往方婆的院子走。

走到大院门口，灯火通明，苏萤忽然止步，回头说："你看着我。"

叶旌不明所以，疑惑地看向她，只见她掏出手机，咔嚓对着他拍了一张照，又按了几下，才把手机收回兜里："好了，进来吧。"

叶旌一头雾水，摸着自己的脸问："是要做纪念吗？"

苏萤头也不回地说："你的照片我已经发给闺密了——奉劝你别动坏心思，不然用不了半天时间，一抓一个准。"

叶旌闻言莞尔："知道了，小姐姐，我不是那样的人。"

方婆租给苏萤的这间房子虽然温馨，但到底是个单间，两个人住还是有些拥挤。

"我打地铺就行。"叶旌主动开口。

苏萤瞟了他一眼，反问："不然呢？"难道要她睡地板吗？

叶旌眨眨眼。

莫名其妙地，苏萤脸上一热。他明明什么都没说，她却仿佛从那双眼睛里看出了潜台词：不然，还可以一起挤一挤啊！

她冷下脸，转身把床上的席子一卷，往他怀里一塞："自己铺地上，赶紧睡。"

叶旌问："那你呢？"

苏萤从包里收拾了几件衣裳，走到房间门口："洗澡。"大夏天的，尽管是晚上，来回奔走自然热得一身汗。

叶旌乖乖地点头："我不会碰你东西的，你放心去洗吧。"

苏萤走了几步到门边，想想又停了下来。

屋外只有些微暖光，使她看起来有些温柔，但一开口，口气却硬得很："你不用在我面前装乖，我不是刘总，不吃这套。"

叶旌微怔，无措地抱着席子站在屋子中央。

苏萤又说："你手指上有烟茧，身上有烟草味，虽然没戴耳钉，但你有耳洞。要说你是乖乖仔，我还真不信。"

叶旌眼尾一弯，笑容明媚："偶尔抽烟，曾经打过耳洞，并不能证明我是坏人啊！"

“我没说你是坏人，否则我才不会留你，只不过看不得你在我面前装乖，看得我……”看得她老想拉扯他的脸，把假面具拽下来。

叶旋一本正经地说：“知道了，小姐姐。”

苏萤抱着衣裳转头就走了——其实，她还是留了心眼的，钱物证件都被她裹在衣服里带出来了。这小子若真偷东西，也最多拿走几瓶护肤品而已。

院子里有四间房，除了给苏萤的这间，其他三间也各有房客，都是单间。淋浴房在后院另设，此刻夜已深，自然没别的人用。

苏萤依旧没有开灯，摸黑洗澡，这样她能看见窗外的风吹草动，会比较安心。洗了没一会儿，院子里忽然晃过一个人影，苏萤警觉地关了水，拿浴巾裹住身子，躲到窗边。

是叶旋。

他完全没往后院这边看，径直走到院子中央的老井旁，摸索了几下，压上来一桶水，然后双手拽着T恤衫下摆直接脱了。

刚刚从少年成长为青年的身形线条，在月色下几乎生辉。没想到他虽然长了张娃娃脸，却并不羸弱，宽肩窄腰，只一眼就足以让人难以忘记。

苏萤惊觉，连忙收回视线，可那个身影还是刻在脑海中一般，在黑暗中若隐若现。

她板着脸，只听见心脏扑通的声响，长长地舒出一口气，不敢再往外多看一眼。苏萤淋浴的水开得极大，水声完全屏蔽了院子里的声音。在淋浴房里磨蹭了许久，苏萤在窗边偷偷确认叶旋已经回了房间，这才抱着衣物，把脸埋进布料里。

这家伙……有毒。

苏萤回到房间时，叶旋已经把席子铺在地上，侧身面向墙壁睡下了，她进门，他连动也没动一下，似乎睡沉了。

他给苏萤留了一盏床头小灯，光线很柔和。本来叠放在床尾的两张毯子，其中一张被他展开铺在床上，取代了苏萤借给他用的凉席。

苏萤蹑手蹑脚地回到床边，和衣卧下，轻轻地关掉了床头的灯。月色从窗帘的缝隙照了进来，她翻身对着窗，怎么也睡不着。

其实叶旋连身都没翻过，更别说打呼之类的噪声，但她就是能感觉到从墙边散发的气息，那种陌生的，又让人心神难安的气息。

她到底为什么要收留他？简直是跟自己过不去。

清晨，叶旋被蝉鸣叫醒，悠悠睁眼才发现自己身上盖着张薄毯。他忙坐起身，苏萤已经不在房间里了，床铺上毯子铺得平平整整，她那只灰色的包也不在了。

没有熏香，不借助药物，他竟然能睡得如此踏实。叶旋抹了把脸，盯着掌心发呆，简直难以置信。

院子里，房东阿婆正在收拾。

见叶旋出来，方婆上下打量了几眼，笑得满脸褶子："萤萤说她半夜收留的人原来是你啊，看着年纪不大，也是去城里找工作吗？"

叶旋见老人手里端着装满杂物的箱子，连忙快步上前搭手："我是暑假偷偷出来打工的，不过还没找到，所以没钱租房子住。婆婆，东西要放到哪儿？"

"这边、这边，真是谢谢啊！"方婆不住道谢，又在叶旋的帮助下把客房杂物都搬进院子。

叶旋嘴甜，手也勤快，一来二去跟方婆处得很是熟络。

老太太满心欢喜，一再说："下次来，你提前打招呼，婆婆给你留房，跟萤萤一个价。"

叶旋问："苏萤她经常来您这儿住吗？"

"有六七年了吧，丫头十五六岁第一次来京城，就是在我这里住的。之后，她只要接到这边的活，不管多远，都会来我这里住。我没孩子，她就总来看我，照顾我生意还给我带礼物。萤萤这丫头面冷，但心热着呢。”

“我知道。”叶旋笑起来，“不然她也不会收留我嘛！”

方婆乐呵呵地说：“不过她跟我说夜里留宿了个人，我还挺意外，这丫头不大喜欢跟人亲近的。不过今天见了你，我才晓得她为什么肯收留你。”

“为什么？”

“乖巧善良，还俊俏。”方婆笑着说，“你这样的娃儿，谁不喜欢啊？”

叶旋揉揉头发，不确定地自言自语：“人人都喜欢吗？”

直到帮方婆打理妥当，叶旋才离开民宿，这里离公交站还有好一段距离，他哪儿有闲心慢慢走，顺手就拦了出租车去摄制大楼。

果然，打车只花了前晚一半的时间——公交线路是真够绕的，苏萤却毫不犹豫地选择了公交，可见手头当真是缺钱。

乘车的时候，叶旋拨了几个电话，没费太多口舌就得到了对方的应承：城郊别墅的那个广告，归他和苏萤。

叶旋道了谢，挂断电话，车刚好停在摄制大厦门口。

门卫见到叶旋，立刻跑出来迎接：“叶董今天在，要我去跟秘书处说一下吗？”

“不，我有别的事。”叶旋比了个嘘的手势，“别跟他说我今天来过。”说完，他轻车熟路地乘电梯上楼，绕过摄影棚，直接去总监办公室找刘瑞。

虽然他已经托了人，但戏要演全套，毕竟还得刘瑞配合。

可没想到刚走到办公室门口，他就听见里面传来一道熟悉的声音，清冷而疏离：“他虽然年纪小一点，但成片效果并不比杜星河差。而且这一期别墅，从定位上也偏于年轻化，我觉得叶旋可能更合适一点。”

刘瑞说：“所以你是倾向于跟新人合作？苏萤，你知道的，我很器重你。而且广告主很满意你，你的意见，对于搭档的选择非常重要。”

叶旋站在门外，听见苏萤沉默了一会儿，才开口：“是的，我认为叶旋比较合适。”

“行，这事包我身上。”刘瑞拉长了调子，不怀好意地说，“苏萤，你可得记着，你欠我一个人情——”

叶旋蹙起眉，稍稍后退了几步，有意加重了脚步重新走过去。

果然，等他走到门口的时候，刘瑞已经好整以暇地候着了。

苏萤则冷淡地别开了视线。

叶旋客客气气地说：“刘总，昨儿我仔细想了，我是新人，这片子是我第一个作品，其实能赚多少钱不重要，能出道才是关键。所以我决定了，这次不要劳务费，只要能上就行。”

话一出口，苏萤立刻抬眼看他，眸光中尽是意外。

叶旋眼神清亮：“小姐姐，你别担心，我是经过认真考虑的。”

一听说叶旋不要劳务费，刘瑞立刻满眼放光。广告主的预算是固定的，模特不要劳务费，意味着他能从中渔利良多，何乐而不为？

刘瑞支走苏萤，避开叶旋去打了一通电话，回来的时候眼底透着疑惑——他还没开口游说，广告主居然就主动提出换成叶旋，这是什么操作。

作为一只老狐狸，刘瑞掩藏得纹丝不露，回来只跟叶旋说：“成了，虽然费点口舌，但人家同意用你了。”

话说完，刘瑞从那个大男孩儿脸上看见了一丝冷笑，可是等他定睛再看，那个奇怪的表情已经转瞬即逝，面前的少年依旧明朗，鞠躬致谢，然后安静地离开了。

刘瑞说不上为什么，总觉得这个看似阳光的家伙仿佛一直被迷雾笼罩着。

叶旋在走廊上没见到苏萤，可刚经过楼道口，就听见身后传来清冷的声音：“你疯了吗？”

苏萤从门后走出来，面无表情：“不是连饭都吃不起，房都没钱住吗？还免费出演？”

叶旋仍旧笑眯眯地说："可我拿到机会了，你知道新人出道有多艰难。第一条片子就能跟知名地产商合作，对日后发展会很有好处。"

苏萤承认他说的有点道理，但刘瑞刚刚明明已经应下了，如果不是他冲动莽撞，机会和酬劳可以兼得。

"我不管你是什么打算，总之昨天说了，无论发生什么，我只收留你一夜。今晚你爱上哪儿待着就去哪儿，别再跟着我。"电梯门开了，苏萤头也不回地走进去。

叶旋连忙快步跟上："别气、别气，我不就是不乐意见他要挟你吗？"

苏萤一愣，原来他听见刘瑞的话了。刘瑞以录用叶旋来卖她人情，往后会在哪里挟恩求报，她也不知道，但肯定是埋了个引子。而如今因为叶旋放弃报酬，这人情债也就不成立了。

苏萤从电梯墙壁的反光里看见某人笑容明朗，心头微动，没再开口，门一开就先离开了。

叶旋闷头跟着，经过岗亭的时候，门卫试图出来打招呼，被他抬手制止了。

门卫愣在原地，眼睁睁看着少东家追着个女孩在解释什么，等人走远了，赶紧给董事长秘书打电话——少东家好像有情况了！

苏萤一口气走到车站才停下，回头冷着脸说："站住！从现在开始，你再跟着我走一步，我就报警告你骚扰尾随。"

刚好车来了，她立刻登上车，看见某人又跟着，顿时怒目而视。

叶旋低声说："我的行李还在方婆那儿呢。"

苏萤一看，他果真两手空空，只好甩手朝车厢后段走去。

偏偏不凑巧，车上就最后排有两个空座，苏萤坐下了，叶旋理所当然地坐在她身侧。

苏萤偏过头看窗外，当他是空气。

过了许久，叶旋说："在机场的时候，我看过你的证件。"

苏萤蹙眉。

他忙解释："当时我就想找找看，有没有你的联系方式。"

"你到底想说什么？"

"我还在刘瑞那里看见了你的演艺合同。"被苏萤一瞪，叶旋忙说，"我不是故意翻的，他摊在桌上，你知道的，我看字很快。"

她知道个鬼！对他她明明一无所知，苏萤心头升起不安。

果然，叶旋歪过头，无辜又好奇地问："所以小姐姐，你究竟多大了？二十一岁，还是二十五岁？"

苏萤眯起了眼。

五年前，她十六岁，那是她第一次尝试做模特。林锦锦帮她联系上了帝都这家名为"旌歌"的演艺公司，但当她千里迢迢赶去，却被告知未成年人签约需要监护人签字。彼时她和当时的监护人水火不容，自然拿不到签字，所以心一横办了张假的证件，谎称已经成年。

没料到之后居然和这家公司合作不断，苏萤只得将错就错，一直用着假的身份信息，所幸没有被人察觉。

苏萤稍微抬起下巴，丹凤眼眯起："你现在是在威胁我吗？"

叶旋摇头，笑着说："就问问。我怎么可能做这种事？"

证件造假的事说大不大，说小不小。可是事情一旦捅给刘瑞，他定然以此要挟，还不知会整出什么幺蛾子。

苏萤问："你想怎样？"

叶旋委屈巴巴地说："这真不是要威胁你，不管你肯不肯让我借宿，我都不会把这事说出去，我可以指天发誓！"

苏萤愤愤地别过视线，过了良久，看着窗外说："就这四天，拍摄一结束，你我就桥归桥路归路，就当从没认识过。"

刚说完，她就从车窗玻璃里看见他眉开眼笑："阿萤，你真好！"

苏萤假装闭目养神，再也不理他了。

叶旋看向沐浴在夕阳柔光中的少女，灿烂的笑容一点点收敛，渐渐成了玩味的浅笑。

原来这个世界上，真的有人会让他充满探究的兴趣。都说漂亮的皮囊比比皆是，有趣的灵魂万里挑一，也许他是遇见了宝，才会撞见装在漂亮皮囊里的有趣灵魂。

他的视线落在苏萤抱在怀里的灰色双肩包上，少女白皙的手指轻轻攥着包带——无论何时，她都充满了警惕。

这样的女孩居然会答应收留自己，叶旋其实非常意外。

车终于到站了，两人一前一后地跳下车，影子被夕阳拉得老长，重叠在一起。

叶旋心情极佳，追在她身后说："为了庆祝，我请你吃东西吧。"

苏萤脚步不停，没好气地说："庆祝？庆祝什么？"一个连佣金都拿不到的人，有什么可庆祝的。

叶旋理所当然地说："庆祝我们二度同居啊！"

苏萤一顿，斜睨他："再口无遮拦，你就给我睡马路去。"

叶旋笑脸一沉，撇嘴："你教育人的时候别说二十五岁了，说三十五岁我都信。"

苏萤哼一声，懒得理他。

"走啦，请你吃那个。"叶旋指着街对面的意大利冰激凌店。

苏萤收回视线，看向他，缓缓绽开笑容。

叶旋被看得心里发毛，然后，听见她笑着一字一句地问："你又有钱了？"

"不！没钱！身无分文！"

苏萤转身就走，脸上不自觉地带着点笑意。

"阿萤，你去哪儿啊？"

"别叫我阿萤。"

“那叫什么？小姐姐吗？”

“算了，随你。”

叶旋嘴角一勾，走到她身侧：“好的，阿萤，我们现在去哪里？”

“吃饭。”

“好啊！吃饭庆祝——”“同居”两个字还没吐出来，叶旋就在苏萤威胁的视线里乖乖地闭了嘴。

苏萤依旧带着他去前夜的大排档。

老板一见是她，立刻眉开眼笑：“苏小姐，今天工作顺利吗？”

“顺利，明天正式开工了。”

“我就知道你肯定没问题的，今天想吃点什么？”

苏萤想了想，说：“炒饭吧，多点辣椒。”而后，又不情不愿地问身后的小跟班，“你吃什么？”

叶旋问老板：“叔，能下碗挂面吗？打荷包蛋，要两个。”

苏萤微怔，但抬头看他面色如常，就什么都没有说。

老板认出他，不无惊讶：“你俩今天又一起啊？”

“碰巧而已。”

“我俩住一起。”

苏萤：“……”

老板挠挠头，打着哈哈转身去忙：“等着，马上好。”

叶旋拉开椅子，托腮看着她笑。苏萤恨他口无遮拦，气得不想搭理人。

老板又进来了，把两罐啤酒放他俩面前：“我请客。”

苏萤不怎么喝酒，但今日不同，对她来说这是想忘记却总记得的日子。她拿过易拉罐，拉了几下都没拉开。叶旋随手拿起另一罐，熟练地扯开，递给她。

苏萤瞥了他一眼，挺熟练的嘛！

叶旋忙解释：“我爸爱喝。”

苏萤一哂，懒得戳穿他。其实从相识时，在飞机上察觉他身上淡淡的烟草味，她就知道这家伙远没有伪装的那么乖巧。可是，她还是愿意相信这人不坏，也许因为他眼神清澈，笑容纯粹，又或者简单地说，只是因为他好看。

这就是个看脸的世界，没什么值得隐瞒。她喜欢这家伙的模样，也就对他的放肆多了三分忍让。

等老板把炒饭和面条端上桌，苏萤已经灌了一听啤酒下肚，胃里火烧火燎的，只想塞点什么进肚子中和一下。可是她刚伸手拿炒饭的盘子，叶旌就眼明手快地把盘子拽到自己面前，又将面碗推给她。

“面条不是你点的吗？”苏萤问。

叶旌掰开筷子递给她：“忽然想吃炒饭了，你就让给我好不好？”说着，不由分说地舀了一勺饭送进口中。

既然炒饭已经被“染指”了，苏萤只好吃面。

挂面有点呛，但热乎乎的汤汤水水下肚，胃里总算是舒坦了。这么多年来，这还是她第一次在这个日子吃面，尽管，无人知晓这其中的意义何在。

苏萤吃得额头冒汗，伸手去摸啤酒，才发现罐子空了，抬头，没想到叶旌正单手托腮，若有所思地凝视着她。

她下意识地摸了摸嘴角，疑心自己吃花了脸。

这个不经意的小动作，使得她一贯高冷的形象突显萌态。叶旌忍不住弯起嘴角，慢条斯理地说：“你的脸很干净。”顿了下，又歪头补充，“也很好看。”

苏萤不由笑了声，而后眸光一闪，睇了他一眼：“没大没小。”

这个眼神带着若有若无的妩媚，只是她自己浑然不觉，边说边把空罐子丢进垃圾桶，又伸手去够叶旌面前的那罐。

他握住罐子，问：“你还能喝吗？”

苏萤像听见笑话了一样，笑着说：“这是啤酒。”嘴角下方浅浅的酒窝浮了上来。

叶旋眉眼一弯，看来她的酒量不大好呢！

果然，第二罐啤酒下肚，苏萤白皙的脸蛋便红扑扑的，额角挂着晶莹的汗，对着剩下的半碗面条直发愣。

叶旋问：“怎么了？”

苏萤为难地说：“吃不下了。”说着，轻轻地打了个酒嗝。

“吃不下就放着吧。”

“浪费。”苏萤嘟囔，低头又去挑面条。

面碗忽然被人抽走了，她迟钝地抬头，只见叶旋一筷子夹起面条，三下五除二吃了个精光，又拿纸巾擦了擦嘴角，挑眉问：“这样行了吧？”

苏萤眨眨眼，总觉得有哪儿怪怪的。

叶旋问：“还想吃别的吗？”

苏萤摇头：“饱了。”

“那走吧。”

苏萤看着他去付账，又站在路灯下等她，一切默契得像是已经这样做了很多年。她迷迷瞪瞪地跟着他离开，走了好远才反应过来，蹙眉问：“你怎么又有钱了？”

叶旋回头，眼底带笑：“余额不够住酒店，但饭钱总有啊！何况，不是说好了我请客庆祝的吗？”

庆祝？苏萤脑袋有点短路，过了两秒，才想起来他说的是庆祝“二次同居”，顿时想要反驳，可他已经回过身，双手插在牛仔裤兜里，慢慢往前走了。

她抬起的手又落下了，把刚刚那一瞬想伸手拉住他的冲动硬生生压了下去。

街边的小饭馆里拥出一群学生模样的孩子，勾肩搭背说笑着迎面走来，有人猛地喊了一嗓子：“不如给嫂子唱首生日歌吧！”

一群人顿时都起哄，把为首的男孩推了出来，催着他唱。男孩一脸青涩，最多十五六岁的年纪，他身边红着脸的女孩子也大约同龄。被同伴们闹得没办法，男孩果真为小女朋友唱起了生日歌，先是羞涩，继而扯开了嗓子，毫无顾忌地用变声期的嗓音吼唱。

经过那群人身边的时候，苏萤忍不住回头看了他们一眼。小姑娘羞红了脸，一个劲说“别唱了”，却没有真正动手阻拦小男友。

“祝你生日快乐，祝你永远快乐……”苏萤跟着那男生的调子，轻轻地哼了两句。

叶旌脚步微顿，停下脚步回头，只见苏萤低着头，看着自己的脚尖，而她的脚正踩在他的影子上，看起来像个渴望被接近的孩子。

苏萤埋头跟着走，等她察觉偏离路线的时候，已经站在一处广场的边缘。

那是个尚未竣工的下沉式地铁站，中间是圆形广场和地铁出口，四周是环形阶梯，将来中央可以作演出广场，阶梯就是观众席。

苏萤问：“怎么跑这里来了？”

叶旌按着她坐在台阶上。

苏萤仰起头：“你到底要干什么？”

“你坐在这里。”叶旌对待小孩似的，伸手在她头顶揉了下，然后迈着大长腿三步并作两步地跑了下去。

因为未完工，广场附近人迹罕至，只有高耸的路灯照亮一切。

苏萤不明所以地看着叶旌跑到广场中央，煞有介事地向她鞠了一躬致意。

搞什么？她刚要起身，就听见他居然一本正经地唱起生日歌。

广场空旷，干净的男声带着回音。

这画面有点傻啊。真的。可是，为什么她眼眶有点湿。

叶旋个子很高，可站在广场中间，看起来只有那么一点大。

生日歌那么单调的旋律，哪有人会站在广场中心大声唱啊。小学生都不会这么做，傻得都冒泡了好不好！

还有，四面八方那么安静，万一别人听见了，还以为他有病呢！

但明明这么傻，为什么她还会泪如雨下？

等叶旋三步并作两步跑上来的时候，看见的就是十指捂脸低着头的苏萤。

他想过，苏萤也许会因为觉得丢人而起身就走，也可能会被他逗得笑出小酒窝，再不济就是骂他一句“有病啊”，但他万万没想到她会哭。他不就唱了首歌吗，想逗她开心而已。

叶旋蹲在苏萤面前，能看见她指缝之间晶莹的泪水。她哭得一点声音也没有，但呼吸间鼻塞的声音还是泄露了一切。她很瘦，T 恤衫下的肩头微微耸动，脆弱得简直让人心疼。

“怎么了？”叶旋不知道问题究竟出在哪儿，“我不唱就是了，你别哭啊！”

苏萤没抬头，捂着脸，闷声说：“你别管我。”

叶旋四下张望了下，又说：“你别捂着脸了，真没人看见，不丢人！而且，丢人也是丢我的人，你哭什么啊。”

苏萤不理他，把头埋得更低。

叶旋发慌，蹲在她面前，只能看见她毛茸茸的发际线，突然冒出一句：“你别哭了，再哭我亲你了！”

苏萤果然一下子抬起头来，满面泪水，瞪着他：“你敢！”

借着路灯，叶旋看见她双眼和鼻尖都红彤彤的，眼里满是警戒，像只机敏的兔子。他不由起了捉弄之心：“你要再哭，我就敢。”

苏萤猛地起身，抹了把脸：“你哪只眼睛看见我哭了！”

明明还带着鼻音呢……叶旋没说话，自作主张地从她背包外层口袋里取了面纸，递给她。

苏萤愣了愣，还是接过来了，背过身子擦眼泪，过了片刻，才问：“你怎么知道的？”

背后没人搭腔，苏萤只得回过头，冷不丁正好与叶旋眼对眼。

他弯着腰，与她视线平齐，确定她已经不哭了，才露出一抹笑来：“我连你今年二十一岁都知道，怎么可能不知道你今天生日？”

苏萤看着他的笑容有些出神。

会吗？她当时也看见他的证件了，可别说生日了，连他大名叫什么都没细看，他怎么什么都记得。

叶旋看出她的疑惑，一咧嘴：“我记性好着呢，过目不忘。好了，现在轮到我问你了。你哭什么？”

“不要你管。”苏萤转过身。

叶旋快步绕到她面前，执着地问：“你的问题我都回答了。礼尚往来，懂吗？”他眼睛明亮，嘴边带着浅笑，这样的笑容，任谁都没办法狠心拒绝。

苏萤拗不过，只好说：“很久没过生日了，一时情绪失控，见笑了。”

“去年你不是过二十岁生日吗？这种大生日也没过吗？”

“没有。”

“为什么？”

“忘了呗。”苏萤勉强弯了弯嘴角，酒窝微显，“我爸过世之后，没人记得这种小事。”

叶旋没有再问她的母亲，那些藏在眼底的寂寥已经足够了。

“对不起，我不该多问的。”

“说了让你别问，你非要问！”

“没关系，从今往后有人记得了。”

在苏萤疑惑的眼神里，叶旋拍拍胸口：“我啊，我会记得。”

苏萤忍不住笑了下，酒窝一闪而逝，只当他是说说场面话而已。这个转瞬而逝的笑，落在了叶旋的眼睛里，他几乎瞬间读懂了那笑容里的自我保护。

他毫无征兆地张开手臂，轻轻地将苏萤揽入怀中，如同安慰小孩子那样，一下一下地拍着她单薄的背。

他的动作又轻又小心，不带半点侵犯的意图，温和得让苏萤疑心，下一秒他就会"哦哦哦"发出哄奶娃娃的声音。

和在飞机上初次相逢时一样，叶旋身上混合着清爽的皂香和隐约的烟草味，此刻苏萤的脸正贴近他的颈窝，刚刚好对着他微动的喉结。

他很好闻，像阳光和与之相关的一切。

苏萤难得没有立刻推开他，站得笔直，任由他轻轻安慰自己。

直到发现她一直都不动，叶旋才自己松开手，退了半步，疑惑地低头看她的眼睛："你不会睡着了吧？"

苏萤揉了下眼睛，因为喝了酒又哭过，眼睛有些干涩："没有，但快了。"

"那快回去吧，我可背不动你。"叶旋说着，拉起她的手腕就往回走。

苏萤从他掌心挣脱出来，瞪了他一眼："我自己会走。"

叶旋毫不在意，大笑着与她并肩而行。

有风穿巷而过，吹散了苏萤脸上的热气，她低头，看着两个相连的影子，嘴角不由自主地噙着浅笑。其实，身边有个人陪伴的感觉，并没有她想象中那么别扭。她以为自己不喜欢与人亲近，如今忽然发现，不是不喜欢，而是她怕迷恋上这种温暖，最终却又被抛下。

回到民宿里，苏萤混混沌沌裹着毯子躺下了。过了许久，在半梦半醒之间听见有人说"晚安"，她翻了个身，嘟囔着回了一句"晚安"。

话出口，她才发现，这个词对她来说有多么陌生，又多么温暖。

Chapter04

我不喜欢小姑娘，只喜欢你

尽管已经过去近半个月，夏天也渐远，但这些都还历历在目。

与雇主约定的那天，苏萤按时登门，虽说早有心理准备，但真正被自称云姨的管家领进别墅，她还是忍不住屏住呼吸。

光是前厅外的花园，面积就赶上她家小区的街心花园了，更别提还有个种满了绿植、生机勃勃的后院。

虽说是豪宅，但这间宅子装修并不奢华，自简洁中透着章法。客厅的一面墙都被布置成了书架，从地面一直延伸到天花板，书籍琳琅满目，柜子旁边的移动扶梯似乎在无声地证明，主人是真的常常攀高找书，而非拿来装点门面。

苏萤这样打量了一圈，已经对这家人生出些许好感。

管家云姨安置好苏萤，对楼上喊了声："小旌，老师来了。"

苏萤被那个"旌"字一激，差点起身，所幸生生地忍住了。

二楼传来一个清朗的男声："老师来得还挺早。"

嗯？！

苏萤端着杯子，一眼看见拐下楼梯的"学生"——深灰色 T 恤衫，松松垮垮的黑色长裤，米白色拖鞋，湿漉漉的头发还滴着水。

叶旌一只手拿着毛巾擦着头发，居高临下地看向她，满眼意外。

"咦？"他勾起嘴角，眼里的错愕渐渐化作惊喜，三步并作两步跑下楼，“是你啊！小姐姐，真是太巧了。”

从错愕到惊喜，这一系列神情变化几乎能纳入表演系教材。但，苏萤连一根手指头都不信这是巧合！

叶家书房。

桌上整齐地码放着书籍，摊开的笔记本上有龙飞凤舞的阅读笔记，苏萤无意中瞥了几眼，意外于叶旌居然是个能静下心来读书的人。

她还以为这家伙是个耍嘴皮子的小屁孩。

叶旌托着下巴，歪头坐在书桌另一边，认认真真地盯着苏萤的侧脸看。

她沉默了许久，才开口：“楠大艺术系有服装设计专业，你想学就去报名辅修好了，为什么要专门找家教？”

“我系里课程忙，没空去辅修，所以找家教啊！”

“不是还有晚间课吗？”

“我不住校，晚间上课不方便。”叶旌脸不红心不跳，坦然胡扯。

苏萤说：“我专业课才上了不到一年，能教你的东西有限。”

“没关系。”叶旌搬出一摞书籍资料来，堆在她面前，“这些东西你吃透了，再讲给我听就行。”

那里面许多都是英文原版的最新设计书，苏萤的同学大多看的都是网上流传的PDF（便携式文档格式），别说原著都是天价，就算有钱也没地方买原版。这家伙是打哪儿弄来这些一手资料的。

像是看出来她的疑惑，叶旌说：“我家里做服装的，只不过我懒，不爱看书，喜欢直接听结论——教材我都给你了，你可得仔细备课啊！”

懒吗？苏萤瞥了眼书桌边厚厚的笔记，他怎么也不像个懒得看书的人。

苏萤随手翻了翻资料，居然在一堆时尚资料里看见几本心理学相关的论著。

“哦，我看你对心理学感兴趣，借给你看的。”

在飞机上的时候，苏萤一路都在看林锦锦借她的那本讲抑郁症的书，没想到叶旋居然记在了心里。

苏萤抿嘴："那教学成果怎么考核？"

叶旋想了想："就……老师不可以迟到、不可以早退，行吗？"他挠了下半干的头发，又补了一句，"还有，对待学生要有耐心。"

苏萤润了润唇，严肃地翻开一本《欧洲服装史》："现在开始？"

一只骨节修长的大手按在书封上，把书合上了。

在苏萤质疑的目光里，叶旋笑说："今天第一天，就当见个面吧。"

"那也行。"

见她转身就要走，叶旋连忙出声："阿萤，我钱还没还你。"

"等你微信有钱再转给我。"

"那今天的课时费……"

"今天没讲课，不用课时费。"苏萤抱着书，一板一眼地说，"我先备课，周三来试讲，合适的话我们再定下来。"

她真的太严肃了，让叶旋有种揪住她柔软脸颊的冲动。

苏萤被他盯得脸发烫，她也知道自己表现得太刻意了，但不这样的话，她真怕自己会弄砸了这份工作。比如，刚刚他只不过是在她身后翻书，发丝滴下的水珠落在她颈窝里，他压根儿没发现，她却敏感地觉察到水珠顺着锁骨直滑至胸口，一路上，轨迹鲜明，如被灼伤。

这个突然出现的少年，打破了苏萤长久以来的宁静，她不喜欢这种感觉。

"那么，周三见。"

叶旋觉得，抱着书快步下楼的苏萤就像只遭到戏弄而落荒而逃的猫咪——脚步还是优雅的，但脊梁骨上竖着的毛完全暴露了她的惊慌失措。

苏萤只想静静，没想到还没出门就遇见了另外一个人。

那是个打扮得体的中年妇人，头发绾在脑后，一袭深色系套装，气度斐然，手里还提着LV，高跟鞋才脱了一只。她抬头看向苏萤，微笑了一下，不急不忙地换下另一只鞋，才开口：“是小旌请的家庭老师吧？我是他的妈妈。”

苏萤觉得她有几分眼熟，一时想不起在哪儿见过，但还是立刻恭恭敬敬地打招呼：“叶太太好，我叫苏萤。”

穆然，也就是叶旌的妈妈抬头看向二楼，儿子的视线还停在“苏老师”身上，完全没打算跟自己打招呼。

“都这个点了，不知道留人吃饭再走吗？”穆然温和而不容置喙地说，“苏老师，吃个便饭再走吧。”

苏萤婉拒，但架不住穆女士气场强大，终究推不掉，只得乖乖坐在桌边，与笑眯眯的叶旌四目相对。

短暂的交谈之后，苏萤忽然福至心灵，终于想起为何觉得穆女士面善！她在时尚杂志上是见过穆然女士的，作为国内著名设计师，穆女士早在十多年前就已经闻名遐迩，只不过为人低调，极少出镜，所以她印象不深。

幸好苏萤是个冷静的性子，即使内心激动不已，还是坐得住，勉强让自己把对方当作“学生家长”而不是偶像看待。

穆然优雅地擦了擦嘴角，问：“小旌是怎么找到你的，苏老师？”

“叶旌在网上发招聘信息，我刚好看见了。”

“刚好啊！”穆然玩味地笑了下，点点头，“挺好。”

一点都不好！苏萤腹诽着，家里有这样一个大师妈妈，他居然还找一个本科生来班门弄斧，这完全不合逻辑。

叶旌百无聊赖地拨着碗里的饭，仿佛根本没听见母亲在和她交谈什么，一副玩世不恭的模样。

穆然看了儿子一眼，又对苏萤说：“往后，劳烦苏老师费心了。”

苏萤忙说：“叶太太叫我苏萤就行。”

“那行，你也别叫我叶太太，喊声穆阿姨就行了。”

苏萤抿嘴笑，酒窝浅浅的，身上那种凌厉的美感顿时化解了，露出几分少女的羞涩来。

叶旌歪了歪头，盯着她的笑脸猛瞧。

穆然接着说：“我跟叶旌的爸爸工作忙，没空多管他，这孩子，是得有个人好好管着。”

苏萤心想，自己哪儿管得了这小少爷啊，只是没敢应声。

没想到穆女士接着说：“阿姨就把小旌交给你了。”

一口果汁差点把苏萤给呛住，她忙咽下果汁，略显慌张地起身来：“阿姨，不早了，今天真是谢谢招待。我明天还有课，就不久留了。”

叶旌跟上前：“我送你。”

苏萤埋头换鞋，说：“阿姨难得回来，你陪她说说话吧。”说完，便落荒而逃。

人走了，叶旌懒散地对端坐的母亲说：“问吧。”

穆然轻笑：“知道我要问，还不如你自己都交代了。”

“苏萤，楠都大学服装设计专业，大二，本地人，二十一岁。我在网上找老师，她恰巧应聘过来。还有什么想问的吗？”

穆然拍了拍沙发：“坐过来说话。”

叶旌坐下了，才看见母亲手边放着的小纸袋。白色的纸袋，简洁的黑色英文印花，是他熟悉的牌子。穆然每次去欧洲，都会替他带一些这个牌子的熏香回来，气息醇郁，最是助眠。

穆然把袋子推给他，又问：“在你爸公司遇见的模特，就是她？”

叶旌摩挲着纸袋的提绳：“嗯。”

“你跟她同住了几天？”

“你不是都知道了吗？还问我干吗？”叶旌挑眉，“这次又是哪个人告诉你的，爸的秘书，还是门口保安？”

穆然避而不答，只说：“不是说房间里只要有第二个人，你就绝对睡不着吗？”

“你问我，我问谁？”叶旋脾气暴躁起来，猛地站起身，“问够了吗？问够了我去睡觉了。”

穆然不悦：“这是跟妈妈说话的态度吗？”

“不然呢？”叶旋深呼吸，垂下睫毛，再抬眸，那份不耐烦已经荡然无存，是他平素示人的温和模样，扯起嘴角，“这样呢？这样你会比较满意吗？”

穆然蹙起精致的眉：“够了。”

叶旋微笑：“这话我也想说。妈，够了，别再让人监视我了，我受够了。”

“怎么是监视？那是关心，我跟你爸——”

“够了！”叶旋一声断喝，定了定神，疲惫地说，“在你们眼里，我永远都是病人，就好不了是吗？就连我接触一个女孩子，你都要特意飞回来看个究竟。看来，我早就应该拼命拈花惹草，这样也许每年能多见你跟我爸几面，你说是不是啊？”

穆然叹了口气：“小旋，我回来只是因为想你。”

叶旋笑，眼底却冷淡得很：“那真是劳您记挂了。”说完，转身上楼去了。

穆然疲惫地坐在沙发上，许久没说话。

云姨无声地端着茶水走出来：“太太也不用太担心，我已经很久没见小旋发脾气了，他已经比从前好多了。”

穆然揉着眉心：“就是因为他这副样子，我才最担心。我都快不知道哪个才是他真正的模样。”

苏萤好不容易赶上末班车回家，车程不短，人挨着人，空气黏湿闷热。

路边的霓虹闪烁，从繁华到僻静，从双向六车道到单行线，随着离苏萤租住的公寓越来越近，公交上的人越来越少，等她到站的时候，只剩下寥寥数人。

说起来叶家和苏萤住的小区同在楠都，却恍如两个世界。

苏萤跳下车，路灯之下形影相吊。

她不免想起在帝都的那段日子，两人同住一间小屋，在同个剧组拍片，天黑了相伴回四合院的日子——

那会儿定下了苏萤和叶旌搭档，拍摄也就如期开始了，地点在已落成的别墅区里。

苏萤早已不是新人，轻车熟路很正常，令人意外的是叶旌。

两人初见时他穿着花哨的T恤衫，松弛的牛仔裤，像个没长开的少年。谁也没想到他换上西装，系上领带，用发胶将头发梳往脑后的时候，就完全变成另一副模样了。

他曲着一条腿站在别墅楼梯上，安静地俯视众人，活脱脱一个锦衣玉食的小公子。年龄似乎不再重要，这样的男人从二十岁到四十岁，大约都是这般倜傥。

即便苏萤穿起了高跟鞋，依偎在他身前还是显得小鸟依人。镜头里，他俯身低头在她额头落下一吻，宠溺几乎要从眼底溢出来。

“苏小姐和小叶，差了六岁？一点都不像。”

当然不像，因为苏萤的年龄造了假。叶旌若有所思地看了苏萤一眼，不出意外地收到她警告的一瞪，顿时笑盈盈地转开视线：“那是因为小姐姐保养得宜，看上去刚满十八啊！”

“小叶的嘴可真甜，小姑娘们是不是都被你哄得心花怒放？”组里的人逗他。

叶旌一本正经地摇头说：“我不喜欢小姑娘。”

顿时，周遭视线都汇聚了过来，就连苏萤也一时手滑，手中的发夹落在了地上。

叶旌不慌不忙地拾起钻饰发夹，看向苏萤的发髻，随口问："夹在哪里？这儿吗？"

他的声音很轻，只有苏萤能听见。

"随便吧。"他的气息太近，苏萤的思绪有点迟缓。

叶旌退了半步，仔细端详，然后倾身将发夹卡在她发丝之间，等直起身，他才发现不知道什么时候两人成了众人瞩目的焦点。

"怎么了？"叶旌抹了把脸，"都看着我干吗？"

组的小姑娘迟疑地问："你刚刚说……你……不喜欢小姑娘？"

叶旌这才明白众人眼里的古怪到底是啥，顿时笑起来："你们想哪儿去了？那是因为我喜欢小姐姐啊！"说完，大大方方地去场边喝水了。

于是，苏萤瞬间成了场间的焦点。

她眨眨眼："都看我干吗？我长他六岁，这不是小姐姐，得叫大姐了。"

小姑娘们这才释然，笑眯眯地各忙各的了。

叶旌被水呛得连笑带咳——还真是没见过自损起来如此不含糊的女孩。

苏萤背对着场外，心里问候了叶某人一万八千遍。

"苏萤在哪儿？"刘瑞忽然出现在片场外。

叶旌回头，果然在苏萤脸上捕捉到一闪而逝的不耐烦。

"刘总，有什么事吗？"苏萤神情冷淡，肢体语言上的排斥几乎不加掩饰。

刘瑞上下打量了她一番："嗯，是挺漂亮，难怪广告主那边一口指定了用你。"

苏萤连客套话都不愿意多说，只问："有事吗？还有好几条镜头要拍。"

"不是什么大事，就跟你打个招呼，等会儿拍完了别急着走，晚上跟房地产那边的人一起吃个饭。"

“我住得远，要赶回去，吃饭就算了吧。”

刘瑞假笑：“说起来人家力排众议用了你，你都没亲自道个谢，这说不过去吧。将来毕竟还要在这个圈子里混，这些应酬是有必要的。”

“我——”苏萤正要开口，肩头被人轻轻拍了一下。

叶旌端着水杯，笑脸迎人：“刘总，您看能带我去吗？新人嘛，多条路子都是好的，混个脸熟，以后好谋生嘛。”

俗话说伸手不打笑脸人，刘瑞尽管觉得他不识时务，也不好翻脸，只说：“你小孩子去不合适。要想认识人，下次去公司拜会的时候，哥带你去。”

叶旌好说歹说，刘瑞就是不松口。

“别说了。”一直冷眼旁观的苏萤打断了两人，“我去。”

刘瑞立刻堆起笑，再也不搭理叶旌，抬手要去搭苏萤的肩膀，却被她不动声色地避开了。

等刘瑞交代好晚上的安排，拍拍手张罗众人“开动开动，早拍早收工”，大家才发现，叶旌不知道什么时候已经悄悄离开了，只好分头去找人。

苏萤独自坐在台阶上，怔怔地出神，礼服裙摆逶迤在地。如果不缺钱，她大可以甩手走人，不理会刘瑞这个登徒子，放弃这家经纪公司的资源，甚至可以离开这一行。

但没有如果，她缺钱，而且很缺。

正当苏萤琢磨晚上究竟是装醉，还是装生理痛才能提前退场时，就听见有人喊：“别找了，别找了！小叶回来了！”

苏萤抬头，刚好看见被众人簇拥着走来的叶旌。

他的脸上没有一贯的和煦，常常带笑的眉眼间居然凝着些许冷硬。像是感应到苏萤的视线，他看了过来，四目相对，桃花眼中的冰雪瞬间消融，只剩下熟悉的轻快笑容。

苏萤几乎疑心之前是自己看走眼了。

之后的拍摄一切如常，到傍晚时分顺利杀青了这个场景的全部镜头。

苏萤磨磨蹭蹭地卸着妆，心悬着，总觉得下一秒刘瑞就会出现。

忽然有脚步声近了，苏萤一慌，想也没想就躲进了更衣间，一把扯紧帘子，屏住呼吸。

那人走进化妆间，略微停顿，靠在墙边站定了。

苏萤听见清朗的男声带着笑意："空调都关了，再不出来小心热得中暑啊！"

是叶旌，苏萤一把拉开帘子出来，从他面前走过。

叶旌拉住她的手腕，稍微一使劲就把人带到自己跟前。

苏萤怒道："松开！"

她眼里的惊怒那样明显，叶旌果然松开手，又从她发丝间摘下摇摇欲坠的发夹，递给她："这个要掉了。"

苏萤看着晶莹的夹子，绷着的神经猛地放松了。她知道是自己情绪太紧张，过于敏感了，于是取过夹子轻声道谢。

叶旌跟着她走回化妆镜前，从镜子里看向她的眼睛："那么害怕刘瑞？那干吗要答应他去应酬？"

她明明什么也没有说啊！

叶旌指着自己的眼睛："都写在这里了。"

苏萤看向镜中的自己，脸色发白，眼神不安。她躲开了镜子里自己的目光，沉默地拾起卸妆棉擦拭。

叶旌问："如果坚持拒绝，刘瑞会怎么做？临阵换人吗？"

"吹毛求疵，拖延拍摄进度，直到广告主同意换人。"

"换人？不是签了合约吗？"

"他会付违约金，反正从下一任的佣金里抽，而且那点钱他不在乎。但对我来说——"苏萤说了一半，顿住了。对她来说，就丢了饭碗。苏萤不知为何说不出口，似乎潜意识里不愿在这个少年面前显得太过市侩。

然而叶旌像是根本没有注意到她的别扭，手插在兜里，过了会儿，弯下腰问：“晚上还想喝啤酒吗？我可以陪你。”

想不想重要吗，她根本不能左右。

见苏萤爱答不理，叶旌弯下腰，凑近她，对着镜子里已经恢复素颜的女孩一笑：“真的，你可以认真考虑。”

他真是哪壶不开提哪壶。她就知道这种不知人间疾苦的大少爷，根本不理解她即将面对的是什么场合。

她提心吊胆地准备着，可直到一切就绪，刘瑞也没来。

倒是叶旌一直不急不躁地陪她等着。

已经过了约定的时间了，苏萤很想干脆一走了之，但依她对刘瑞的了解，如果她溜了，他将来会用一百种方法报复回来。

话虽如此，可事实上片场已经只剩零星的几个人，刘瑞确实不在。

“嗨，看见刘总了吗？”

被问话的是个摄影助理，小姑娘一直很仰慕苏萤，闻言先是小心翼翼地四下张望，确认附近只有苏姐姐和她的“小弟”，才放心：“刚刚你们不在，错过了好一出大戏。刘总在外面的小三儿跟老婆打到片场来了，两人都说自己是正房……闹得丢人呢！”

苏萤蒙了一会儿，终于如释重负地松懈下来——焦头烂额的刘瑞带头爽约，这事总怨不着她了吧。

见她眼里藏不住的释然，叶旌嘴角微弯，笑问：“刚刚让你考虑的事，你想好了吗？”

苏萤如同劫后余生，心情大好：“喝，我请你，走！”

叶旌立刻像只得逞的猫，兴冲冲地问：“我知道一家店，串串特别地道，要不要去尝尝？”

“你有钱吗？”

叶旌理所当然地说：“你不是说要请我吗？”

苏萤从衣袋里摸出两张纸币，一张面额二十、一张五十：“这张明天早饭，这张今天晚饭。”

叶旌盯着那张五十块的纸币：“两个人一共？”

苏萤点头。

叶旌脑袋一耷拉，垂头丧气地跟在她旁边：“走吧，老地方。”

见他敢怒不敢言，苏萤心一软，居然有揉揉那头 栗色短发的冲动。

途中，叶旌的手机响了，他随手滑开，是一条微信：怎么样？“红白玫瑰”大战精彩吗？你怎么会认识这种私生活糜烂的大叔？真人渣啊！

叶旌拇指飞快地打了两个字：谢谢。

苏萤回头：“快点跟上啊，晚了我不请客了。”

叶旌忙将手机揣回兜里，长腿一迈追上她：“来了，小姐姐，一会儿我想吃烤鱼。”

“没钱。”

“以后我还你还不行吗？”

“要利息。”

“可以啊！”

“那行，随你吃。”

夕阳西下，两人的影子叠在一处，分外亲近。

在帝都的日子明明相隔不久，如今回忆起来却仿若隔世。

他曾完全地依赖过她，像是离了她不能活，虽然她知道那只不过是假象，暂时的。

但如今，回到楠都，她才越发认清了这一点。他与她活在不同的世界，而自己却还是像在帝都的时候一样，总在不经意间为他心动。

她一边低头踢着石子，一边闷头走回家，直到拐进老旧的院子，才摸出手机，一个字一个字地敲下微信：我认真考虑过了，家教的工作我胜任不了，你还是另找他人吧。还有，你的玉佩放在台灯上了，麻烦查收一下。

苏萤发完消息，只身走进黑漆漆的楼道。

老式小区，楼梯里没有感应灯，也没有电梯，她一般都是开着手机照明，但今天没有。黑乎乎的环境让她安心，独身一人，便永远不会被谁丢下。

因为一无所有，所以一往无前。

新消息的提示音在黑暗中格外清脆，是叶旌发来的，几乎秒回：玉佩在你背包的拉链袋里，我还没还你车票钱，抵押品怎么能拿回来？还有，之后一个月的课时费我已经转到你的微信，苏老师，为人师表，不可以放我鸽子。

苏萤往上一翻，果然，这条消息上方是转账信息，整整十二堂课的费用，分文不少。她又打开背包，当真从拉链袋里摸出那枚翡翠坠子来。

这家伙！什么时候塞回来的。

苏萤一个电话拨了过去，叶旌秒接。

没等她发飙，对面先可怜巴巴地开口了：“阿萤，是我哪做得不好吗？你说，我可以改。”

苏萤：“……”

“还是我妈说了什么话惹恼你了？她就是直来直往惯了，绝对没坏心。而且你知道吗？你走了之后她一个劲让我跟你学，说你又勤奋又肯吃苦。你要是毁约了，不是打了她老人家脸吗？”

苏萤吃软不吃硬，那边叶旌连珠炮似的说了一堆，她被堵得连个“不”字都说不出。

毕竟，她要怎么解释自己为何拒绝呢。要她承认是因为怕自己喜欢他。绝不！

“周三，我放学后过去。”

对面传来极低的一声“yeah”，苏萤几乎能想象出那个人眉开眼笑的模样，不由自主跟着舒展了眉眼。

叶旋握着手机，重重地朝后一仰，靠在沙发垫上。

天花板上中式的灯光温和，不久之前苏萤也坐在这里，在穆女士有意无意的追问下微露窘态，却又不肯示弱，模样着实可爱。

想着想着，叶旋脸上就浮起笑意来。

“苏老师的电话？”穆然的声音陡然传来。

叶旋立刻直起身，捏紧手机回头看向母亲：“你怎么偷听？”

“你自己在客厅打电话还怪我听见？”

叶旋没吱声，捏着手机转动。

“我什么时候夸苏老师了？你就假借我名义留人。”穆然看着儿子眼底还未散去的喜悦，慢条斯理地问，“小旋，跟妈妈说实话，你是不是喜欢苏老师？”

叶旋垂着睫毛，冷声说：“是又怎么样，不是又怎么样？你打算干吗？像监视我那样监视她？还是说你觉得像我这样的人，根本没资格喜欢别人？”

穆然蹙眉：“胡说些什么？眼看你也要满二十了，谈恋爱也不算早。妈妈对苏老师没偏见，她没钱无所谓，反正我们有。但是，小旋啊……”

叶旋脸上挂着似笑非笑的神情，等穆然与他四目相对，便扬唇露出挑衅的笑容：“但是我不配，是吗？”

穆然沉下脸色：“妈妈不是这个意思！我只是希望你明白，爱情是易耗品，它终究会被时间磨损，千万不要以为爱了就能一生一世，别钻牛角尖——”

“别说了，就像你和爸吗？我都明白。”叶旋忽然打断了她，“好了，妈，我的事你不用操心。”

“你毕竟第一次谈恋爱……”

“我没谈恋爱！说什么喜欢不喜欢，不都是你自说自话？我说我喜欢苏萤了吗？没有吧。”叶旌猛地起身，“刚才我就说了，接近她不过是觉得她有意思，就像只披着刺猬皮的兔子——”他总忍不住想要剥开她的刺猬皮。

没恋爱？不是喜欢？穆然有些意外。如果都不是，那她儿子现在是在做什么？

穆然忍不住扬声道：“人家小姑娘独自打拼不容易，你别胡闹，伤了人家。”

叶旌扬手，摆了摆：“安了，我不舍得。”

不舍得？穆然揉了揉太阳穴，她真是越来越不懂了。

Chapter05
是冲动，还是爱情

周三。

苏萤准时出现在叶家，是云姨开的门，说是穆女士又出国了，小少爷正在等老师来。

可是苏萤上楼进入书房，屋里却不见人影。她随手翻开一本设计作品，发现竟然是早年曾引发过争议的设计师 Ser 的作品。

父亲苏敬野在世的时候，苏萤曾偶然接触过 Ser 的作品，觉得他的创意别具一格，天马行空，特别有趣。曾经，她削尖脑袋参加时尚品牌 Soul Pub 设计大奖赛的唯一目的，就是想见一见 Ser。

那次大奖赛里，她甚至成功晋级十强，本以为可以在颁奖礼上一睹真容，可惜造化弄人，随着苏敬野去世，苏家没落，她错过了那次机会，从此再没有听说过 Ser 的消息。

她没想到，居然会在叶家看到 Ser 的作品，完全是意外之喜。不过，以穆女士在时尚圈的地位，家里有任何设计师的东西似乎都不足为奇。

苏萤聚精会神地翻看，连有人进了书房都没有察觉，直到在余光里看见一双拖鞋停在身边，她才抬起头来，可又立刻触电了似的埋下了头。

深蓝色浴袍衣襟半敞，结实而光洁的胸膛若隐若现，正在擦头发的叶某人满脸无辜地站在一边。

“不是跟你说过，不要在别人面前……衣衫不整！”苏萤咬牙切齿。

叶旋低头一看，浴袍的衣领果然因为走动的关系敞开了，便用左手随便地拢了下，右手依旧拿毛巾揩着头发：“可你又不是别人。”

苏萤一时语塞，想起那天这家伙也是这么说的——

帝都拍摄的后期，刘瑞因为“红白玫瑰大战”，果真没再来烦苏萤。

尽管没亲眼见到闹事的场面，但苏萤对他的丑事还是有所耳闻。

比如，那个肤白貌美的小三曾在刘瑞底下做小演员，很巧，正房也是他手下的模特。双方都以为自己是唯一正宫，对彼此的存在一无所知。当天两人都接到“节目组”的通告赶来试镜，结果在摄影棚狭路相逢，杀得鼻青脸肿。

关键是，那天在摄影棚里压根儿没有什么试镜，而那个所谓的“节目组通告”，事后也证实查无此事。

这事儿就成了悬案。

杀青当日，广告导演和品牌方对苏萤和叶旋的表现非常满意，邀大伙喝酒请功，但被苏萤婉拒了。因为她的酬劳还没有拿到，必须去找刘瑞。

苏萤原打算自己前往，没想到叶旋一言不发也跟了过来。

一路上，苏萤注意到他一直埋头摆弄手机，不知在为什么事沟通，就说：“你如果有事就先忙吧，我自己可以的。”

叶旋单手打字，腾出一只手来放在她头顶一揉，笑了笑，什么也没说。

苏萤承认，虽然他一直在忙别的事，但仅仅因为身边有这个人的存在，就足够让她勇气倍增，仿佛不是孤军作战，可以奋勇向前。

刘瑞办公室的门没关，内里满地狼藉，像是刚刚发生过打闹，各种履历洒得满地都是，座机听筒悬在桌角荡来荡去。

刘瑞蓬头乱发地瘫坐在高背椅中，有气无力地说：“来了。”

“嗯，杀青了，我来取佣金。”

“进来说话。”刘瑞阴阳怪气地说，“站那么远，还怕我吃了你吗？”

还真是，苏萤心想。她往前走了两步，才发现叶旌不见了，顿感失落，抿抿嘴唇控制着表情，向里走了几步，看向刘瑞。

刘瑞冷笑："你们这些小姑娘都是一样的，开头跟你谈理想、讲爱情，到最后还不就是图钱？一个个都一样。"

苏萤压根儿不想听这些渣男理论，只说："我还要赶回家，麻烦把佣金结算一下，谢谢。"

刘瑞冷笑了一声："不急。晚上我请你吃个饭，再走不迟。"

苏萤知道这人无耻，但没想到居然无耻到这份上，明明已经惹得满身臊，居然还贼心不死。

"不用了，我车票都买好了，来不及吃饭。"

"由不得你，要拿钱就陪我吃饭。"刘瑞脸色颓败，"我就要让那两个女人看着，就算她们俩我一个都不选，多的是其他女人为我前仆后继！"

苏萤冷笑："你这样只会激怒女人。"

"说得跟你有多懂似的。"刘瑞瞟了她一眼，"陪也得陪，不陪也得陪，除非你不要佣金了。"

苏萤恨得后槽牙发痒，恨不得一巴掌把这个道貌岸然的畜生扇飞。可她很清楚，这样的资源难得，如果与刘瑞彻底撕破脸，日后再别想和这家名为旌歌的经纪公司合作，而这笔报酬她就算在咖啡店打两个月的工也挣不来。

突然，走廊里传来惊慌的呼声："不……不好了！"

刘瑞的助理满头大汗地冲了进来："楼下来了一堆媒体，说是要采访你！"

刘瑞错愕："我？"

"是！说……说是……"

"说清楚！"

“说是之前合作过的几个模特，呃，联名跟媒体说了一些事……”

刘瑞脸上一阵红一阵白，一拍桌子起身：“说我不在！”说着，拎起包就往外走，“这几天都别找我！”

助理与苏萤面面相觑，他忽然想起什么，从包里取出信封递给她：“这是你的劳务费。我还没来得及给刘总，估计他暂时也没空跟你结算，收着吧。”

苏萤清点了一下，还好，金额正常。

她拿着信封往外走，一眼就看见了外面候着的人——叶旌正一脚蹬着墙，也不知刚才去了哪儿，神出鬼没，现在又回来了。

苏萤伸手要按电梯，被他拦住了：“电梯里全是媒体的人。”说着拉起她的手腕，拐进楼道。

两人刚走下楼梯，就听电梯门叮咚打开，一群人拥了出来：“刘瑞的办公室！”

苏萤惊得一身冷汗，如果被这些人撞见她在刘瑞的办公室，还不知道会扯出怎样的花边新闻来。

“那个，谢谢。”她说。

叶旌笑容灿烂：“我又没做什么，谢我干吗？”

苏萤也说不上来，只是觉得他消失和出现的时机太过巧合。

两人从楼梯出来，刚想悄悄拐出大楼，就听身后响起一个尖嗓子：“那边是不是刘瑞？”顿时，杂乱无章的脚步一窝蜂朝他俩的方向跑来。

叶旌毫不犹豫地拉起苏萤就跑。

苏萤这次没有挣脱，而是跟着他沿着大路狂奔，拐进小巷子，又七拐八绕地跑了许久才停下脚步。

这是繁华都市里仅存的老街，纵横交错，狗仔们根本找不着路，两人终于在一个老旧小区的楼下站定，都已是汗流浃背。

苏萤双手撑着大腿，弯下腰喘粗气，过了会儿才抬起头：“你干吗跟着我跑？”话音未落，人就呆住了。

眼前的少年已经毫不在意地脱下T恤衫，正握在手中拧水，居然还真挤出来几滴坠落在地。

而此刻，赤裸的半身在夕阳的暖光之下几乎泛光，结实的肌肉线条清晰可见，根本无须言语，荷尔蒙就从每个毛孔里渗透出来。

苏萤的心脏无法遏制地狂跳，脸颊也以燎原之势红透，目光死死地定在地面，不敢抬头。

叶旋似乎对于自己所造成的影响一无所知，一边展开衣服擦拭肩颈的汗，一边观察巷口的动静，反问：“不然呢？难道让你一个人躲狗仔啊？这么没风度的事，本少爷可做不出来。”

“风度个大头鬼！”苏萤咕哝着，慢吞吞地转过身，从包里摸出纸巾擦汗，想了想，又抽了两张，头也没回地递给他。

身后半晌没动静，苏萤疑惑地回头，没想到，那双漂亮的桃花眼居然近在咫尺——叶旋正弯下腰，目不转睛地盯着她。

“你……你干吗？！”苏萤条件反射地蹦开，紧张到居然结巴了。

叶旋似乎被她一反常态的模样逗乐了，朗声大笑，然后在她的薄怒中勉强敛了笑容，眨了眨眼：“小姐姐，你这是在害——”

“害怕你个大头鬼！”苏萤毫不犹豫地顶回去，挺直了腰板，生怕输了气势。

叶旋笑盈盈地说：“谁说害怕了？我说的是害羞。”

害羞？脑海中一小束烟花炸开，落下，纷乱如麻。

苏萤板着脸，思绪却早已理不出头绪。

叶旋倾身，靠近了她些许。

苏萤连忙退后，他指指她手里的面纸：“这个不是给我的吗？”

她板着脸，将纸塞过去：“拿走！”

叶旋擦着汗，看她眼观鼻，鼻观心，不由笑容更盛，忽然向前又逼近了一步。

果然，苏萤连忙往后退，可身后就是围墙，退无可退，眼见着就被他圈在了身前。

她下意识要推开，可这家伙光着上身，连个能下手的地方都没有。

“没大没小！”

叶旋的嘴角渐渐弯起，觉得高冷派的小姐姐这副反差萌模样格外有趣，于是低下头，无辜地问：“我也没干吗啊，你为什么要批评我？”

苏萤气急败坏：“你怎么跟个小孩子似的，说脱就脱？”

叶旋低头看了看自己线条分明的腹肌，轻声问：“小孩子似的？你说我吗？”

“不是你还有谁？”苏萤不敢看他漂亮的桃花眼，又不敢低头看鲜明的人鱼线，视线都不知道该往哪儿放了。

叶旋忽然抬手，包住她热乎乎的脸蛋，这才发现她的脸真的太小了，而且因为奔跑的关系，白里透红，漂亮得让人移不开视线。他瞬间恍惚，而后在她的反抗中重新固定住她的脑袋，硬是让她的视线不得不停留在自己身上。

“你说我像小孩子，是对我在健身房流下的汗水的亵渎，是对一个男人的侮辱。”叶旋半真半假地抱怨，“小姐姐，要不你再多看一眼，我真的像小孩子吗？”

苏萤有一瞬的绝望——为自己摇曳的心旌。

她恼火地拨开魔掌，逃出他的领域：“我要回楠都了。”

叶旋点点头，掌心还有她温润的触感，让他心思不定。

“我马上就去火车站买票。”这句话说完，苏萤终于镇定下来，微微扯起嘴角，“所以就此别过，再不相见。”说完，本想抬手像长辈对后背那样，拍一拍叶旋的肩头，然而手掌还是在距离他裸肩寸余的地方停住了，无处安放。

苏萤只好缩回手，故作潇洒地挥了挥，转身就要离开。

叶旌一愣，快步追上前，一把拉住她："你打算就这么丢下我？"

苏萤抽回手，微笑："不然呢？"

"可我没钱买车票啊！"叶旌眼尾一耷，满脸可怜，"你难道忍心把我丢在帝都自生自灭吗？"

"让你爸妈给你打钱。"

"不行，他们会要挟我答应很多不平等条约。"叶旌一口拒绝，"未来一年生不如死。"

苏萤好整以暇地抱胸，问："那你想我怎么做？"

"好人做到底，也替我买一张回楠都的火车票。"

"可以。"苏萤伸出两个手指，"不过有两个条件。"

叶旌眉开眼笑："你说。"

"第一，回楠都后把车票钱微信转给我，不收利息，但不得超过二十四小时。"

叶旌一口应下，又问："第二个条件呢？"

苏萤清了下嗓子，严肃正经地说："从今往后不许在女孩子面前脱衣服擦汗——你又不是三岁小孩！成不成交你自己决定。"说完就走。

叶旌嘴角一勾，眼角眉梢满是喜色，一边套上T恤衫，一边追在她身后："好好好，我答应，保证以后都不在'别的女孩子'面前脱衣服——"

时间一晃而过，居然情景再现。

叶旌弯腰凑近苏萤："苏老师，想什么呢？"

苏萤鼻间都是他身上清爽的沐浴露香味，下意识地朝后躲了躲："已经到上课的点了，麻烦衣着整齐再来上课。"

叶旌不以为意地拖过凳子，在她身边坐下，食指指着自己的脑袋："上课用的是头脑，又不是身体，衣着什么的不重要，你可以只看我的脸啊！"

看脸比看身体还要命！

苏萤闭了闭眼，认命地转过头，翻开书："上课。"

这一堂课，苏萤上得如坐针毡，结束之后她几乎是第一时间仓皇逃走。

云姨在门口送别老师，回过头，发现自家小少爷正倚在门框上，嘴角带着轻快温暖的笑容，这笑容不同于他往日刻意的亲和，而更像孩子气的单纯快活。

或许应该跟先生太太说一说，别再盯少爷盯这么紧了，时间是最好的药，他也许真的已经没事了。

这天上午，因为咖啡机故障，苏萤不得不多耽误了一刻钟，结果即便一路狂奔，上课还是迟到了几分钟。

当她站在教室门口的时候，教授已经点过名了，前方大屏幕上正在播放刚刚结束的欧洲秀场录像。

听见有人敲门，中年教授蹙起眉，可一看清门外的是苏萤，立刻就和颜悦色地招了招手。

苏萤走进教室就察觉到四面八方的目光。她下意识地拽了下衣摆，尽管并不短——因为赶时间，她还穿着咖啡厅的粉色制服，只是拆掉了领结和围裙。

但在座的学生，又有谁不知道那是咖啡厅制服的呢。

教授眼带怜惜，压低嗓音问了句："又在打工？"

"对不起，下次我一定不会迟到了。"

教授点点头："注意休息，视频晚些你找我拷贝。"

苏萤一言不发地对老师鞠了一躬，打心底感激。

可这种优待，落在其他学生的眼里就不是滋味了，顿时有人不屑地哼了声："迟到还装可怜，就她不扣分吗？"

"教授喜欢她，闭着眼睛夸她的设计好，我可没看出有什么好的。"

“呵，不就仗着一张脸好看吗？”

一语既出，两人相视一笑。

“有些人连好看的脸都拿不出来，不是更可悲吗？”一个男声从两人侧后方传来，不高不低，刚好够“私语”的人听见。

嚼舌根的女生回过头，只见说话的人戴着鸭舌帽、穿着橙红色的连帽衫，肩很宽，露出的下巴弧线流畅，手指骨节修长，就算看不见脸也能感觉到气质非凡。

女生回头问同伴：“这人不是我们班的，系里的吗？”

“可能是吧。”

两人不约而同地闭上了嘴。

苏萤弓着腰，避开投影屏幕往阶梯教室后排走，这种专业课当然坐得满满当当，她来晚了只能往边边角角坐。

没想到的是，后排的中央位置居然孤零零地空着一个座。苏萤没多想，就往那儿走去，刚想把包放下，就听坐在走道隔壁的周宇好心提醒：“这把椅子坏了。”

苏萤忙道谢，就打算转身去最后排。

“已经修好了。”那空座相邻的戴鸭舌帽的男生笑了笑，“坐吧。”

周宇满脸错愕，因为上课之前，包括他在内的无数人都曾觊觎过这张椅子，就是这人一本正经地告诉众人“椅子坏了”的啊！

众人一脸茫然，反倒苏萤心如明镜——尽管这个戴着鸭舌帽的男生没抬头，她还是轻易地认出了他的声音。

等苏萤坐下了，他一抬头，飞快地眨了眨眼，自然是叶旌。

秀场视频还在放，苏萤埋下头，压低声音问：“你怎么会在这里？”

叶旌也学她埋首课桌前，与她脸对着脸，彼此的吐息落在课桌仿佛又弹回脸颊来：“来拓展见闻。”

“不是说你系里课多，没空来旁听吗？”

“今天早上没课。”叶旋理直气壮。

苏萤看看他的眼睛，里面坦荡荡地写着“我说的都是实话”，于是叹了口气：“随你吧。”

叶旋得胜般勾起嘴角，目光落在屏幕上，余光里却都是她的侧影。这咖啡店什么毛病？制服为什么做得这样贴身？上次苏萤被泼了咖啡的时候他就发现了，这料子沾水极透，根本不适合做工作服。他一边想着，一边蹙起了眉。

苏萤尽量克制着喘气，但毕竟在夏天奔跑，热得心烦意乱，直到感觉手臂被碰了一下，她低头，才看见是叶旋递了面纸过来。

面纸的包装异常眼熟，她忍不住多看了一眼，确认正是自己习惯用的那款。

叶旋小声说：“别看了，就是你之前给我的。”

苏萤默不作声地擦着额角的汗，脑海里过了一遍又一遍，确信自己没给过他面纸。只有在帝都半竣工的地铁广场，她失态落泪的时候，叶旋曾经从她的包里抽走过一包面纸——只有那一包。

已经这么久了，他居然一直留着吗。

因为走神，直到坐在左手侧的叶旋起身，苏萤才意识到，视频播完了，他居然“幸运”地被教授点名提问了。

“上课戴什么帽子？我们系现在流行表演系的那一套了？”教授笑着打趣。

叶旋连忙把鸭舌帽摘掉。

其他人这才发现，这个对所有人谎称椅子坏了的“隔壁班同学”，压根儿就不是他们系的，而是信息技术学院的风云人物——那个压根儿没打榜，就登上了校园年度风云榜的天才少年，叶旋。

窃窃私语声顿时四起。

苏萤并不清楚他们忽然兴奋的原因，只是不无担忧地折着课本的一角——叶旋不是本专业，无论教授问什么，他大概都答不上来。

果然，当教授问起看完这场大秀的感受时，叶旋的手在课桌下悄悄地戳了戳她的胳膊。

苏萤无声地叹了口气，拿笔在纸上写了几个字，结果纸还没来得及递到他眼皮子底下呢，教授已经开口了："苏萤，你来给他讲一讲。"

"从几个主要品牌的一致趋势上看，明年的流行色预测是烟粉、雾霾蓝。"苏萤答得简洁明了。

教授欣慰地点头："多跟她学学，多看，多总结！啊，人家苏萤生活、学习两不误，你们这么好的条件，别给自己糟蹋了！"

叶旋一本正经地点头称是，然后落落大方地坐了下来。

下课了，苏萤抱着包站起身，叶旋追在她身后问："还有别的工要打吗？"

苏萤说："有。"

叶旋无奈地问："人哪儿能这样连轴转？哪个不开眼这样压榨劳工？"

苏萤睇他，淡淡地说："你。"

叶旋顿时转怒为喜，耍赖说："我不算。"

"怎么不算？"苏萤边走边说，"不用备课吗？"她每次都要查阅很多相关文献，又费力地将原版书翻译成中文，力求甚解。这样，她才觉得自己没有白拿叶家的薪水，没辜负叶妈妈的期待，对得起一声"苏老师"的称呼。

"难道不是吗？我一直以为你是腹有诗书气自华啊！"叶旋理所当然地说，"授课内容都是装在这里的——"

苏萤侧脸看他，他正指着自己的脑袋，眼角眉梢尽是暖洋洋的笑意。只这一眼，一早忙碌奔波后的疲惫尽扫，她忍不住抿嘴笑起来，酒窝浅浅地浮了上来。

"叶旋怎么会跟她走在一起？"

“又一个被那张脸给骗了的。”

毫不避讳的流言接二连三地传入两人耳中。

苏萤眼皮也没抬一下，好似压根儿没听见这些流言蜚语。叶旌回头看了眼，眼熟，好像正是开学那天在地下车库里议论苏萤，被他撞了个正着的两人。

见叶旌回视，两个女生顿时噤声了，彼此交换了个了然的眼神。

忽然有书本打在其中一人的头顶，女生回头，看清了动手的人顿时转怒为喜：“邱学长！”

邱礼源穿着白色短袖衬衣，领口微敞，手中一本厚实的彩页册子，递给对方：“喏，你要借的周刊。”

英文，全彩，上周刚发的新刊。

女生欣喜若狂地把册子抱在胸前，用周围人都能听见的狂喜语调说道：“邱学长，你真是太太……太好了！”

声音之大，以至于离开教学楼的众人都注目。

邱礼源刚好从楼梯的缝隙中看见已经行至下一层的苏萤，她也抬头望过来，目光交会，那双猫儿似的眼睛带着一点意外。

邱礼源莞尔，转头对还沉浸在幸福中的女生说：“书看完不用还我了。”

“你真好，我都不知道该怎么报答你了，邱学长。”

“不用。”邱礼源看见楼下的苏萤已经回过头，从他的角度只能看见她纤弱的背影，还有与她并肩而行的那个肉中刺，“以后对苏萤好一点儿就行。”

他的声音不大不小，刚好落入苏萤耳中。

叶旌自然也听见了。

苏萤脚步没停，叶旌跟着她一起走出教学楼，才问：“你认识那个人？”

“哪个？”

叶旌手插在裤兜，漫不经心地说：“从楼上看你的那个。”

“学生会长邱礼源。”苏萤反问，“难道你不认识他吗？”

叶旌耸耸肩：“不认识。”这名字他有几分耳熟，不知在哪里听过，但脸他确实记不住。事实上，这些年来，大多数人对叶旌来说都是过客，走过了就过了，名字、面孔、身份统统没入过心。

但这人，曾经坐在宝马 Z4 里打过的那通电话，使叶旌将这个脸孔和这把声音记得一清二楚。这个吩咐女同学“对苏萤好一点”的男人，曾经用鄙夷的语气说——“我真没见过像苏萤这么难搞定的妞，你说就凭她的条件，到底有什么可矜持的？”

桃花眼微眯，眼神黯淡了一瞬，直到苏萤回头看他，他才歪过头，眼神里的那抹锐气荡然无存：“你那些女同学背后可没少说你坏话。”

“嘴长她们身上，爱说什么说什么。何况，本来就对我无足轻重的人，说什么都是无足轻重的，对我有什么影响吗？”

叶旌“哦”了一声，随口问：“那要是那个邱会长也这么说你呢？”

苏萤疑惑地抬头看看叶旌：“邱学长？他不会。”就像刚刚邱礼源为她所做的，他总是在尽可能地替她维护关系，弥补因为她的不善交流而糟糕的关系网。这样的人即使做不了男朋友，也会是个可以信赖的绅士。

听见她毫不犹豫的答复，叶旌短促地笑了一声。

“你笑什么？”

叶旌摇头，苏萤瞥了他一眼，转身要走，却听见他的声音从身后传来：“那如果我像她们那样对你，你会生气吗？”

“你敢！”苏萤下意识地脱口说道，连她自己都察觉了其中的娇嗔与亲昵。

对邱礼源，她是因为相信他的人品，说他不会。对叶旌，她则是单纯地认为他不会。为什么？无足轻重的人，说什么都无足轻重，而有些人是有特殊意义的——她不经意的一句话，意味着她将他放在了特殊的位置上。

苏萤想掩饰，可叶旋已经心满意足地笑笑，走在了她前面。

看着叶旋被自己踩住的影子，苏萤不由出神：这种特殊的在乎，已经刹不住车了吗？

借口要备课，苏萤好不容易才把叶旋从身边赶走，直到独处，她才长长地呼出一口气来。

在她看来，他不过是个比她还小的家伙，一副没长大的孩子脾气，既有有钱人家小孩的任性，又有少年未脱的稚气，而且长了张轻易便能骗到女孩子的面孔。

苏萤或许从不知道自己喜欢哪种类型，但可以肯定的是，绝不是玩世不恭的有钱少爷。就连邱礼源，踏实、稳重而且锲而不舍，她依旧忌惮他过于显赫的家世，怕他终有一天会因为条件悬殊而及时止损。

在苏萤心里，最完美的对象应该是有强大内心和坚实臂膀的成熟男人，可以家世平平，但愿意和她一起，一砖一瓦地筑起安安稳稳的家。

是的，她甚至认为自己不需要谈恋爱，也不需要爱情，只要有个家就足够了。

而这样的需要，似乎与叶旋完全南辕北辙，他像一个意外，完全在苏萤的设想之外，却霸道地一点点蚕食着她的心。

他非但不成熟，还偏偏给了她最不需要的东西——心动。

苏萤坐在小吃店的桌前，托腮对着资料，两眼放空，看着路上走来走去的人，却感觉不管哪一个都有叶旋的影子——

浅褐色的短发，鬓角有一点自然鬈；走路的时候，脊背挺得笔直，即便穿着极为花哨的服饰，也一样有挺括的仪态；说话的时候，还没开口，眉眼都带着微笑的弧度，宛如五月的阳光，慵懒，醒目。

——叶旋。

苏萤盯着不知道何时被自己写了一页纸的两个字，瞬间红了耳朵，连忙将这一页翻过去。

她真的是……魔怔了。

向来注意力集中的苏萤，第一次感觉到满纸小蝌蚪、心猿意马的困扰，直到有人坐在她面前，她才茫然地抬头。

面前居然是邱礼源，一只手搭在桌面，微笑着说：“怎么走得那么快，让我好找。”

苏萤没好意思说自己是故意躲开他，只好解释：“因为赶时间备课。”

“备课？备什么课？”

苏萤将自己在做家教的事简单说了下，但刻意没有提及学生姓名。

邱礼源立刻问：“是经济上有困难了？我可以借给你。”

“不，不用。存点钱以备不时之需而已，我不缺钱。”

邱礼源压根儿没有把她的拒绝当真，径直摸出钱夹，取出一沓红钞递过去：“今天没怎么带现金，明天你去咖啡店当班吗？我可以送到店里去。”

钞票在简陋的小吃店桌子上红得刺眼，苏萤猛地站起来。

邱礼源被吓了一跳，追着她起身：“怎么了？”

苏萤有种被侵犯的愤怒，虽然她知道对方没有恶意。胸口起伏了片刻，她终于缓和了语调：“没事，到上课的时间了，我要走了。”

“在哪里上课？我开车送你。”说着，他拿起那沓钱，就势要往她的课本里夹。

苏萤像被烫着一样，飞快地抽回书本，背起双肩背包，向邱礼源微微躬身：“学长，我先走了！”连再见都没说就逃走了。

小店的玻璃门哐当一声合上了，邱礼源手里捏着的纸钞已经被揪得扭曲异常。

苏萤到叶家的时候，刚刚好七点整。

她按响门铃，没想到开门的居然是叶少爷本尊，苏萤头皮发麻，跟在他身后进门，才发现家里安安静静的。

“云姨人呢？”

叶旋站在厨房门口，轻描淡写地说：“她女儿生宝宝，请了一周假。”

苏萤消化了几秒，终于听懂了——起码这一周里，叶家都只有他们俩。几乎是下意识地，她第一个念头是找个理由，停课一周。

叶旋似乎对她的小算盘毫无察觉，已经转身回了厨房。

别墅客厅很大，但也很空，加上家里没有人走动，厨房的响动特别明显，时不时吓得苏萤回头去看。

终于，她忍不住放下书本，起身去厨房查看。

厨房整体是白色的，点缀着零星的红色装饰，显得既干净又温暖。

叶旋就站在这宽敞的厨房里，右手提着菜刀，左手抓着一小捆青菜，面前的案板上还有大小不一的西红柿块和东倒西歪的豆腐。

他那件纯黑的T恤衫，身前区域已经沾满了各种难以辨认的污渍。

叶旋没注意到苏萤的出现，正对着满满当当的案板，认真地琢磨着应该把青菜放在哪里切，一只手举着菜刀，一只手拎着菜，满脸困惑，与平时里成竹在胸的模样判若两人。

苏萤忍不住弯了弯嘴角，轻咳了声。

叶旋这才注意到她站在门口，拿菜刀的那只手挥了挥：“你等等，我一会儿就好。”

苏萤问：“你在干吗？”

“烧菜啊。”叶旋理所当然地说，“看不出来吗？”

苏萤扫了眼他弄得一团糟的衣裳，又抬起视线，戏谑地打量他沾着西红柿汁的脸：“确实看不出来。”

叶旋下意识地侧过拿着刀的手，用手背揩脸。苏萤被吓了一跳，连忙健步上前一把握住他的右手——这还握着菜刀呢！

叶旌的目光停在她白皙的手指上。

苏萤原本是一时情急，在他的视线里终于察觉到两人靠得极近，连忙退了半步："你傻了！手里拿着刀，你去摸脸？"

这份紧张令叶旌心情大好："男人嘛，反正不靠脸吃饭。"

苏萤忍俊不禁，手握着他的手腕，连着菜刀一起提起来："那现在划一道试试？"

叶旌连忙告饶，又怕菜刀不小心伤到她，小心翼翼地从她身边撤离，放得远远的。

苏萤看他刻意夸张的姿势，忍不住又笑了。

叶旌说："从进门到现在，你笑了好几次了。"

苏萤敛了笑容，轻咳一声，目光打一片狼藉扫过："你这不像在做菜，倒像在浪费粮食。"

"云姨请假了，我爸妈不着家，我不动手，喝西北风啊？"

就不能点外卖吗？苏萤话到了嘴边，又在他发亮的眼睛注目下吞了回去："让开。"

叶旌立刻乖乖地挪开寸许。

苏萤蹙眉，指着客厅方向："你到外面去等。"

叶旌喜出望外："你要替我做吗？"

"你赶紧出去，我速战速决。"苏萤熟练地操起菜刀在砧板上一敲，半是威胁地说，"我不想拿着家教的课时费，花着上课的时间来给你做饭。"

叶旌眉眼一耷，像只受了呵斥的大金毛，慢吞吞地退了出去，站在客厅与厨房的交界处，眼巴巴地看着。

苏萤又看了他一眼，见他是不打算离开了，也懒得再撵人，只要他别进来捣蛋就好。

因为早就习惯了一个人生活，苏萤烧菜做饭自然不在话下，但也正因为是一个人，她向来不在乎做出来的菜有没有看相。所以当她把西红柿切好，又转身的时候愣了一下——真的做一碗乱糟糟的食物给他吗？

叶旌一看就是养尊处优长大的，这种暗黑食堂风怕是难以下咽吧。

苏萤刚想问叶旌还有没有其他菜，就听见门口某人满脸真挚地夸赞：“阿萤，你的刀法怎么这么好！”

他和她，看到的真是同一堆西红柿块吗？苏萤感觉自己脑后挂着黑线。

“你是不是经常下厨？”叶旌笑吟吟地问，“可惜了，家里没有什么菜，不然，让你露一手多好啊！”

“怎么？嫌我做得太简单，不入眼？”

“不不，不是，我是怕错过这个村就没这个店了。”

苏萤抬眼看他，他立刻站直了身子：“真的，除了云姨，还从没人为我下过厨。”

“有钱能使鬼推磨，你出钱，还怕找不到人替你做菜？”

“不一样的。”叶旌弯唇，“用钱的和用心的，做饭的心境不一样，吃起来当然也不一样。”

苏萤低头热锅，努力地阻止自己深想：“对不住了，我就是那个为钱做饭的，少爷你就将就着吃吧。”

叶旌但笑不语。

苏萤反而被他的沉默弄得心烦意乱，她自己心里清楚，若只是为了赚课时费，她大可在外面等着，何苦为了怎么色香味俱全而绞尽脑汁。

“云姨总不可能二十年来，天天给你做饭吧？她不在的时候，你吃什么？”苏萤像是不经意地问，其实只是为了让他的视线不要再停在她身上。

“泡面啊。”叶旌理所当然地说，“今天如果不是你来家里，我就泡面了。”

“我来也可以泡面啊！”

“那怎么行。”叶旋脱口说道。

热锅冷菜，油烟升腾起来，迎面扑向苏萤的脸。

她的五官生得秀气，有种不食人间烟火的清冷。叶旋看在眼里，竟然不忍，之前跟穆然说“不舍得”是随口一说，而现在这种不忍才是真真切切的。

苏萤并没有察觉自己的头发、面孔被烟雾缭绕，低头正忙着翻炒，突然察觉他的气息从身后接近，一回头，只见他正从她肩头探过身来，脸孔近在眼前。

又来了——每次他靠近，苏萤都觉得自己像被拎出水的鱼，刹那缺氧。

叶旋从她肩头探过身，伸手打开了油烟机的开关。

呼呼的风声响起，原本侵袭着苏萤的油烟打着卷儿被抽走了，她却觉得更加糟糕了——叶旋的气息完全将她包围起来，不是烟草味，也不是皂香，她说不清那是什么，但每每让她脸红心跳。

“你让开点儿。”她忍不住出声。

油烟机的声音略吵，叶旋没听清，反而更凑近了些：“你说什么？”

温热的吐息落在她耳侧，发丝轻轻地摩擦着耳郭，感官仿佛都聚集在一处，她条件反射地朝旁边一闪，仓促间忘了手里提着的锅铲上还有菜，一下撒得满灶台都是，红的黄的，一片凌乱。

叶家的厨房非常干净整洁，以至于苏萤顿时生出罪恶感，慌张地找抹布去收拾，没想到刚伸出手，就被人拉住手腕。

她愣愣地看着被叶旋握住的手，他的手掌宽大，手指修长，衬得她的手细白柔软。

直到叶旋抽走了锅铲，又牵着她的手去洗手池用凉水冲，她才“咝”地吸了口冷气——被溅出来的油烫着了。

“疼吧？”叶旋看着她手上一片红问。

苏萤摇头，比起乱如麻的心绪，这点小烫伤真不算什么。

叶旋拉着她就往厨房外面走，她连忙说：“菜还没好！”

锅里的西红柿炒蛋发出刺啦刺啦的声响，伴随着叶旋关闭炉火发出的咔嗒声，渐渐平息。

“随它去，是你重要，还是菜重要？”叶旋的口吻里有陌生的强势。

被他拉着一路穿过客厅，直到往楼上走时，苏萤停在楼梯拐角不动了。

“怎么了？”叶旋回头。

苏萤不作声。

楼上是他的房间，今天云姨不在家，两人待在充斥着他的气息的地方，与其说她怕他，不如说她怕自己，怕自己心猿意马。

叶旋耐心地解释：“我房间有药膏，抹一下才不会留疤。”

苏萤还是沉默，只管摇头。

叶旋不由分说，直接拉起她往楼上走。

她一挣，叶旋停在楼梯中央，回过身，吊灯刚巧在他头顶，洒下一片清辉，使得简衣的少年看起来犹如会发光。

“苏萤，你到底在为了什么闹别扭？”叶旋脱口说道，口吻居然有几分强势。

话一出口，两人都愣住了。

这还是他们相识以来，叶旋头一次连名带姓地唤她。他向来要么故意卖萌叫她小姐姐，要么亲热地喊她阿萤，唯独没叫过她全名。

在苏萤的印象里，叶旋这家伙就像只懒洋洋的金毛，只差没摇着大尾巴卖乖。大金毛忽然变身成藏獒，不光苏萤不习惯，连叶旋自己都挠了挠头，松开了她的手腕。

空气凝固了两秒。

苏萤说：“你是打算造反吗？”

叶旋低头不语。

“直呼其名，是你对待老师的态度吗？”为了掩饰发虚的内心，苏萤梗着脖子，越发严肃起来。只可惜叶旋个头比她高，还站在台阶上，她只能仰着头说话，不但气势不足，还让人生出几分撒娇的错觉。

“我也没说什么啊。”叶旋小声地辩解。

“嘀咕什么呢。”苏萤蹙眉，“站下来说话。”

叶旋老老实实地下了几级台阶，与她面对面站在拐角平台上，又恢复了挨训大金毛的模样，一脸受了委屈的无辜。

苏萤清了下嗓子：“你在客厅待着，我去把菜弄好。”

“可你的手……”

苏萤甩了下手腕：“一点小伤。”说着就转头下楼，回厨房去了。

叶旋目送她的背影，明显看见她甩完手之后哆嗦了一下——滚烫的油沾上皮肤怎么可能不疼。

刚刚还满脸委屈的少年，表情已经发生了细微的变化，眼角微挑，带着一抹说不清的情绪，像是不解，又像是好奇，矛盾得不像话，然后他转身上楼去了。

逃回厨房的苏萤，甚至没敢回头看他有没有跟来，匆匆忙忙地开了炉火，随意地翻炒了几下就打算将菜装盘。

被烫伤的地方隐隐约约地疼，可她的注意力被手腕处的酥麻所吸引，被叶旋握过的地方残留的温热触感还在。

刚刚，伪装成大金毛的少年，似乎有那么一秒露出了充满危险气息的大尾巴——其实，他本来就没那么温和好说话吧，苏萤想。

因为走神，端盘子转身的时候，她完全没注意到身后的某人，结结实实地被吓了一跳，盘子一歪，西红柿汁洒了一手。

叶旋满脸无辜，从她手里接过盘子，随手放在案上，又说：“你出来一下，我给你上药。”

苏萤不动。

“要我拉你出来吗？”叶旋半真半假地朝前跨了一步。

果然，她立刻神色一凛，快步从他身边走出厨房，顺手将药膏抽走：“我自己来。”

叶家客厅的吊灯很亮，白色的皮质沙发将光线反射得极为柔和，苏萤坐在那里，低头给自己上药，周身的冷淡疏离被光线弱化得近乎为零，加上发丝松散地遮了她小巧的面颊，看起来有几分柔弱。

叶旋靠在门边，怔怔地看着她出神，而后鬼使神差地走上前，弯下腰，在她还没来得及反应的时候，已经伸手绾起她耳畔的发丝，轻轻地别在耳后。

他的手指温热，若有若无地碰触她的耳垂，那是极其轻微的接触，却在瞬间吸引了两个人全部的注意力。

仿佛一股电流从耳垂蔓延，苏萤连脚趾都悄悄地蜷了起来。

叶旋的脸也倏地红透了。

两个人，四目相对，都忘了要挪开。

近在咫尺的面孔，甚至能轻易地察觉对方的吐息，叶旋向前贴近了些许，盯着她的眼睛。

苏萤的头脑里一片空白，唯一的念头是他的瞳仁可真黑，等她意识到对方的唇与自己的已经不足一指距离的时候，下意识地朝后一仰，接着猛地起身，失声道：“你干什么？”

直到听见她带着惊慌的声音，叶旋才乍然回过神来，几秒前的举动有些失控，仿佛情之所至，身不由己。他收回手，不无尴尬地插回兜里：“你头发，有点挡着眼睛了。”嗓音有三分嘶哑。

苏萤的心悬在嗓子眼，细密的汗水从肩胛、胸口渗出，她大气都不敢喘，硬是压抑着紧张的情绪“哦”了一声，从叶旋身旁绕了出去：“那真是谢谢你了。”

“不客气。”叶旋看着空了的沙发，心底划过一丝隐约的失落，“吃饭吧？吃完还要上课。”

苏萤点点头，又转身回了厨房。

直到她离开，叶旌才慢慢敛了浅笑，眼底露出一丝迷茫来——那一刻，如果她没有躲开，毫无疑问，他会吻她。

是冲动，还是爱情？他有点摸不清。

Chapter06
冷水才能浇灭的躁动

片刻后，桌上放了两菜一汤，叶旋和苏萤各自坐在餐桌的一端，离得尽可能远。

叶旋吃得很快，像是真的饿坏了，又像在以此掩饰着什么。苏萤小口地吃着菜，心不在焉。

叶旋起身，从旁边凳子上拎出一个纸袋来，轻轻放在桌上。

见苏萤连眼皮都没动一下，他只好解释："给你的，我不确定合不合适。"

"是什么？"苏萤没接袋子。如果不是她脸上的红晕出卖了内心的忐忑，这份冷淡会更加真实可信一点。

叶旋说："一条裙子，我无意中看见的，觉得跟你特别搭。"

苏萤眨了下眼。

叶旋也眨了眨眼。事实上，这话听起来确实有点奇怪，他连忙解释："因为我身边没什么同龄的女孩子，所以就想到你了。"

他越描越黑，没有相熟的同龄女孩还去看裙子，这才更奇怪好吗。

苏萤埋头，拨了拨碗里的鸡蛋，冷冷地说："不用了。"

叶旋快步走到她身后，不由分说地连着椅子带着她一起向后一拉。

苏萤紧张地抬眼看他，只见他的视线停留在她的前襟，顿时慌了。

"叶旋。"她蹙起眉，声音冷冽还带着威慑。

叶旋惊觉失态，连忙躲开视线：“你自己看。”

苏萤狐疑地低头，这才发现大约是之前锅铲翻了的时候，弄脏了衣衫，T恤衫前襟上油渍斑斑，红的红、黄的黄，狼狈不堪。

叶旋看着地板，不无委屈：“你衣服脏了，我是好心。”居然还被凶了。

苏萤别开视线：“哦。”

听她口气软了，叶旋忙把袋子递给她：“脏成这样了，换一下呗。”

苏萤看了眼袋子里的裙子，月白色，一眼看去没有半点装饰，简约得很。她吐了口气，拎着袋子起身。

洗手间的门锁发出轻微的响声，叶旋一下坐进椅子里，目光盯着苏萤放下的碗筷直愣神。

他真没说谎。

这阵子，罗姜正在下狠劲追那个叫唐梦楚的新生，说是生日要给对方送裙子，想借叶旋的审美去挑。结果叶旋一眼就相中了这条，看见它的第一眼，他就幻想出苏萤穿着它的模样，优雅得仿佛一道月光。

当时罗姜给唐梦楚的衣服还没着落呢，叶旋就已经把这裙子打包装好了，连尺码都是蒙的——苏萤那么瘦，小码足已。

那时候他没多想，拿出来给苏萤的时候他也没多想，但被她用那样的眼神看了一眼，他居然就多想了——计算机系的女生确实很少，但并非没有，更何况跨了半个楠大来给他送情书的女生络绎不绝，只不过他总是连对方的面孔都回忆不起来，更别说在看见一条裙子的刹那，头脑里就充满了“这条裙子天生应该属于她”的念头。

所以，他到底是怎么了？

苏萤对着洗手间明亮的半身镜出神，剪裁合宜又轻薄柔软的绸料将她的身段勾勒得刚刚好。

原本见裙子简洁，她以为不会太贵，可手指一碰触到那微凉的绸面，她立刻意识到这衣裳价格不菲。她对衣料和裁剪非常敏感，虽然牌子她没听过，或许出自小众品牌，但价位不会低于四位数。

放在水池上的T恤衫早已被浸得半湿，污渍也狰狞得很，苏萤实在没法说服自己再穿上。

她刻意在衣袋里搜了搜，可小票已经被叶旌细心地拿走了。

算了，就当少上了几节课，往后拿课时费还他吧。苏萤这样想着，推门走了出来，一眼看见桌边正盯着碗筷发呆的叶旌。

他似乎正在为什么事而苦恼，平时总带笑的眉眼微耷，手背抵着腮。这样的叶旌，与她印象里的又不太一样。这个少年，到底有多少面，哪面才是真正的他。

被苏萤的脚步声惊动，叶旌回过头来，那一刹那眼底有无法遮掩的惊艳，那双黑亮的眸子一眨不眨地锁定她。

一万句赞美，都敌不过这样一个眼神。

苏萤在这炽烈的目光中，惶惶想逃。

放在从前，若有人跟苏萤说，有朝一日她会因为一个“小男孩”的目光而不知所措，她一定会嗤之以鼻。但此时，她分明能感觉到那视线流连的地方，仿佛有烈火燎过，一片灼热，令她心里隐秘的期盼无所遁形。她在想什么？期待被他欣赏、夸赞，甚至爱慕吗？

察觉到自己一直拒绝承认的心事，苏萤落座时板起脸问：“吃完了？收拾碗筷，我们上课。”

她一连串的神色变化都落入了叶旌的眼中，刚刚的惊鸿一瞥和差点成真的吻，让他意识到自己对这个“有趣的小姐姐”并不如他所说，仅仅是好奇，她身上有种吸引他的特质，每一分，每一秒，都在以让他无法抵抗的姿态诱惑着他靠近。

叶旌见她已经挪开碗筷，铺开书本，疑惑地问：“不去书房吗？”

苏萤简单地说：“不去，就在这里。”

“为什么？”

“再耽误，今天的课讲不完了。”苏萤看了眼腕表，“还有一个小时五十七分钟。”

就算叶旌再傻，也能注意到她突然的疏离，可是就连这冷傲的模样也一样让他心动，他简直像中了毒。

这一堂课在苏萤的高冷、叶旌的心神不宁中度过。

苏萤收拾东西起身的时候已经接近十点了，叶旌也跟着她一起去玄关换鞋。

“你去哪儿？”苏萤问。

“送你回家啊！”

“不用了，我自己走，没有老师上课还让学生送回家的道理。”

听着她口口声声地强调师生关系，叶旌莫名不快，然后又听见她问：“对了，这裙子多少钱？”

“不值钱，随便买的。”

“不值钱也总有个价格。”

叶旌的不快就此攀到了巅峰，他直起身，居高临下地看向她：“不值钱的意思就是不用斤斤计较，不用想着还我钱，这样解释够清楚吗？”

两人离得不远，他冷下面孔，仗着身高俯视着她，终于有了些许骄矜的味道。

苏萤是经历过风浪的，他这样倨傲，对她来说反倒比撒娇要好应付一些，于是语气平直地说：“你觉得不值钱是一回事，我认定要还钱是另一回事。”

叶旌口吻软了：“你为我做饭弄脏了衣服，就当是我赔给你的好不好？”

苏萤坚持说：“我的衣服便宜，不值这裙子的钱。你告诉我多少钱，下次上课我还你。”

叶旋的笑容渐渐散去，眼里蒙上一层雾似的："一定要算这么清楚？"

"要。我是老师，你是学生，一码归一码。"

叶旋沉默了两秒，忽地一笑，随手将车钥匙往柜子上一扔，金属与木头碰撞，发出冷硬尖锐的声响，手插回裤兜里，似笑非笑地说："你说得对。这裙子好像两百多吧，忘了，你按两百五给好了。"

苏萤其实心里清楚，这种价格压根儿买不来，可他这副陌生的神情让她有点害怕，于是她点点头，拉开门快步逃离。

叶家的院子里种了不少花草，盛夏的夜风中依旧香气萦绕，苏萤却始终屏着呼吸，仿佛只要喘一口气，就会前功尽弃。

这一次叶旋没有追出来，当苏萤意识到自己在找寻那个总追着她的身影时，狠狠地掐了一把掌心，暗道自己真是疯魔了！

明明知道他那些摇着尾巴似的讨好都是套路，她竟然还着了道，只怕刚刚那个隐隐带着怒气的他，才是他真实的模样吧。

夹道的梧桐葱郁，遮蔽了月朗星稀的夜空，苏萤慢吞吞地往前走，双肩包带从肩头滑落都不自知，裙子的绸料轻薄，走起路来柔柔地拂过肌肤，温柔得不像话。

叶旋的眼光确实很好，这样的裙子与国际大牌相比也不遑多让。

苏萤长叹了口气，可这钱，她还起来也真吃力，他们俩的消费水平从一开始就不在一个层次，若不是帝都的意外，这一生或许都不会有交集。

叶家到公交站的短短一路，苏萤足足走了一刻钟，魂不守舍地等了好久不见车来，才想起来看一下站牌——居然已经错过了末班车。

这里与她租住的小区位于楠都城的南北两端，没了公交，她也不舍得打车，这段路足够她走到后半夜。

苏萤沮丧地沿着杳无人烟的街道行走，越走越心慌，两侧寂静的别墅里也不知道有没有人住，风一吹，树叶沙沙作响，地上黑影摇曳，更显压抑。

打了个寒战，苏萤摸出手机给林锦锦打电话壮胆。

林锦锦开口就问："怎么？姓叶的那小子没送你回家吗？"

"他付钱，我授课，我俩互不相欠，他干吗要送我回家？"

"可他是男，你是女啊！"林锦锦一语中的，戳得苏萤半天说不出话。

"锦锦，就是因为他是男，我是女，才更不能让他送。"

"为什么？"林锦锦顿了下，"等一下，萤萤，你该不会是有点喜欢那个小家伙了吧？"

听听！连闺密都用"小家伙"来形容他，她怎么可能对一个小家伙动心呢。摆明了是条有去无回的不归路。

听不见苏萤的答复，林锦锦连声喊她："你别不说话啊，你那儿人烟稀少，我真怕有人劫财劫色。萤萤，你不要挂电话，直到找到公交为止，嗯？"

"是。"苏萤突兀地说，心里却想着，她可能真的是喜欢上这个人了。

林锦锦愣了下，灵光一闪突然明白了，条件反射地惊呼："不会吧！苏萤，你清醒点儿！"

苏萤苦笑，果然，她们的想法是一样的。

"他刚刚成年，贪玩是正常的。你又这么漂亮，他被你吸引是再正常不过的事。而且他家里有别墅，父母超有钱，这种男孩子从小到大估计就没什么追不到的女孩子，所以对你攻势猛烈，追不上你就会感觉倍儿没面子——"

"他不是那样的。"苏萤情不自禁地替他解释，"叶旌虽然有时候孩子气，又任性，但是如果你需要他，他也很靠得住。"

"你别这样，萤萤，我会害怕的。"林锦锦说，"我会觉得那小子是不是对你下了降头，才让你转了性。你不是最讨厌富二代、公子哥、不成熟的花花公子吗？就连那个邱学长，那么成熟稳重，追了你这么久也没放弃，你都因为人家家境优渥犹豫不决。比较起来，邱学长起码年龄、样貌都跟你更搭吧。”

“但我不喜欢他。”啊，原来是这个缘故。她下意识地躲闪、拒绝，不是因为邱礼源的家境太好，而是因为这个简单的理由——她不喜欢他。

“可他们本质上是一样的！在帝都时叶小哥故意搭讪，就是在引诱你。萤萤，你说过只拿他当学生对待的，你也说过要找志同道合、一起打拼事业的男人，怎么现在就被他蛊惑了呢？”

“我……”苏萤烦躁地揉乱了短发，“我都不知道这是怎么了，怕单独跟他相处，又盼单独相处；怕他黏着我，又盼他黏着。锦锦，我可能快疯了。”

就算父亲苏敬野在世的时候，苏萤也一直很独立，她知道自己迫切需要的是什么。可是，从叶旌在帝都闯入她的生活开始，这种笃定忽然就被动摇了，她不确定自己是否能拒绝这份陌生的蛊惑，也没把握能承受得到又失去的挫折。

别说林锦锦慌，苏萤自己更慌。

林锦锦听出闺密的惶恐，不敢再吓她，忙说："别慌，你可能只是……嗯，没谈过恋爱，不清楚爱情到底是什么感觉，所以被蛊惑了。”

“你说得没错。”苏萤抓着救命稻草一样，“我怎么可能会喜欢上一个小孩子——”

突然，刺耳的刹车声在寂巷响起，一辆开着大灯的机车从巷子里冲出来，不偏不倚地停在苏萤面前。

她被吓了一跳，手机里接连传出林锦锦的呼喊：“怎么了，刚刚是什么声音？萤萤，你还好吗？”

骑手从车上跨下，托着黑色的头盔走了过来。

苏萤的眼睛终于适应了光线，看清来人——

叶旌板着脸，面无表情地走近，不由分说从她手里抽走了手机，放在嘴边简单地说：“我是她的‘学生’，马上送她回家。”说完，直接挂断了电话，塞回她手里。

那双平日爱笑的桃花眼，此刻里面映着灯火，没什么笑意。

“你跑出来干吗？”嗓子眼有点儿干，莫名的情愫在心底涌动，被苏萤刻意地忽略了。

叶旌没好气地说：“末班车都没了，你要怎么回家？”

“走回家。”

“走？你知道从这里走到最近的地铁站要多久吗？”叶旌下巴微抬，向着不见尽头的巷口道，“这里入住率又低，半天都没几个人往来，你就不怕被打劫？”

“这里是‘贵族区’，想必治安不至于太差。”苏萤抿嘴，“何况我又不是小孩，用不着你来教育。”说完，转头就走，可眼前忽然一黑，被什么东西兜头罩住了。

苏萤双手一摸，发现是叶旌从身后给她戴上了头盔。

头盔戴得影响了她的视线，她正要伸手去调整，忽然察觉叶旌的手落在她的肩头，连衣裙没有袖子，他手掌就落在她赤裸的肩上，掌心火热。

叶旌扶着苏萤的肩膀，令她转身面对自己，然后弯下身与她面对面，双手扶住她的头盔稍稍调整，这才让她茫然的眸子完全露了出来。

他伸出手，食指拨了下遮住她眼睛的发丝，执拗地问：“非要用长辈的姿态对我吗？”

苏萤没有说话，祈祷着他呼啸而来，所以没听见她跟林锦锦的对话。

“非要跟我说你不是小孩子，不需要我教育，用不着我管；非要让我一直记着，我们俩钱货两讫，互不相欠？苏萤，一定要这样吗？”

机车的灯光从他身后照过来，让两个人的影子重叠在一处。

叶旌不像平时那样温和，也没像往日那样无条件向她示弱；相反，他的语气里有着不容置喙的强势。

四目相对。

过了许久，是苏萤先别开视线：“我不是那个意思。”

“哪个？”叶旌追问。

“不是非要跟你钱货两讫。”她的声音从头盔里传出，有点发闷，“只是叶旌，我受够了欠债。从今往后，我不想再欠别人的了。”

叶旌那双难得冷淡的桃花眼波光流转，仿佛在思索她话中的深意，而后点了点头：“知道了。衣服的钱，你要还就还好了——按课时费折算成三堂课，那你得给我再多上三堂，成交。”

苏萤要开口，可他说着“反对无效”就推着她转身走向机车：“不接受讨价还价，要么别还，要么加课。小姐姐，你可以自己选。”

这句“小姐姐”带着笑。那些笼罩在他身上的乌云，随着这句笑语烟消云散，连苏萤都不得不感慨男人神奇的自我平衡能力。

叶旌跨上机车，拍拍后座：“上来。”一双桃花眼，笑意盈盈。

他终于不生气了。苏萤潜意识里松懈下来，坐上后座，还没准备好呢，就听一阵轰鸣，机车咆哮着冲了出去。

苏萤几时这么疯狂过，吓得手都不知道往哪儿抓，手足无措。

“扶着我啊！”叶旌的声音逆风而来，等不到苏萤的回应，他索性回过头，抓住她的手放在自己腰间，粲然一笑，眸中似有星辰闪耀。

苏萤疑心如果自己松开手就要飘出去，只能死死地攥着他的衣裳，可是车身一冲，又是一次加速，她还是差点儿被甩出去，她胆儿发颤，顾不上保持距离，双臂一环，将他的腰整个儿圈住了。

叶旌很结实，腹肌漂亮，腰身健硕，这一点，在帝都的四合院里她就知道了，掌心下结实而富于张力的肌肉，足以吸引任何一个异性的注意力。

他骑得很快，不知道说了句什么，在呼啸而过的风声里听不清楚，苏萤问：“你说什么？我听不见。”

于是叶旌稍稍侧过头，让她能听见自己的话。

“你确定我像小孩子吗？”

苏萤一怔，她跟林锦锦的话被他听见了？听见了多少？她察觉到手臂下，他的腹肌微微的震动，大概是他在笑。

她一本正经地说：“一日为师终身为父，你在我眼里永远都是小孩子，七老八十也一样。”

“那很巧啊！”叶旋扬声说。

“什么很巧？”

“你在我眼里永远都是小姐姐，就算七老八十也一样。”叶旋回头，嘴角弯弯，“你说巧不巧？”

苏萤脸红扑扑的，真庆幸他在前面看不见。

“就你能说会道！”

叶旋迎着风，额发完全被吹向了脑后，那双漂亮的桃花眼里兴味盎然，低头看了眼环着他腰的素白小手，眸光微动。

苏萤租住的地方与叶家横跨楠都城南北，但一路骑过去很快。

因为打工的关系，她早就习惯了夜半归家，这还是头一次有人相送——不用担心在公交车上睡过站，也不必在马路上抱紧双肩包时刻提防坏人，这样有人陪伴、被人守护的感觉，既陌生又意外地让她眷念。

突然，机车没预兆地停了下来，苏萤才发现已经到了小区门口，连忙松开手，取下头盔，跳下车：“到这里就可以了，谢谢。你回去路上小心。”

可是叶旋没有接她递过去的头盔，反倒是从车上跨了下来。

苏萤疑惑地看向他。

“没油了。”

苏萤一看，果然，仪表盘上红灯频闪。

“东边路口有个加油站——”

叶旋打断了她的话：“刚路过的时候我看过，打烊了。”

苏萤问："这车还能开多远？"

叶旋转了下把手，车发出一阵有心无力的轰隆声，一摊手："一米都开不了。"

小区门口来去的住户，经过两人身边的时候免不了都回头看一眼，毕竟，这真是偶像剧里才会见到的漂亮面孔。

苏萤犹豫着。

叶旋一言不发地看着她，眼里是万家灯火，只等她一句话。

苏萤扶着胳膊，终于开口："那在我家凑合一下，天亮去加油吧。"

叶旋惋惜地叹了口气："嗯……那也只好这么办了。"仿佛，完全是被逼无奈。

苏萤在前面走，叶旋推着车跟在身后。如果这时候回头，她会看见身后的少年得逞的笑容。

老式小区里没有电梯，黑漆漆的楼道里各种气味混杂。

叶旋自打进了小区就没说过话，苏萤一边登楼梯，一边自嘲："没遇见过这么逼仄的地方吧？"

"不，我见过。"

苏萤有些意外，她想以叶家的家境，叶旋定然是含着金汤勺出生的小公子，自小锦衣玉食，不识人间疾苦。

"小时候我也住过这样的大院。"叶旋说，"在我爸发迹之前。"

苏萤没搭腔，开了家门，又打开老式日光灯，白光瞬间铺满了小小的客厅，整洁而温馨。

在苏萤去倒水的空当儿，叶旋注意到玄关处的合影。

一张是苏萤和圆脸姑娘头抵头，苏萤带着浅笑，另外的女孩有三分眼熟——好像，是网吧里坐前台的小姑娘，罗姜夸人家好看的那个。

还有一张是个穿着舞蹈裙的小女孩，十来岁的年纪，头上别着小巧的王冠发夹，在画面中央做出了谢礼的舞姿，她身后站着的年轻夫妇也都衣冠楚楚，笑容可掬，多半是她的父母。

尽管少女和如今的苏萤一热一冷，差了许多，但叶旋还是一眼就认出了她——浅浅的酒窝像最甜的酥糖，令人神往。

苏萤端着水杯出来，正看见叶旋弯腰端详着她的全家福。

“喝水。”

“你爸妈？”

苏萤不欲多说，轻轻地“嗯”了一声：“你歇会儿，我先去冲一下。”说完，又解释了一句，“热水器有点老化，水需要过一会儿才热。”所以她先洗。

叶旋不在意：“我洗冷水都行。”

可苏萤像没听见似的，一言不发地走开了。

这房子真的很小，客厅、厨房、洗手间，再加一间卧室，加起来估计也就三四十平方米，还不抵叶家一间书房大。

叶旋坐在客厅唯一的沙发上，手中端着杯子，一饮而尽——自从走进这间房子，他就莫名其妙觉得口干舌燥。

房间的隔音很差，淋浴的水声淅淅沥沥，不绝于耳，甚至是她放置瓶瓶罐罐的声响，也声声入耳。她在冲头发，她打开了莲蓬头，大概是在冲身子……

叶旋试图转开思绪，然而注意力仿佛被钉死了，分毫不动。脑海里的念头，像雨后的笋层出不穷，掐都掐不断，燥热使得他不得不再度给自己倒了一杯凉水。

简直要命，叶旋努力地逼迫自己去想别的。

比如，一个小时前，他跟苏萤在家里不欢而散，那会儿他是真的气急了。那头潜藏在内心的怪兽，似乎在那一刻要破壳而出，他忽然有些害怕，怕自己又一次失控。所以在气头上，他扔了钥匙，狠心地让她自己走。

可是等人真走了，大宅子里空荡荡的，他发了好久的呆，盯着餐桌仿佛又看见那个曼妙的身影，酒窝浅浅的侧脸，发丝柔软地匍匐在天鹅般优美的脖颈儿旁，握着笔的手指指甲圆润小巧，握起来柔软得不可思议。

骑机车出现在苏萤面前之前，叶旌已经在巷口等了好几分钟，一边想她怎么这么慢，一边担心自己刚刚的态度会不会吓坏了她，心浮气躁中突然听见寂静的小巷里传来熟悉的声音。

也不知道她是在跟谁通电话，语气里居然有点羞赧。终于，她走近了，叶旌听清了她的话——

“我都不知道这是怎么了，怕单独跟他相处，又盼单独相处；怕他黏着我，又盼他黏着。锦锦，我可能快疯了。”

“你说得没错。我怎么可能会喜欢上一个小孩子！”

叶旌至今想起那一瞬，依旧心头狂喜。

他以为在这段关系里忐忑的只有自己，原来苏萤也一样。于是，他甚至未来得及考虑就发动引擎驶近她身前，看见路灯下那双既惊又喜的眸子，他几乎想立刻将她揽入怀里。

无论她怎样冷淡，怎样推拒，但她骨子里对他有感觉——就像他，无论他觉得自己有多不合适，可动心就是动心，他只想黏着她，占据她的全部。

尽管，他心里清楚苏萤喜欢的也许只是披着伪装的他，阳光明朗的他。

凉水入肚，叶旌朝后一靠，仰面躺在沙发上，盯着白炽灯，耳边是淋浴的水声，透过浴室门的下方，能看见软黄的光线下，少女的身影微动。

他想给罗姜去个电话，问问罗姜当初对唐梦楚一见钟情，是不是也有冲冷水澡才能浇灭的躁动。

苏萤洗得很慢，当她想到叶旌就在一门之隔的客厅，就鼓不起勇气出去。虽然没有谈过恋爱，可这种事根本无师自通，她对内心的激动与忐忑心如明镜。

她喜欢这个亦正亦邪的少年，被他吸引，甚至毫无困难地全盘接受他的“套路”，只因为这份喜欢。但同时她也明白，两个人之间的年龄、社会身份，乃至于阅历都是不可逾越的鸿沟。

爱情可以调剂生活，但无法拯救生活。

这些，苏萤都明白。

当她做好了一切心理调适，故作淡定地走出浴室，才发现所有伪装都是浪费——那人居然已经躺在沙发上睡着了。

房间里的摇头扇时不时地吹起他柔软的额发，他的眼睛轻轻地合着，像个纯真的孩子。

苏萤蹑手蹑脚地走到沙发边，隐约听见他在呢喃些什么，因为听不清楚，她只好弯下腰，凑近去听。

没想到，“熟睡”的某人突然长臂一伸，将她带倒在沙发上，然后自己就势撑起身子，俯身在她上方，动作之迅捷哪里像什么金毛，简直像头猎豹。

叶旌的手臂撑着沙发，并没有真正接触苏萤，可这距离太近，姿势太亲密，苏萤从惊慌中回过神来的第一件事，就是伸手去推他。

手心的触感结实有力，他有着与脸孔不合的体魄，苏萤根本推不动。

“叶旌！”她低喝。

被呵斥的少年耳珠红得像要滴血，嗓音低哑：“对不起。”

苏萤以为他是为鲁莽而道歉，别开视线，从牙缝里挤出一句：“知道错还不赶紧让开！”

“不是这个。对我现在的举动，我不打算道歉——如果不这样控制着你，你根本不愿意听我说。”叶旌振振有词地辩解，“我是想为在家门口对你说的话道歉。”

苏萤缓缓看向他，近在咫尺的那双桃花眼波光流转，眼里只有她一个人。

“我说因为你替我做饭弄脏了衣服，所以要赔给你。这些话惹你生气，是我不对。我不应该撒谎——裙子是我陪罗姜给他女朋友买衣服的时候看中的，一眼看见，我就想到了你，觉得这衣裳除了你再没有人更合适，所以就买下来了。今天就算你衣服不被弄脏，我也会送给你，因为它本来就是为你而存在的。”

他的声音带着蛊惑，很低，很柔，就在耳边，如情人低语。

“你可以不喜欢它，也可以把为它花的钱还给我，但你不能阻止我在看见它的时候想起你，也不能阻止我喜欢它和……穿着它的你。”

等等？她听错了吗，他说喜欢这条裙子，和……穿着裙子的她？

苏萤的脸热得要自燃了似的，疑心自己是在做梦。

可叶旋眼神真挚，没有半点玩笑的意味，仿佛在告诉她，她没有听错。

苏萤灵活地蜷起身子，硬是从他身下滚落在地毯上，而后不无狼狈地起身，退出老远，脸颊红云如霞：“你——”嗓子哑了，她尴尬地清清嗓子，“你要再胡说八道，今晚就睡马路去！别以为我做不出这事来。”

叶旋坐起来，静静地凝视着她，头发因为刚刚的动作看起来有几分凌乱。

苏萤心慌，急着抢白：“我肯留宿你，是因为你是我的学生，而且不是坏人。我相信你的人品，不会做什么出格的事。但如果你……胡来，就请你立刻出去！”

叶旋沉默了许久，终于微勾起唇，轻声答应：“知道了，小姐姐，我不是那种人。”

苏萤抿嘴，冷着脸返身进了卧室。

咔嗒一声——她锁了门。

叶旋脸上的笑容这才一点点瓦解，只剩下满眼的迷茫。

之前在帝都，苏萤留他在民宿同住，也是警告他不要乱来，当时他的回答同样是“我不是那样的人”。

那样的人，哪样的人？

叶旌伸手捂住了脸，手指插入发丝之中，将脸埋在膝间。他叶旌到底是什么样的人，连他自己都不确定，却还敢说自己不是那样的人，真是，可笑啊！

许久之后，叶旌浑浑噩噩地陷入了梦境当中。

那是片葱郁的林地，月光如水，蝉鸣阵阵，眼前的少女穿着一袭月色般皎皎的长裙，裙裾逶迤，身段窈窕得宛如画中仕女。

他觉得自己的胸腔中仿佛燃着一团火焰，向着四肢、头脑蔓延而去。死水般的灵魂被这火焰点燃，每一个毛孔都叫嚣着，想要接近她。

她回身浅笑，声音甜美，说的话却义正词严：“我是老师，你是学生，你付了学费，我收了学费，钱货两讫，你犯不着为我做这些事。”

他想开口，嗓子眼却干涩得发不了声。

忽然，母亲穆然的声音从身后传来，她说：“苏老师，我们小旌易激惹，容易冲动，该不会吓着你了吧？阿姨替他跟你道歉，你别跟生病的孩子一般见识——”

“妈！”

穆然像没听见他的阻止，继续说：“你大概不知道，小旌这孩子的精神状况一直不大好，离开药物和熏香，他连个囫囵觉都睡不了。所以有时候脾气差一点，那不是他故意的。如果你害怕他，可以离他远一点。”

叶旌大喝：“别说了！”

结果，这一声把自己吓醒了，他才惊觉居然在苏萤家单薄的小沙发上睡着了，身上满是汗水，胳膊被压得发麻——刚才他居然睡得非常沉。

黑暗里，风扇呼呼地吹着。

他庆幸刚刚的一切只是一场梦。

当然……只是梦。那个不能诉之于人的秘密，穆然不会轻易告诉第四个人。所以，他还是可以在她的面前伪装成阳光、纯良、足以让她心动的模样。

叶旋又哪里知道，隔着薄薄的门板，对面卧室里的人是怎样艰难地熬过了这一夜。

苏萤的这一夜，梦也未停歇。

只是在她的梦里，那个叫叶旋的少年欲言又止，总是止步在与她咫尺之遥的地方，不肯向前半步，不愿碰触她一分一毫。

她于梦中悠悠转醒，不久前被他碰触过的肌肤就像是有了自己的记忆，黑暗里，被握过的手腕、被呼吸拂过的唇瓣、被他拥在身前的温度，无一不让她辗转难眠。

与梦中的疏远相比，苏萤不得不承认，她宁可与他如先前那般亲密。

Chapter07

被错过的生日，被错过的告白

次日，顶着熊猫眼的两人相顾无言，匆匆赶往学校的时候，正赶上人流高峰。四面八方赶去教学楼的学生，都要从同一条主干道上经过，在被无数目光洗礼之后，苏萤无比后悔，早上没有坚持分开来学校。

幸好，计算机系和艺术系分别在东西两个校区，她才得以落荒而逃。

叶旌收起特意为苏萤准备的头盔，正出神地看向走远的背影，忽然被人拍了下肩。

罗姜穿着篮球服，身边还跟着几个男生，其中一个剑眉星目的，正是邱礼源。

他一直跟罗姜玩在一起吗？叶旌不大记得了。事实上，他一贯对所有事都不甚上心。

罗姜调侃道："叫你今天早点来打球，你说有'别的事'，原来是为了她吗？"

叶旌随口说："顺路而已。"

罗姜看着苏萤的背影，愣了一下终于想起来："这不是艺术系的系花吗？"

叶旌意外："你认识她？"

"我认识她，她不认识我。"罗姜说着，眼底浮现一丝疑惑，拿肩膀撞了下邱礼源，"你不是一直在……"追她吗？

不像其他几人那么大汗淋漓，邱礼源倒像是漫步归来般矜持文雅，被罗姜问到才开口，语调是一贯的爽朗：“对，我正在追苏萤。”

众人没作声，但都不约而同地看看叶旌，又看看邱礼源。这姓苏的小姑娘何德何能，居然一下子受两大校草的宠爱。

楠大言论自由，BBS 一直都很热闹，学生们每年自发投票评选校花校草，而上一年度的第一名就是邱礼源，第二名是叶旌。

邱礼源早几年一直独占鳌头，虽说是交往过几任女朋友，但都是和平分手。这大半年里他苦心追求苏萤，甚至不惜为她在校区里开了咖啡店——当然，开店是为了赚钱，还是为了追女朋友，众说纷纭。但这种深情人设虽然打击了女孩们的粉红梦，无疑也让人动心，专情的白马王子谁不倾慕。

而反观叶旌，以天才少年的名头杀入榜单，一路扶摇直上，喜欢他的人对他的聪慧和漫不经心赞不绝口；而不喜欢他的人则觉得这个人没有半点真心——待人接物都不上心，那笑容就像是面具或者伪装。理由就是，三年了，他连个女朋友都没有交往过，一看就是没心没肝。

所以叶旌最终落于邱礼源之后。

邱礼源大大方方地承认了自己在追苏萤，现在的问题就在于——叶旌呢？他跟苏小妹妹是什么关系？不得不说男人八卦起来也非常恐怖，有罗姜带头，众人便接着一个劲地盘问起来。

叶旌打着哈哈，答得滴水不漏：偶然遇见，顺路，巧合，是朋友。

邱礼源半开玩笑地说：“叶旌，罗姜说你不住校，家在城南。而苏萤住城北——你怎么会跟她顺路？”

叶旌瞥了他一眼，冷淡地反问：“你指的是我哪个家？”

“好了好了，知道你家房产多。”罗姜打着圆场，“答应我，两位富二代别在穷人面前谈房子，OK？”

邱礼源勾唇，没说话。

有人笑问："说起来，邱，你追她好几个月了吧，还没成？这得是你遇见的最扎手的姑娘了吧？"

"噗，再追不上咱们会长要发飙了。"

"没事，小妹妹在邱少的店里打工，不等于是攥在手心里了吗？"

叶旌眉头微蹙，目光越发冷淡了。

邱礼源但笑不语，任同伴们自由发挥。

罗姜第一个察觉形势不对，连忙岔开话题，搂着叶旌脖子问："二十岁生日要到了吧？打算在哪儿办啊？"

"二十？"旁边人疑惑地问，"就算十八岁入学，今年大三，说什么也得二十一吧？我都二十三了！叶旌还没到二十岁？"

罗姜得意地说："这小子当年中学连跳三级，你没听说吗？纯正小鲜肉——"

话没说完，叶旌已经一把打掉他的爪子："要当鲜肉你去当。"

邱礼源抬起下巴，正好与叶旌目光相对，暗潮涌动，谁都没有回避对方的视线。

不知死活的人又把话题引到苏萤身上："苏妹妹这样的'负婆'，也就邱少你敢去追。听说她家里欠了一屁股的债，连学费都是靠奖学金撑着。这种女孩子不好惹，一不留神就被缠上，以后怕是脱不了身。"

邱礼源微笑，嘴上答着别人，眼睛却盯着叶旌："谈恋爱还能怕花钱？是我女朋友，钱敞开了花就好，只要她开心，我没什么不能给的。好了，你们也别再八卦，最晚不超过今年圣诞，让你们叫她嫂子。"

众人正起哄，忽然听见引擎作响，才发现叶旌已经转身跨上了机车。

罗姜忙问："你上哪儿去？马上上课了！"

叶旌套上头盔："有点其他事，帮我答到。还有——"他回过头，露出的桃花眼里满是挑衅，牢牢地锁着邱礼源，"别白费心思，苏萤已经有男朋友了。"

“谁？”

叶旌的机车已然呼啸而去。

邱礼源蹙眉，问罗姜：“他说谁？”

罗姜蒙了半晌，疑惑地说：“好像说是……他？”

罗姜觉得叶旌最近有点怪，专业课经常缺席，人总往艺术系教学楼跑，美其名曰：拓展眼界。

这日，叶旌又只上了一堂课就要开溜，终于被罗姜在门口给拦住了，单刀直入地问：“你去艺术系是找苏萤吗？”

叶旌双手插兜，一本正经地说：“去旁听，拓展拓展知识面。”

“少来！”罗姜一扬手机，“跟你说，BBS上的偷拍照我可都看到了，你就光逮着服装设计专业的知识拓展？而且每次都碰巧坐在人家苏小妹旁边？再说了，以你的家庭和资历，你就缺那点儿课本知识？”

叶旌眯起眼，偷拍吗？

“别人不知道，我还能不知道吗？就说你跟家里闹成那样，只怕是老爷子派大师来教你你都不会听。你说你不是醉翁之意不在酒，谁爱信谁信，反正我不信。”

罗姜是叶旌打小就认识的朋友，算是最了解他的人。被这么点出来，叶旌也没法再找借口，只好承认：“顺道而已。”

“又是顺道！你是为了陪妹子，顺道听课呢；还是去听课，顺道看看妹子？”罗姜打趣地说，“上次遇见你俩大清早同行，你也说是顺道送一程。你家在城南，她家城北，怎么个顺道法你倒是给我说说？”

叶旌终于服了好友刨根问底的决心，只好说：“她就是我在网上找的家庭教师。”

罗姜一下记起网吧里，坐在前台小妹旁边的短发美女，当初没看见脸，竟没认出那就是苏萤，这下终于恍然大悟：“你当初给人家下了套，就是为了接近她吧？”

叶旋不说话，算是默认了。

罗姜来回踱步，口里念叨：“好好好！你小子够厉害的，连我都一并给骗了。所以呢？你现在是在干吗？追她？”

叶旋靠在墙边，点了点头。

“天，你知不知道邱礼源也在追她，而且已经大半年了？”

叶旋脸色一凛：“苏萤要是喜欢姓邱的，早答应了。让他别费那功夫了，看着心烦。”

罗姜一愣，继而咧开嘴笑了：“你这是……吃醋的节奏啊？”

叶旋不说话，想到邱礼源那副对苏萤胸有成竹的模样他就光火，哪怕是想象一下苏萤依偎在邱某人怀里的画面，他都恨得牙根发痒。

占有欲这种东西，从来都是无师自通。

“好吧好吧，我们叶少爷总算开窍了，好事啊！”罗姜转而问，“那你打算怎么追？”

“还能怎么追？”叶旋直起身，看向艺术系的方向，“不能给别人，就只有拐回自己家守着了。”

罗姜啧啧直叹，当真不愧是智商超群，连追女朋友都是速战速决啊！

叶旋淡淡地瞅了他一眼：“别盯着我了，那个谁刚从你身后走过去了。”

罗姜连忙回头，果然看见唐梦楚窈窕的身影正离开，顿时顾不上跟叶旋多说，比了个手势就追了上去。

这是叶旋第无数次，打着旁听的旗号跟苏萤一起听课，陪她放学。

因为不是补课日，苏萤打算去网吧找林锦锦，没想到叶旋居然也说要去玩，没辙，只得搭伴前往。

进了网吧，苏萤丢了句“自己去玩吧”就去找林锦锦了。

叶旋无奈，只好自己找了台机子坐下，开了局《DOTA》（守护遗迹）。

林锦锦隔着柜面，盯着叶旌的方向看了好久，终于认出人来：“原来就是他啊。”

苏萤头都没抬，拨弄着手机：“嗯。”

“难怪你被撩得无力抵抗，是真帅。不过……”林锦锦沉吟了一下，“我觉得，在哪里见过他。”

苏萤这才抬头：“嗯？”

“你等等，还记得是哪天看到他发的招聘启事吗？”林锦锦提示她，“开学第一天。”一边说，林锦锦飞速打开网吧的监控存档，翻出了当天的录像，一路快进到了傍晚时分，画面里的两人刚刚看见了那条家教的招聘信息，正喜出望外地说着什么。

就在这时候，画面一角出现了一个高大的身影，苏萤刚好背对着他，完全没有注意到对方。他就那样与同伴不疾不徐地从她们身后离开了网吧，临了，在门口他甚至还回头看了苏萤一眼。

“果然是他！”林锦锦一拍鼠标，“我就说肯定在哪里见过，果然啊！萤萤，你这学生当初根本就在你眼皮子底下发的招聘启事，而且他出门时还看了你一眼，根本就是认识你，冲着你来的啊！”

“确实认识。”苏萤只得老实承认了。

林锦锦一脸错愕地听完叶、苏二人在帝都的偶遇和楠大的邂逅，一口气一直憋着，直到苏萤说完，才捧着红扑扑的脸颊，憧憬地说：“好浪漫啊。”

比起闺密的少女心，苏萤冷静得多，一张素净的脸蛋面无表情：“你不觉得，我是被他给算计了吗？”

“算计你钱了，还是算计你色了。”林锦锦一时噤声，觉得好像还真算计“色”了，顿时笑得眼儿弯弯，“没想到姓叶的这小子这么沉得住气，居然瞒了你这么久！”

“只怕他瞒我的事儿还多着呢。”苏萤起身，从牙缝里挤出一句，“锦锦，晚上不跟你吃饭了——我要找他‘清清账’。”

林锦锦摆摆手：“去吧，去吧！人家可能巴不得呢。”

被林锦锦言中了，叶旋确实巴不得苏萤快点儿过来，再让他在网吧里待着，他就快绷不住要发飙了。

因为这家网吧离楠大很近，多半都是楠大的学生过来放松，所以叶旋一局游戏还没打完，身后就已经站了两个同校的女生。

先时，女生只是在他身后观战，偶尔惊呼，并没有打扰他。可渐渐地，叶旋就发现自己有种喘不过气来的压迫感，刚好一局终了，他一抬头，才发现本来空荡荡的四周已经人满为患，几个满面羞涩的小姑娘看着他。

见他终于结束游戏，小姑娘们跃跃欲试地上前搭讪：“你也玩这个啊，我也玩儿，你在哪个区？我们加个好友，一起开黑，我辅助很好的——”

叶旋强忍着，才把一句“你是谁啊”吞回肚子里。他其实不爱热闹，可惜没人知道。

刚巧，一眼看见苏萤从前台走过来，叶旋顿时跟见了救星似的站起来，迎上前去，一把搂住她的肩头，往身前一揽，对瞠目结舌的女生们微笑道歉：“不好意思，女朋友管得紧，开黑什么的，还是找别人吧。”说着，客客气气地道了个别，甚至不忘祝对方游戏愉快。

苏萤被他搂着，又听他胡言乱语，当场没揭穿，矜持地跟着他离开了网吧。

走到门口阳光下，她才抬手，将他的手臂一拨。

叶旋察觉到她特别严肃，这才正色道：“你别生气啊，我只是不喜欢被她们纠缠，才——”

“我不是为这事。”话出口，苏萤又后悔，他说她是“管得严的女朋友”，她明明该生气的好吗！

叶旋松了口气：“那怎么了？为什么不开心？”

“当初，你发招聘启事就是故意要让我看见的，是吗？”

苏萤抱着肘，是个防御的姿态，她不笑的时候总显得拒人于千里之外似的。

叶旌知道以她的个性不会捕风捉影地指控，干脆大大方方地承认：“我需要老师，而你刚好胜任，所以我就发了启事咯。”完完全全避重就轻。

“你现在每天听我们专业的课，比你自己专业课还多，有教授教，要我做什么？何况你父母也是业内人士吧。”

叶旌意外地看向苏萤，他没提起过家业，甚至有意回避。

苏萤说：“你家书柜里的论著和装修风格，还有穆阿姨回来时放在茶几上的是这次时装周 L 家的伴手礼。”她都看在眼里，不说，不代表一无所知。

“看不出来，”叶旌笑着说，“你还有当侦探的潜质。”

“别岔开话题，”苏萤凝着眉，“为什么要找我做家教？”

——因为喜欢你，在我还没意识到的时候，已经开始喜欢你。

叶旌没说话，所有的回答都藏在那双带笑的桃花眼里。

苏萤抿着嘴唇，挤出四个字来：“我不需要。”

“不需要什么？”

“不需要你同情和救援。”苏萤语气平淡，“我能找到工作，还没穷到需要人家施舍一份薪水的地步。”

叶旌蹙眉：“什么工作？咖啡馆领班？”

“领班怎么了？领班就比模特低一等吗？”

“领班不比模特低等，但是邱礼源给的工作也不比我给的工作高一等。”

苏萤一愣。关于是否在邱家的咖啡店打工，她不是没有犹豫过，但终究觉得自己工作挣钱，以汗水换薪水没什么见不得人的地方，不多拿邱礼源的钱，不收他的礼物也就足够撇清关系了。

但没想到，事还是传到了叶旌的耳朵里。

她的惊讶被叶旌误认为是心虚，心情顿时极度不爽：“他可以开咖啡店让你打工，我就不能设个家教工作让你赚钱？阿萤，人不能‘双标’。”

“他不是为我开的咖啡店！”苏萤脱口说道，“而且这根本不一样。”

她对邱礼源没有非分之想，打工赚钱天经地义。可对叶旌，她不想欠他，也不愿两人之间有任何金钱瓜葛，这种纠结也许只有她自己能懂。

“怎么不一样？”叶旌逼近了她些许，“难道你喜欢他？”

“不喜欢。”她答得毫不犹豫。

叶旌的心情瞬间拨云见日，又顺势问：“那我呢？”

“你什么？”

“你不喜欢邱礼源，那我呢？你喜欢我吗？”

世上怎么会有这样的男孩子啊。询问对方的心意，就像是问“既然你不喜欢草莓糖，那喜欢柠檬糖吗”般云淡风轻。

苏萤撩了下耳畔的碎发掩盖自己的慌乱，板着脸转身：“懒得跟你闲扯。”

叶旌伸臂拦住了她的去路：“好吧，你不回答我的问题，那我退一步——我先回答你的问题。我这人挑剔，容不得讨厌的人在家里晃，所以家庭教师嘛，总要找个喜欢的人才行。”说着，心无城府地一笑，“所以，你最合适了。”

找个喜欢的人才行，所以，你最合适了。

叶旌的声音干净又好听，即使说着这么无赖的言语，还是宛如情话。

苏萤心想，如果这世上有什么人能让她束手无策，大概就是叶旌了。他无赖又幼稚，偏偏她就是为他心动。这样看来，她也是幼稚鬼。

“你少跟我贫。”苏萤故意板着脸，“总之你骗我的事，我都记账上了。”

“你想要我怎么补偿？”叶旌半真半假地说，“只要你别生气了，让我怎么做都行——以身相许也可以。”

苏萤被气得发笑，憋住笑意推开他：“我走了，你爱许给谁就许给谁好了。”

叶旋手插在兜里，着看向她的背影：“周三上课，可别迟到！”

“知道了。”

苏萤走远了，行人陆续越过了站在原地的叶旋。如果有人回头看他，会发现这个刚刚还笑得没心没肺的男人，眼底的笑意一点点退去了，甚至添了几分落寞与迷茫。

设计家教岗位接近她，在叶旋看来只不过是件小得不能再小的事，她虽然没真生气，骨子里却显然是介意被欺瞒的。那么，如果他所隐藏的“那个秘密”被发现，她会不会立刻离他远远的，再也不回头？

苏萤做兼职、做模特有好些年了，早已经轻车熟路，合作过的导演和摄影对她也都评价颇高。但是时尚圈毕竟是个圈，而她始终在圈外。

所以当林锦锦把收到的offer（邀约或录取通知）邮件转过来的时候，苏萤几乎不敢相信自己的眼睛。

那可是《Silence》发来的试镜邀请！曾一手捧红过超模胡叶的国内一线时尚杂志，尽管只是一封内页的拍摄邀约，对苏萤来说也已是曾经想都不敢想的大好机会。

“对不起，萤萤！我没有查收邮件的习惯，拖到现在才发现，明天就是最后的试镜期限了。”

因为林锦锦上网方便，所以苏萤的各项资料里联系方式都是留她的。

苏萤安慰她：“没关系啊，这不是没有错过吗？幸好你看见了，锦锦，我应该谢谢你才对。”

林锦锦舒了口气，又问：“那你马上就得出发吧？”

“是啊！”苏萤忽然沉吟。

林锦锦问：“怎么了？”

“今晚应该给叶旋补习，看来只能调课了。”

“他能体谅的啦！”林锦锦想起什么似的，又说，“对了，昨天我在论坛看见有关他的帖子了。”

苏萤有些意外，问：“什么帖子？”

林锦锦似乎在忙着开网页，过了一会儿念道：“鲜衣怒马少年游，一见旌郎误终身。”

“等一下！”苏萤摸了下胳膊上的鸡皮疙瘩，“你还是挑重点说吧。”

林锦锦哈哈大笑：“你们学校女生发的帖子，热度太高，都被顶上社会版主页了。说是叶小哥要过二十生日了，她们打算给他个惊喜什么的。总之，帖子里都是你们家叶旌的帅照，别说，这样貌真是百里挑一，出道当偶像都够了。”

苏萤打断了闺密的花痴：“既然是惊喜，还发出来干吗？”

林锦锦笑：“粉丝的心情你不懂。”

苏萤是不懂，就像她不明白，楠大这么有底蕴的高校，怎么会藏着这么多花痴姑娘，难道都不用学习吗。每天有大把时间在论坛上替个新生弟弟打 call（网络流行语，表示对偶像的应援），真是浪费社会资源！哼！

叶家。

云姨又“被放假”了。

自从苏老师来了，她放过的假比之前几年加起来都多，平时也就罢了，今天……她犹豫着向叶旌求证：“二十岁是大生日，我在家替你们做好菜再走不好吗？难不成你指望苏老师给你下面条吃吗？”

叶旌在客厅里踱来踱去，心神不宁的模样：“就让她下碗面条怎么了？又不是什么重活。云姨你放心啦，阿萤很厉害。”

“不是说苏老师做不了，只是人家毕竟是来当家教的，又不是来帮佣——”

“她会生气吗？”叶旌忽然问。

云姨一愣，继而笑了：“不会，苏老师没那么小气。”

“那就好。”叶旌如释重负。

云姨拉住他：“你别晃了，一下午就见你一直在晃，你到底在慌什么？”

叶旌脸上有不自然的红晕，他低头问：“我看起来很慌？”

“嗯，慌。还记得你小时候跟太太闹矛盾离家出走，结果错过了考试，带着0分试卷回来的那次吗？那会儿你就是这个表情。”云姨顿了顿，试探性地问，“说起来，最近苏老师来上课的日子，你都是一副魂不守舍的样子。”

叶旌一脸被人戳破的尴尬，烦躁地挠了挠头发：“你怎么不早点跟我说？”他真的表现得很明显吗？那苏萤呢，她察觉到他的异样了吗？

云姨心里多多少少有了底，想起了昨晚叶旌母亲打回来的电话。

电话里，远在大洋彼岸的穆然说：“小旌生日我跟他爸都不回去了，反正，刚好是苏老师来上课的日子。”

当时云姨还不解，好歹也是二十岁的正经生日，为人父母的怎么能不回来。如今再看看叶旌的反应，她也明白了，无论别的什么人来给他庆生，也抵不上苏老师一个人。

“小旌啊，追女孩子是有技巧的。”云姨说。

叶旌终于停下踱来踱去的脚步，回头看她。

云姨说：“喏，从前苏老师一来你就跟前跟后，恨不得一直跟人黏在一起。这样不行——追女孩子啊，要给她空间和想象，你要让她在看不见你的时候总想你，而不是想‘你怎么总在这里’。”

叶旌失笑：“云姨，你是说我太黏人了？”

“不，我是说你在苏老师面前太像争宠的孩子。”

“那我要怎么做？呃，高冷一点？”

云姨很想说“拿出你对先生太太的一半高冷就够了”，但考虑到少爷阴晴不定的脾气，决定不触他霉头，只说：“你可以让人家感觉到你的喜欢，但不要表现得太过喜欢。”

“我做不到。”叶旌坐到沙发上，“云姨，对我来说没有这种模棱两可的地带，喜欢就只能百分之一百地喜欢，你说的那种，我做不到。”

云姨意外地看向叶旌。

那副小太阳般的开朗模样，是叶旌做给外人看的，这一点叶家人都清楚。但此刻，这个盯着蛋糕盒怔怔出神的少年，脸上除了淡淡的疑惑，更多的是憧憬和愉快——这并不是面具，而是真实的他。

苏萤啊，那个漂亮又独立的女孩子，也许真是小少爷的救星也说不定。

离上课还有大半小时，叶旌已经在洗手间里折腾了许久。

头发许久未染，发色里透着些微的黑，自然鬈的发尾带着孩子气的俏皮。叶旌仔细地抹了发胶，试图把头发都固定到脑后，可真正变成了大背头，他又觉得太老成，与苏萤不搭，只好又拿清水冲掉。

温水顺着耳郭、脸颊淌过，叶旌闭着眼睛，脑海里模拟着即将发生的场景。

——阿萤，我想要个只有你能给的生日礼物。

——什么礼物？

——女朋友。

叶旌甩了甩头发上的水，顺道甩去不受控制的想象，手机铃声远远地从楼下客厅传来，他瞥了眼镜中的自己，头发湿漉漉的——看起来，还成。

电话是苏萤打来的。

叶旌接起电话时还带着笑：“你快要到了吗？”

“没有，很抱歉。我今天有事，没办法去给你补课了。”苏萤的声音在嘈杂的背景里显得很是遥远，“真对不起，嗯……今天的课时费，我马上退到你微信里。”

叶旌的笑容凝固在嘴边，目光飘向手边的蛋糕盒，缓声问：“你人在哪里？”

“火车站。”苏萤解释，“帝都有个工作机会，时间很赶，我今晚得赶过去——”

叶旌说：“我们是有约定的，每周一三五上课。”

“对不起，不过这个机会对我来说真的很重要。这单拍完——”她下学期的学费就有着落了。

“你根本没打算跟我商量对不对？”叶旌的声音里有着陌生的冷淡，“你人已经到火车站了才给我电话，根本就不是来和我商量的，你只是‘通知’一下。”

“抱歉。”

“就是为了报酬吗？我懂。”叶旌说，“多少钱？我付你，提前预支明年的课时费也行。”

“不是钱的问题。”苏萤的语气也硬了起来，“叶旌，我不去上课也不要你的费用，我并不欠你什么。”

“可你违背了和我的约定！”

手机里传来列车抵达的播报声，而苏萤本人没有说话。

“苏萤，在你眼里是不是没有什么比挣钱重要？”

“没有。”苏萤顿了下，“你不会理解，也没必要理解，但你说得没错，对我来说活下去比‘守约定’更重要。如果你觉得我不适合再担任你的家庭教师，我可以退出，你不用为我的事生气，犯不着。”

广播里再度播放去往帝都的列车开始检票的通知，苏萤说：“你决定好以后告诉我一声就行，无论怎样，我都可以接受。我要上车了，再见。”说完，挂断了电话。

叶旌面无表情地起身，没想到竟失手打翻了手边的蛋糕盒，盖子顿时翻倒在一边，白色的牛乳蛋糕歪歪斜斜地躺在地毯上。

“厨房里的东西我都准备好了，那我先走了啊！”云姨从厨房出来，只见叶旌脸色发白，蛋糕打翻在地，顿时问道，“怎么弄翻了？别急，我再订一个去。”

叶旌走向玄关：“不用了，她有事，不来了。”

“那你去哪儿？”

“我今晚不回来。”说完，叶旌就推门出去了。

云姨了解他的脾气，深深地叹了口气，蹲下身去收拾打翻的蛋糕。

蛋糕是叶旌自己订的，拿回来之后跟宝贝似的看着，也不让旁人碰，现在却摔得面目全非，连内里的夹层都露了出来——薄薄的皮纸从夹心层里冒了出来。云姨把纸片抽了出来，发现小卡片上是叶旌不羁的字迹。

——阿萤，生日心愿只有一个，你想听吗？

云姨拿纸巾擦去上面沾着的奶油，将卡片妥善地收了起来。

真是造化弄人，从前她跟先生太太一样，最担心叶旌封闭心门。如今，这孩子好像走出来了，可她怎么反而更担心了呢。

Chapter08

你如寂夜萤火，照亮我心

当夜，苏萤赶到帝都，依旧在方婆的民宿里落脚，可一夜辗转反侧，脑海里挥之不去的都是叶旌那句不无委屈的“可你违背了和我的约定”。

苏萤扪心自问，如果只是一次平常的拍摄机会，自己会不会为了履行约定而放弃？

答案是，也许会。

她可以多跑几次兼职，少睡一点觉，补回酬劳上的缺口。

但《Silence》的邀约不同，错过了这一次，再也不会有人给她下一个机会。她没有人可以依靠，唯一的靠山是她自己，所以不能放过一星半点的机会。

明明应该毫不犹豫的，为什么她却隐隐觉得内疚。

苏萤的外形和拍摄经验都无可挑剔，次日被安排在著名摄影棚里的试镜，她过五关斩六将，顺利跻身为数不多的素人模特之列，获得了《Silence》春夏大片的拍摄资格。

意外的是，试镜结束之后，《Silence》的资深编辑杜舫居然将苏萤单独留了下来。

周遭众人都在撤场，苏萤还带着妆，穿着银色长裙、高跟鞋，即便如此也只跟杜女士差不多高，这位从模特圈里打拼出来的时尚编辑，有着得天独厚的身高优势。

杜舫打量了苏萤一会儿，问：“之前还给什么杂志拍过？”

苏萤有些意外，因为邀约是由对方主动发的，她以为杂志社至少对自己会有一点了解：“没有，之前跟旌歌公司合作，拍的大多是广告片。”

杜舫眼神微闪，她的助理则凑近她，在她耳边低语了几句。

再看向苏萤时，杜舫的眼里多了几分深意：“旌歌啊！”

“大概五六年前开始，陆续合作过七八条片子。”苏萤解释，“平面和电视广告都有。”

杜舫终于露出些微笑容：“你的动态很好，只拍平面暴殄天物。”

“谢谢总编。”

“正式拍摄安排在开春二月，中途会有工作人员跟你联系。中间跨越农历年，你注意少食多动，保持身材，能再瘦三到五斤上镜效果会更好。”

苏萤抿嘴：“明白。”

杜舫又指出她在眼神表现力方面还可以有所提升：“拍杂志大片和拍日常广告路数差很多，比如拍广告你需要让自己更加亲和，那么拍杂志片的时候你就要让自己跟镜头远一点，再远一点。”

在模特这行里，苏萤一向是凭自己的直觉摸索，从来没有被人像杜舫这样提点过，她心生感激，一边应声，一边谨记前辈的教导。

“好了，我还有约，二月见吧。”

等杜舫说完，苏萤才惊觉，片场里已经没什么人了，意识到对方为了自己耽搁了很久，她感到非常抱歉。

可杜舫不以为意：“如果不是你个人有才华，就算有叶家照拂，我也不会多这个事。”

苏萤微怔，可对方已经走了。叶家？是指旌歌的董事长叶儒吗？

苏萤卸妆更衣出来，一直犹豫要不要给叶旌去个电话，毕竟爽约的事是她错在先。可她把手机掏出来才发现屏幕是黑的，无论怎么点都不亮，看来用了好几年的手机终于“寿终正寝”了。

这都是天意，苏萤一边想着，一边走出更衣室，没想到，居然意外地看见了那个让她心心念念的身影——叶旌正在摄影棚外和杜舫交谈。

因为背对着，叶旌并没有注意到苏萤的出现，他一反常态地舍弃了孩子气的卫衣，改穿浅灰色的低领线衫，松松垮垮反而更加凸显高挑的身段和平直的肩线，双手插兜，宛如设计师笔下的男模。

苏萤眉头微蹙，并没有特意改变自己的路线，而是径直朝他们走去。

杜舫看见了苏萤，眼底有光闪过，故意对叶旌说："怎么？怕我们怠慢了你的小朋友？"

"当然不是，舫姐的专业性有谁敢质疑啊。"叶旌笑嘻嘻地说，"只不过片子不是二月才拍吗？怎么这么早就试镜？"

杜舫说："难道试镜也要提前知会叶小少爷？"

"不是，我如果提前知道就——"就不会为这事儿跟苏萤置气了嘛！

"罢了，有什么要解释的，直接跟本尊解释就是了。"杜舫笑着看向苏萤。

叶旌一怔，顺着杜舫的视线回头，刚好看见苏萤正向杜女士挥手道别，目光连一秒也没在他脸上停留，仿佛他整个人都是透明的。

叶旌快步追上她："你这是要去哪里？"

苏萤理都不理他，甚至加快了脚步。可是她从来没有成功甩掉过叶旌，这次当然也不例外。

杜舫看着两个年轻人分外相称的背影，脑海中瞬间脑补出一组情侣镜头。嗯，有机会一定要说服叶董和穆女士，让他们这个宝贝儿子在《Silence》出道！

因为时间太晚，苏萤不得不打车去火车站，没想到某人居然厚脸皮地跟着从另一侧迅捷地上了车。

司机狐疑地打量两人，苏萤冷着脸："火车站，麻烦开快一点，我想赶末班车。"

叶旌却在一旁说：“别开太快，安全第一！”

结果，他俩还是没买到票，甚至连站票都没有。

苏萤心态爆炸地回过身，刚好看见空荡荡的购票大厅门口，侧身而立的叶旌惹人注目。

她视若无睹地从他面前走过，不出意外地被他拽住胳膊。

“干吗一直跟着我？看这么久的戏，还没看够？”比起气愤，她似乎反倒懊恼居多。

叶旌盯着她微红的眼睛，固执地不肯松手：“阿萤，你到底在气什么？”

苏萤动了动嘴唇，居然不知从何开口。

委屈的表情落在叶旌眼里，他心一软：“我知道是我说错了话——这是你的职业和梦想，不应该用钱来衡量。是我太草率，说话不过大脑。你看，我都千里迢迢地追到帝都来道歉了，你就原谅我一次，就一次，好不好？”

这反倒让苏萤意外了，其实爽约错在自己，她整夜没睡，一直琢磨着回楠都找个机会给他道个歉来着，谁知道他居然主动认错了。

可是，她才不是为了这个而生气。

“不用把我说得那么伟大，我就是想多赚点钱，所以才爽约的。是我错在先，要道歉也应该是我先道歉，你没必要把错揽过去——”话还没说完，人已经被拉入了温暖的怀抱。

叶旌的胸膛结实，心跳一声快过一声，他不轻不重地按着苏萤的后脑勺，不许她逃走。

“阿萤，你需要为生活奔波，所以需要赚钱，你热爱设计，想要出人头地，这些对于你来说就是赖以生存的支柱，这些我其实能明白。昨天电话里我说的都是混账话，你别往心里去。”叶旌低低地说，“你根本不知道说完之后我有多后悔。”——又有多心疼你。

苏萤闭上了眼睛，耳边是他低哑的倾诉，线衫微粗的纹路轻轻摩擦着她的面颊，她所听见的声音经过他胸腔的共鸣，迷人得让人想告饶。

她凭着最后一点骄傲，一把推开他："我不是在气这个。"

叶旌委屈："那你为什么不理我？"

"你爸爸是谁？你又是谁？"苏萤盯着他的眼睛，"你一直瞒着我，在一边看戏是不是很有趣？"

"我没有故意隐瞒你，可是你也没有问过我啊！"

没毛病，是真话，可也是谬论。

苏萤嘴角一弯："看我傻乎乎地去找刘瑞替你争机会，看我跟他斤斤计较地讨薪水，因为害怕应酬而寝食不安……叶少爷，看戏好不好玩？"

叶旌连忙解释："我没有看戏，我也很看不惯刘瑞那浑蛋——"

"还有，"苏萤打断了他，"《Silence》是你让你爸爸推荐我的对不对？我是靠你父亲的面子，才有机会站在这里的，对不对？"

"不是我爸，是我。"叶旌硬是箍住她的腰，不让她跑开，"而且我只是把你在旌歌的作品寄给杜舫，又没逼着她用你。"

"有区别吗？"

"当然有！即便杜舫给了你试镜机会，如果你不够优秀，她照样不会让你入选。你难道不知道杜舫在业界是出了名的女魔头？"

苏萤一愣，看着他的眼睛："我当然不知道，我又不是这个圈子里的人，叶少爷。"

叶旌被她挤对得哑口无言，显然，她的自尊心受到了挫折。

"你应该早点告诉我，你是旌歌的少东家，是杜总编的故旧。这样我就不会自我感觉良好，班门弄斧，丢人到这个地步。"趁着叶旌出神的片刻，苏萤挣开了他的束缚，退开了几步，"别再跟着我了，行吗？"

火车站的广场上，夜风微凉，秋月清冷。

"因为我是叶家的儿子，我跟杜舫认识，我没主动把这些向你和盘托出，"叶旌的声音从她身后传来，"所以你就不喜欢我了吗？"

苏萤一个踉跄，差点没摔倒，愤怒地回过身：“谁喜欢你了？！”不是因为这个、那个所以不喜欢他，而是她从来没说过喜欢他好不好！

叶旋眼里有星光：“是你自己说的。”

“你到底在胡说些什么？”

叶旋嘴角微弯：“你跟你朋友的电话，我都听见了。”

苏萤错愕，一瞬之后，才想起来他说的是哪一通——那天晚上，她和叶旋争执之后离开叶家，心烦意乱之下跟林锦锦通了电话。

“你说得没错，我怎么可能会喜欢上一个小孩子！”她好像是这么说的。

如果世上有后悔药，苏萤希望给她来一打。

可惜没有，她只能结结巴巴地辩解：“我……你……你在我眼里就是小孩而已。”

叶旋眸光闪动，向前逼近了几步。苏萤觉得他此刻有种迫人的气势，让她不由得屏息向后退去。他很高，遮挡了来自大厅的灯火，以至于她被笼罩在影子里，连连后退。

终于，苏萤的脚后跟撞上了咖啡厅的玻璃幕墙——她无处可逃了。

叶旋微微歪着脸，露出一抹狡黠的笑，而后单臂一撑，将她圈了起来，低下头，凑近了凝视她的眼睛。

苏萤有双线条优雅的丹凤眼，又像猫儿，狡黠却敏感，上妆之后会有些媚，素颜则以冷艳居多。叶旋像在用视线描绘她的眉眼，目光在她的眉尖、鼻翼、唇瓣游走，不说话，只噙着笑，明明哪里都没有碰触到她，偏偏让她觉得每一处都如被灼烧。

打初遇起，苏萤就没否认过这个人对她的吸引力。她只是本能地想要自保，离他远一点，以免沉沦。可事实上，在他的蓄意引诱面前，她压根儿没有多少招架之力。

无计可施的苏萤鸵鸟似的闭上了眼，紧抿起嘴唇，“视死如归”。

“喂，阿萤。”叶旌无奈地说，“你这是耍赖。”

苏萤摇头。

“你对小孩子也会这样脸红心跳、不敢直视吗？”

苏萤还是摇头。

“睁眼啊，阿萤。”

绝不！

“再不睁眼，我就亲你了。”

又来！苏萤猛地睁开眼，瞬间撞进他的眸子里，他眼中带着不怀好意的笑，还有一丝难以捕捉的羞赧。

叶旌歪过头：“才这样你就害羞了，还说拿我当小孩子，你真当骗小孩儿呢。”

“谁不好意思了？”苏萤梗着脖子，“我拍过的片子比这亲热的多了去了！你们这种小屁孩没见过世面，才会以为这就算——”亲热。

下半句话卡在嗓子眼——苏萤眼睁睁看着某人低头在自己唇上印下一吻，又蜻蜓点水一般快速地退开，眨巴着眼睛与她对视。

“比这个还亲热吗？”叶旌问，嗓音略带嘶哑。

苏萤说不出话来，其实拍片子的亲热镜头都是借位，谁会真刀真枪啊！

她不说话，叶旌只当她是默认了，委屈巴拉地撇嘴，嘟囔了句什么。

苏萤一弓身，身手矫健地从他的手臂下钻了出去，在离他两米的地方站定，抬手捂着额头，强装镇定地说：“你别以为自己是小孩，这就不算骚扰！”

叶旌被她气笑了：“谁是小孩还不一定呢！吵架了还关手机，这种幼稚的事，我小学毕业就不做了。”

苏萤解释：“那是因为我手机黑屏，开不了机，你当我跟你一样？幼稚鬼！”

叶旋一言不发，走向她，伸出手。

“干吗？”

“手机拿来，帮你修啊！”

苏萤意外：“你还会干这个？”

“你就说要不要修？”

苏萤乖乖递上手机，小声问：“你真的能修？”能修好，可以省一笔换手机的费用呢。

“本少爷修不好的东西，还没被制造出来呢。”叶旋四下张望，又说，“不过得找台电脑，替你把手机程序还原一下。”

苏萤问：“旁边有间网吧，可以吗？”

“可以。”叶旋狐疑地说，“不过阿萤，你怎么对这带这么熟悉？”

“因为之前也有买不到票的时候，我就在网吧包夜。”

“包夜？一个女孩子自己包夜？疯了吗？”

“包夜十块，旅社一百，傻瓜和土豪才会选旅社。”苏萤边说边带路。

叶旋看向她的背影，那么柔弱的肩，过去的日子里她究竟都在过怎样艰难的生活。

“我会选你。”他没头没脑地说。

苏萤回头，疑惑地问：“你说什么？”

“虽然我不是傻瓜，也不是土豪，哪怕旅社要一千块一晚，甚至五千块，我还是会选你。只要你安全，花多少钱都行。”

“那是因为你不差钱。”话虽这么说，苏萤的心还是因为他眼里的光而软了一下。

很快，叶旋在网吧里开了一台电脑，轻车熟路地登录网盘下载程序。苏萤则托着下巴，坐在旁边看着他发呆。

叶旋打字很快，修长的手指在键盘翻飞，仿若在钢琴上演奏。

苏萤看得出神，忽然听见他轻描淡写地说：“昨天是我生日，二十岁。”

心口仿佛被什么捶了一下，她的目光从屏幕移向他的脸。

叶旋仍专注地看着屏幕，仿佛刚刚的那句话只是随口一说。

苏萤想起了自己的二十岁。

那天收工之后，她独自站在漫天繁星之下，只觉得世界之大，竟没有一个人对自己说一句生日快乐，孤独没顶。

她说："生日快乐。"

叶旋敲着键盘，眼里倒映着屏幕上的光影，说："不快乐。我等着你来，你却失约了。"

苏萤心口隐隐作痛："对不起，我不知道是你的生日。"

"如果知道的话，你就会来吗？"叶旋转过头，希冀地问。

苏萤犹豫了一下，如果知道是这么重要的生日，她一定会提前准备礼物，也会对他道贺。但面对《Silence》的邀约，她没有十足把握一定会为他而放弃。不是身在其中的人根本不会了解，机会对于身在底层的人来说有多么重要。

叶旋笑了下，自嘲地说："算了，都过去了，我还问这些，真傻。"说完，埋头敲下一行行的白色代码，再没开口。

苏萤静默地坐了一会儿，起身离开了。

听见她的动静，叶旋下意识地停下手，但没有回头，只是摸了一下自己的唇，对着屏幕愣愣地出神。

没过多久，苏萤就回来了。

她把白瓷蓝边的面碗放在叶旋手边，热气腾腾的牛肉拉面在入夜的网吧里香气四溢。

叶旋抬头看她，她撩过耳边碎发，浅笑："晚了点，生日面。"

叶旋一言不发地端过碗狼吞虎咽。如果穆然或是云姨在，一定会有找面馆老板取经的冲动——几时见过这孩子这般狼吞虎咽。像是三年五载没吃过饭似的。

苏萤转身要走，被叶旋喊住了：“你去哪儿？”嘴里含着面，说话含混不清。

“我也去吃一碗面啊！你先吃，慢点吃，过一会儿我再来收碗。”

叶旋目送她离开网吧，回过头，不由莞尔。其实，她不故意疏远别人的时候，真的特别温柔。

没多会儿，系统重装完毕的手机重新亮了起来，叶旋也吸溜完最后一根面条，喝完最后一口汤，靠在椅子背里，把玩着苏萤的手机。

“吃好了？”

苏萤的声音吓得叶旋手一滑，手机险些掉落，他赶紧弯腰一抓，灵活地捉住手机递还给她：“修好了。”

“这么快。”苏萤接过手机一按，果然亮了，顺手又点了几下想试试操作。

“别试了，都挺好的。”叶旋不自然地拦住她。

苏萤虽然不明所以，但还是顺着他的意思关了屏幕，俯身去拿碗。她弯腰的瞬间，牛仔外套的兜里露出了一只透明盒子，在日光灯下泛着光。

叶旋眼明手快，嘴里问着“这是什么”，已经将它拿了出来。

“给你的。”苏萤淡淡地说，“生日礼物。”

叶旋举起巴掌大的小玻璃瓶，迎着头顶的光线，只见瓶子里一个挨着一个地躺着许多彩色的纸星星，手工叠的，五角尖尖。他渐渐露出笑意，再看她的时候几乎有些狂喜：“你折给我的吗？刚刚？”

他那种不加掩饰的喜悦，让苏萤有点不知所措。

他明明是个公子哥，相貌又尤其出众，可想而知从小到大收到的礼物怕是只有苏萤想不到的，没有他收不着的。片刻之前，她在面馆叠这些纸星星的时候还在想，如果他嫌弃或者笑她幼稚，她就立刻扔掉。哪里想到，他居然欣喜若狂。

苏萤抿抿嘴唇：“太晚了，只能买到这个。”

叶旋点头，又问：“为什么是五角星？”

“不然应该是什么？”

“当然是爱心啊！”在苏萤一秒严肃的目光中，叶旋见好就收，“不过五角星也挺好的！真的！我很喜欢。”

“小的时候每逢我过生日，爸爸会用纸星星穿成项链。在之后的一年里，我可以凭每一颗星星向他索要一个愿望。那些星星我全都珍藏着，可是帮我实现愿望的人已经不在了。”

叶旋沉默了，转而眼睛一亮“那，我也可以拿这些星星向你许愿吗？”

苏萤哭笑不得，又不忍心辜负他殷切期待的眼神：“只能一个愿望，我又不是你妈妈。”

“行！”叶旋一口答应，“一个就一个，说话算话。”

她已经想食言了怎么办?

见她一脸悔意，叶旋忍住笑：“我没打算要你以身相许什么的，别紧张。”

苏萤瞪他。

“我的愿望是——往后的每年生日，都能收到你亲手叠的星星，嗯，今年是第一年。”

苏萤眨眼：“就这样？”

“‘每一年’，生日‘当天’，‘亲手’叠的，一盒星星。”叶旋加重了关键词。

不是一次、两次，是一辈子。

不是随便什么时候，是生日当天。

不是随便的礼物，必须是她一个个叠出来的。

——想要实现这个生日愿望，岂不是这辈子都得拴在一起才行。

苏萤不是个随便允诺的人，做不到的事她向来选择诚实，可话到嘴边，看着叶旋带笑的眉眼，她狠不下心。

“如果我们在一个城市，我就亲手给你。”

叶旌说：“那没问题，不在一个城市我也可以去找你。”

苏萤笑笑，没说话。年轻时的承诺总是很随意，未来的事，谁知道呢。

叶旌当然不可能让苏萤在网吧过夜，宁可耍少爷脾气，说什么都要找个小旅馆住下来。

苏萤拗不过他，加上刚刚签了《Silence》手头有余钱，也就半推半就地由着他去找地方住宿。

火车站附近的旅社多半不上档次，这会儿时间又晚了，能有个干净正规的空房就算走运——虽然，也只剩下最后一间了。

看店的阿姨从老视镜后打量了两人几眼：“正儿八经的房子就这么一间，再来就是阁楼上的，算半间吧。”

叶旌说：“我要阁楼的房间，大的给她。”

苏萤倒是有些意外，依叶旌的性子，她以为他定然会借机要求住同一间。可是，她疑惑地看向叶旌跟着老板娘上楼的背影——她怎么觉得他的背影里有几分“逃跑”的意思。他到底为了什么在躲她呢？

这种疑惑一直缭绕在苏萤脑海中，即使在洗澡的时候也无法把某人从脑海里赶出去。

她摸了摸唇瓣。

在夜晚的高铁站，无人的角落里，叶旌半是赌气落下的那个吻，又轻又暖，浅尝辄止，仿佛羽毛拂过，感官的记忆却刻骨铭心。要疯了，明明知道他是赌气而为，为什么偏偏她还要往心里去！

苏萤烦躁地揉着头发，把整张脸都凑进莲蓬头洒下的水里，可是依旧心烦意乱。她终于放弃了抵抗，裹着浴巾倒在床上，任由思绪天马行空。管它呢！谁还能钻进她脑袋里窥探春梦不成。

雪白的天花板上不期然地浮现出月色下洗澡的某人，清水顺着结实的肩向下流淌，从肌肉结实的肩胛，到毫无赘肉的后腰。

苏萤惊觉她竟然还能记得在方婆的四合院里，月色下偶然瞥见的那一幕。

她幻想里的他回过头，眼眉一弯，不怀好意地对她笑。苏萤立刻一把捂住双眼，将幻觉隔离。

楼上忽然发出些微响动，楼板很薄，大概是阁楼上的叶旌在走动。苏萤焦虑地翻了个身，把脸埋进被褥，低低地哀号了一声。

也不知过了多久，她终于睡着了，又从梦中被惊醒，恍惚了一瞬，才意识到是因为楼下传来的喧哗声。那都是男人粗犷的嗓音，南腔北调地爆着粗口，彼此谩骂，越吵嗓门越高，紧接着是玻璃瓶被砸碎的尖锐响声，夹杂着哀号和吼叫，乱成一团。

苏萤躲在窗帘后，从缝里朝下看，只见是一帮穿得花里胡哨的活闹鬼（方言，指小混混），大概是喝多之后起了口角，谁也不肯服输，所以动起手来。

小旅馆里其他的房客也被吵醒了，有人对着楼下吼："吵什么吵？这都几点了？！"

结果，楼下只安静了两秒，只听一声玻璃瓶碎裂的声音，混合着更加猖狂的叫骂声传来——那群混混竟然拿玻璃瓶砸向旅馆的窗户，瓶子再落地，开了花。

苏萤被吓得一身冷汗，完全醒了。

楼下吵闹不休，她也不敢入睡，战战兢兢地躺在床上玩手机。这部用了许多年的旧手机，在被叶旌重装之后倒是流畅了许多，她习惯性地打开设置去看剩余内存。

一眼，她便呆住了。

灰色的底纹，白色的字符。

在手机设置系统里，本该写着系统版本、手机型号的那个位置，赫然落着一行小字——

你如寂夜萤火，照亮我心。

苏萤生怕眼花，定神又看了一遍，还是这行字。

大概是在网吧修复系统的时候，叶旌趁她离开偷偷改的。

苏萤想起自己想翻看手机时，他慌忙阻拦的样子，还有入住时毫不犹豫地选择单独一间之后他红彤彤的耳郭，她忽然觉得，这家伙可爱极了。

可她还是不明白，为什么说她是寂夜萤火？他这样明朗的少年，又怎么会是在黑夜中独行呢。

苏萤一边胡乱地想着，一边拿拇指轻轻摩挲着屏幕，即便窗外依旧喧嚣也置若罔闻，直到重新睡去。

次日清晨，苏萤醒来的时候头有点疼，匆匆洗漱之后打算搭早班火车回楠都。也不知道那家伙醒了没，她边想着边拉开门，没料到居然看见门边长椅上蜷着个人。

卫衣、牛仔裤，无处安放的大长腿委委屈屈地弯着，大约是因为冷，睡梦中的叶旌抱着胳膊肘，眉头微蹙，惹人心疼。

他怎么会睡在这里？

苏萤轻轻地走上前，无声地蹲在他身边，眼前的少年有着让她心动的模样和令人亲近的性格。

在过去的多年里，苏萤都认为爱情不过是饱暖之余打发时间的奢侈品，可有可无。可如今，她忽然觉得原来爱情更像冬日的棉袄、夏天的凉风，虽不能饱腹，却会给人继续走下去的勇气。

在异乡的晨曦之中，苏萤承认自己真的为他动了心。

尽管，她多喜欢他就有多害怕失去他。

毕竟，他们俩从来都不是一个世界的人。

苏萤轻轻地吐出一口气，刚要起身，少年已经先一步睁开了眸子，清亮的桃花眼里倒映着窗外的晨光。

“早上好，阿萤。”嗓音沙哑，带着疲惫。

苏萤耳后一热："你干吗睡在这里？"

叶旋翻坐起身，腰酸背痛，随口答："夜里听见外面有小混混闹事，怕不安全。"所以在她门外守了一夜。

苏萤心头一软，数落了一句："你傻啊！"

"嗯。"叶旋爽快地承认了，"等等再走，我洗漱一下。"说着拔腿跑上楼，走了一半又不放心似的回头看了她一眼，见她已经坐下，才安心。

苏萤头脑里一片空白，她甚至不敢让自己去想他为了守护自己而在长椅上睡了一夜意味着什么。

楼梯上忽然有脚步声，苏萤抬头，只见是叶旋嘴里塞着牙刷探头往下看，见她果然在等着，顿时眉开眼笑，一溜烟又上楼去了。

真……傻得可爱。苏萤浅浅的酒窝又浮了上来。

这一次从帝都回程，两人的火车座次D座、F座相连，苏萤原本靠窗，想了想又起身让给叶旋。

"为什么要让给我？"叶旋问。

"你不是晕车吗？"当初在飞机上，如果不是他说自己晕机要换临窗的座，以她的性子大概一路之上两人连句寒暄都不会有。

叶旋忙不迭点头："是，是，我晕呢，很晕。"说着自己都忍不住笑了。

苏萤狐疑，对于他晕机的真实性起了疑——毕竟，这家伙"骗人"是有前科的。

火车启动没多久，叶旋忽然问："我的坠子呢？怎么没见你戴？"

"那么贵的东西，谁会戴在身上？"

叶旋答："我啊！"

苏萤笑起来："土豪。"

"护身符当然要戴着才能护身。"叶旋正色道，"这次回去你就拿出来戴上，我留给你可不是为了让你放家里镇宅的。”

苏萤点头：“我知道，是给我抵债的。”

叶旋鼓起腮，托着脑袋盯着她猛瞅：“阿萤，你高考多少分进楠大的？”

“问这个做什么？”她当初昼夜不分地复习应考，才终于挤进楠大的艺术系——因为一直在打工的关系，她高中的文化课成绩并不算高，全靠憋着一股劲儿恶补。上了楠大以后，她的奖学金也全靠专业课成绩撑着。

叶旋说：“我觉得你应该是压线进来的。”

“为什么？”

“因为你的阅读理解得分肯定不高。”

苏萤嘁了一声，翻了个白眼。

“你听说过吗？玉要靠人的心血去滋养，离了人的精魄就会枯竭。”叶旋一本正经地说，“我那块玉石养了二十年，可别死在你手上了。”

“这么娇贵，回楠我立马还你。”

“不要。”

“那你跟我扯这些干吗？！”

叶旋说：“为了让你戴上啊！”

“你的玉，干吗让我替你戴？”

“为了让它保护你。”

“保护我干吗？”

“当然是因为我喜欢你。”

头脑里嗡的一声，前后都像断了片儿，火车的轰隆声苏萤都好像听不见了，怔了许久，她终于觉得自己应该说点什么。

“现在的孩子都这样了？”她轻笑，转开视线。

“哪样？”

苏萤一边拧矿泉水瓶盖，一边说：“把喜欢当成随口可以开的玩笑。”拇指都红了，还没拧开。

叶旌一言不发，从她手里拿过瓶子，随手拧开，递还给她：“我不是孩子。”

苏萤有点尴尬，她只不过在给彼此寻找合适的台阶下。

“而且，”叶旌侧过身看她，“我也不是在开玩笑。”

忽然，火车刚刚好进入山体隧道里，车厢乍然间陷入漆黑。

苏萤被吓了一跳，手里满瓶的水一晃，泼得一身都是，然而她甚至还没来得及心慌，手就被人握住了。

叶旌的手温暖干燥，握着她的手腕坚定有力。

火车很快出了隧道，光线在顷刻间铺满了车厢，晨曦之中，苏萤看见一双明亮而热切的眼睛，不带半点躲闪。

她快速地抽回手，低头去擦身上的水，这才发现比起自己来，叶旌那边“灾情”更加严重，一条裤管几乎都被她晃出的矿泉水打湿了。

“擦一下吧。”苏萤递给他纸。

叶旌没接。

苏萤纳闷儿，抬头，才发现叶旌正眼睛一眨不眨地看着她。

“我刚刚说的话是认真的。”叶旌说，“那块坠子是叶家祖传的，我从小就戴着从不离身，因为我妈说它是要给送老婆的。”

苏萤条件反射地责怪他：“你早说啊，我肯定早就还给你了。”

叶旌无奈地润了润唇：“这东西只有给出，没有收回的，老叶家祖辈都没这种事。”

“那是给媳妇的当然不能收回。我这里情况不一样，四百块的火车票钱当我请你了，东西回头我就还你，别抵押了，胡来！这种东西能随便抵押吗？”苏萤蹙眉，看着他湿漉漉的牛仔裤，问，“带换洗的衣物了吗？不然去洗手间换一条吧。”

叶旋盯着她，可她一直低着头擦这儿，抹那儿，总之就是不肯与他对视。他想了想，摸出手机快速地按了几下，然后起身，抓起双肩包从苏萤身前挤了出去，去车厢前端的洗手间了。

他一走开，苏萤顿时一口大气喘了过来，重重地靠在椅背。

“因为我喜欢你。”这句话在她脑海里回旋。

叶旋对她的好感，从一开始她就察觉到了。但她始终认为那是年轻男孩狩猎的天性，当不得真，甚至就算是叶旋在她手机里篡改的那两行字，也被她视作暧昧的手段。

可是他居然就这么赤裸裸地告白了，他说自己喜欢她，甚至把祖传留给媳妇的翡翠给了她。

这依旧是暧昧的手段，撩拨的伎俩吗？不都说，公子哥儿们的爱情是只撩拨，不负责的吗。还是说对年轻的男孩儿而言，即便戳破了窗户纸，甚至送上定情信物，也只是撩拨的一种而已？

苏萤有点糊涂了，就在这时候叶旋的手机响了，有电话打进来，来电提示是云姨。

刚开始苏萤没接，可电话一遍遍拨过来，她疑心前一晚叶旋是偷偷离家来帝都找自己的，云姨也许急坏了，只好接了起来。

电话刚通，云姨那边就急急地说：“我的小祖宗，总算接电话了！”

“我是苏老师，叶旋暂时没法接电话，不过他人好好的。”苏萤连忙解释。

“喂？能听见我说话吗？”电话那边云姨喂了好几声，反复问，“你那儿信号不好，你在哪儿呢？”

苏萤也喂，可对方一点也听不见。窗外一片荒芜，大概真的是荒郊野岭信号太差。

“你能听得到我说话，对吧？好了，别难过了。虽然云姨也知道，你昨天等了很久，推了所有人就为了跟苏老师一起过生日，结果弄成这样很失望，可是苏老师的为人你很清楚啊，她一定是有苦衷的。既然你喜欢人家，想好好地跟人家相处，就要多包容、多理解、多沟通，别把心事都藏肚子里。你不主动跟人家表白心迹，难道指望人家小姑娘主动开口吗？”

……

叶旋从洗手间回来的时候，只见苏萤脸红得像西山飞霞，正刻意地看向窗外，而他的手机则被倒扣在小桌板上。

他顿时嘴角一弯：“阿萤。”

苏萤假装没听见。

叶旋只好弯下腰，凑近一点：“我回来了。”

苏萤无计可施，红着脸起身让他坐在里侧。

叶旋慢条斯理地整理衣物，过了许久才听见她说：“刚刚云姨打电话找你。”

“哦，有事吗？”他故意问。

“信号不好，我听不见她说话。”苏萤撩了下耳边的碎发，想了想，又把碎发拨回来挡住了自己发烫的侧脸。

这个小动作被叶旋看见了，他不由弯了眉眼，“哦”了一声：“那我给她回电话。”说着，伸手就去拿手机。

苏萤一把按住他的手，在他错愕的目光中慌张解释：“等……等下了火车你再打！”

“为什么？”

“信号不好，浪费电话费！”

叶旋扑哧笑出声，然后忍住笑容点点头：“行，都听你的。”

苏萤耳朵热，心跳快，思绪一团乱麻，听他答应暂时不给云姨打电话，顿时松了口气，往后一仰，闭上了眼睛。

他喜欢她，原来不是临时起意，连云姨都知道。

二十岁的大生日，他拒绝了所有人，准备了蛋糕和情书，只为了与她一起度过，结果被临时放了鸽子。

他默默地为她找工作机会，却不想让她知道是沾了自己的光。

他明明失望、难过，却还追到帝都来道歉，唯一的心愿是每一个生日都能收到她亲手叠的纸星星。

还真是幼稚啊！

如果苏萤是十六七岁的小姑娘，或者，就算她二十出头了，但一直长在温室里，活在宠爱中，也许会觉得这种简单纯粹的喜欢特别让人感动。

可惜，她不是。

当同龄女孩还在看着言情小说幻想白马王子的时候，苏萤已经在和她们“幻想的白马王子”合作上杂志、拍广告，被他们撩拨、追逐，然后等着他们兴致退了自行离场了。

而比起那些纵横情场的“王子”们，叶小少爷的这些举动真算不上手段了。

她看得多了，才不会中招，嗯！不会的。苏萤想着，忽然觉得肩臂有风，一睁眼正看见叶旋拿着自己的卫衣往她身上盖。

她一愣，终究没有推开他的衣裳。

叶旋身上特有的气息一直萦绕在苏萤身前，使得她完全睡不着了，又不敢睁眼，只能闭着眼睛一路假寐。

叶旋看见她微微抖动的睫毛，心知她是在装睡，也不戳穿，靠在一边打开手机。

短信箱里有条未读短信，是云姨发来的。

——你让说的我都跟苏老师说了，不过她说没信号，也不知道听见没听见。小旋，要不要我再打一个电话过去？

叶旋快速地回复：不用再打了。

云姨回：你这次走得匆忙忘记带熏香，睡得不好吧？早点回来休息。

叶旌一愣，不，他睡得很好，甚至，只是在她的客房外长椅上将就一夜，依然睡得安稳。

他看向假寐的苏萤，沉沉的目光中渐渐浮上一丝暖融融的笑意。他曾经无药不成眠，而很显然，她就是他的药，是他长夜中的萤火。

Chapter09

cos1° 男朋友

回到楠都之后，苏萤一直躲着叶旌，除了有家教的日子，其余时间里能不见就不见。

但叶旌就压根儿不给她躲开的机会，没有安排家教的日子他雷打不动地来旁听艺术系的课，而且总能恰好成为她的同桌。而有家教安排的那天他就干脆骑着机车在校门口候着，载她同行。

次数多了，绯闻渐起，整个艺术系都听说系花勾搭上了校草。

以苏萤的样貌，从当年入学至今，一直都是被议论的对象，只是有多少人爱慕她的容颜，就有多少人在听说她窘迫的家境之后知难而退。所以两年了，尽管顶着系花的头衔，苏萤的恋爱史却始终是空白——除了，传闻为了替未来女朋友遮风避雨，干脆大手笔了开了家咖啡厅，让她足不出校就能打工的邱大少爷。

所以这一次叶旌和苏萤走得极近的消息，当然也第一时间传进了邱礼源耳中。

邱礼源听闻之后不屑一顾地笑："叶旌？他跟苏萤没可能。"

旁人听他那么笃定，不由问："为什么？我可听说叶旌追苏萤追得寸步不离，陪上课、接放学，只差没申请转系了！"

邱礼源脸色稍显阴沉，但仍旧很有把握："追得再勤也没用。我问你，你见过叶旌谈恋爱吗？"

“反正在楠大三年，没见他谈过。”

“他根本谈不了恋爱。”邱礼源嘴角噙着笑。

“邱，你是不是知道什么秘密？”

邱礼源但笑不答：“总之苏萤绝对不可能和他在一起。你们少乱传，过阵子圣诞节，我保管让她听你们叫嫂子。”

绯闻总是自己长了腿似的，传得飞快。

终于，话到了两个当事人的耳朵里，罗姜搂着叶旌的脖子，笑嘻嘻地说：“外面传疯了，说是艺术系系花和计算机系校草珠联璧合，好事将近。你俩现在到底什么情况？”

苏萤和罗姜早已经有七八分相熟了，闻言，苏萤瞥了叶旌一眼，对罗姜说：“还能什么情况？赶紧劝劝你的小学弟，该回系里听听课了！别成天往艺术系钻，到时候挂科了可别赖我。”

罗姜失笑：“挂科？谁？叶旌？哎哟我的苏小姐，你可别逗我了。全计算机系都挂科，也轮不到这小子好不好？我们系的人巴不得他这学霸分神谈谈恋爱，什么时候能考砸了，把奖学金让给别人拿一拿。”

苏萤：“……”

叶旌面带微笑地回视她。

这家伙的脑子是什么构造？天天不听课也能做学霸吗？

罗姜努力地把话题拽回来：“别转移话题，你俩到底是不是那什么了？”说着，他拿两只大拇指对着，猥琐地嘿嘿笑。

叶旌一把打掉他两只手，蹙起眉头：“你再胡说八道，我可退出项目组了。”

罗姜一听，顿时收起荡漾的笑容，正色道：“你怎么能走！现在帝都那边的睿翼集团正处在几个项目比较的最终阶段，一笔资金到底是投我们的‘U-OPUS’项目，还是别的APP（应用软件）还未可知。你若是这时候抛下我们，这消息让别人知道了，别人岂不分分钟就放弃我们了？

那可是睿翼集团，多少人挤破头要抢的机会！说起来，邱礼源的项目这次跟我们是竞争对手呢。”

乍一听见邱礼源的名字，叶旌条件反射地看向苏萤。

苏萤若有所思，可她想的并不是邱礼源，而是睿翼集团。但叶旌不知道，他以为苏萤是因为听见邱礼源的名字才走神，于是非常不爽地问："他是什么专业的，怎么会跟我们竞争？”

"涉外英语。”罗姜抱怨，“全校也许只有你不知道学生会主席什么专业。”

"他又不是我女朋友，我关心他做什么？”叶旌又问，“涉外英语的人掺和什么？”

"你是不知道，软件本身不是邱的，但因为是做出境翻译，本来项目都成形了，最后阶段拉了邱礼源入伙，还能图什么？当然是图邱的爸爸身份显赫，他本人又一表人才，能给项目加点砝码呗。”

叶旌问："这事你什么时候知道的？”

"那边一个哥们儿偷偷告诉我的，就前两天。怎么了？”

叶旌没说话。

罗姜抱住他的胳膊："走吧，走吧，我都亲自来接你去机房了，少爷你就行行好，帮忙修正一下 bug（用于程序中，指漏洞或缺陷）好吗？”

叶旌拿两根手指头弹开他抱着自己的手，然后对苏萤说："阿萤，那今晚我不陪你了啊！”

苏萤挥挥手，示意两个活宝跪安。可等两人走了，她又犯嘀咕：这年头，大三的罗姜已经要靠大一的叶旌来拯救 bug 了吗？到底是罗姜太不学无术，还是叶旌强悍得过火了？

这晚，咖啡店打烊之后，苏萤出门正看见林锦锦正坐在轮椅里，在树荫下等她，赶紧小步迎上去："你来了怎么也不提前告诉我？”

林锦锦笑着举起手里的购物袋："提前告诉你，怕你跑啊——我来约你喝酒。"

"不会。"苏萤推着她慢慢走，"今天是什么日子，我可都记着呢。"

林锦锦微笑着低下头。

萤萤这个人啊，看着冷，可真正走进她心里的人就会发现，在那儿藏着一个多么细腻又温柔的女孩儿，把所有的爱和温暖都藏在深处，留给走进她心里的人。

比如林锦锦。

其实她们俩不过是萍水相逢，在医院的时候，林锦锦和苏萤的爸爸苏敬野的手术室相邻，仅此而已。后来，苏敬野去世，林锦锦和爷爷帮着料理了一些琐碎事，苏萤就记在心里，从此以后拿祖孙俩当亲人看待，不留余力地照顾。

今天，就是她俩当初相识的纪念日。

两人去了苏萤家，打开窗户，外面夜风呼呼地吹，其实有点儿凉，但两个女孩儿喝了点酒，热气腾腾的，倒也不觉得冷。

三杯两盏下肚，林锦锦问："你跟叶旌在一块儿了吗？"

苏萤摇头："没，怎么可能啊！"

"可网上都说你俩在一起了。"

苏萤疑惑地问："网上？"

"嗯，你们学校 BBS 啊，传疯了。"都说是苏萤的美色迷惑住了涉世未深的叶旌云云。不过林锦锦不打算告诉闺密这些糟心的传闻。

苏萤把玩着陶瓷的杯子："我俩没可能。"

"那他为什么天天都陪着你上学、放学，连课都跟你一起听？"

苏萤想想，终于说："他可能喜欢我。"又忙着解释，"就一点点！"

在林锦锦的追问下，苏萤终于把在火车上云姨的那段话说了出来，末了，她像是开解自己似的总结陈词："其实这种喜欢挺儿戏的。他对我能了解多少呀？就说喜欢我。小孩子的追逐游戏而已，等他兴趣退了，就走了。这种男孩子，我见得多了。”

林锦锦安静地看着闺密，等她说完了才开口：“可我怎么觉得，你对他的事儿特别上心。”

苏萤愣了下，自嘲地笑：“没见过这么好看的男孩子呗，我颜控，你又不是不知道。”

“你颜控？你颜控早八百年就跟那个邱学长在一块儿了吧？他追你追了多久了。”

邱礼源相貌堂堂，无论从哪个角度看似乎都是男朋友的不二人选。可苏萤听见他的名字，立刻生出急于撇清关系的冲动：“他就是学长，店老板的儿子，我从来没有打算拿他当备选方案。”

“为什么啊？他虽然是有过几次恋爱经验吧，不过好像都是和平分手。现在人有恋爱经验太正常不过了，你就没有想过，如果跟邱大少爷在一起，以后吃喝都不愁了吗？而且邱大少看起来什么都好，作为男朋友很完美啊！”

苏萤毫不犹豫地说：“没想过。”

林锦锦放下酒杯：“为什么？”

苏萤沉吟了一下，慢慢地说给她也说给自己听：“邱学长家世、人品、相貌什么都好，几乎是个完美的男朋友，可我要的从来都不是个从高处伸手拉我上去的人。锦锦，我想要的男朋友是能和我肩并着肩，从山脚下一点点登到山顶的人。”

林锦锦觉得面前的苏萤与数月之前似乎又有哪里不一样了，好像更加独立了一些。

苏萤说：“锦锦，你听说过 cos1° 吗？”

林锦锦一愣，摸出手机就想搜索，被苏萤拦住了：“别查了，我说给你听。cos1° 从数值上说无限趋近于 1，就 0.999 那样吧，不到 1。如果说邱学长那样的完美男朋友是 1，那叶旋大概就是 cos1°。”

林锦锦听得一愣一愣的，苏萤虽然脸红扑扑的，但眼神还算清亮，应该不是在说胡话，她只好继续听着。

“这种 cos1° 的男生可能没那么完美，比如他年纪小啊，比如他浪漫得很幼稚啊，比如他总是用傻乎乎的方式套路你，还自以为天衣无缝啊，就是呆萌呆萌的。总之，cos1° 的男孩有一堆小毛病，但他对你毫无保留，而且愿意一点点地为你做出改变。”

林锦锦半懂不懂：“改变，然后呢？”

“然后？然后就变得越来越接近完美啊！”

“那为什么不干脆直接找邱学长这样的，直接完美？”

苏萤朝后一仰，笑起来问：“你不觉得一个人完美无缺很可怕吗？就像戴着面具一样。可那种能坦然地把小毛病暴露给你的，就像小狗狗一样，很可爱啊。”

林锦锦算是听出来了，苏萤虽然没承认自己跟人家交往，可言语间早已把叶旋放在了最高的位置，就算是完美的邱学长也因为完美而失分，而叶旋的小毛病、小幼稚反倒成了加分项。

除了情人眼里出西施，林锦锦已经找不出其他合适的词来形容了：“既然 cos1° 这么好，你们为什么拖拖拉拉还没在一块儿？”

“就因为他会越来越完美，越来越接近 1，然后，他就会离开的。”

林锦锦叹气：“萤萤，如果我有你这样的容貌，而且健健康康的，我一定会比你自信很多。叶旋确实年轻好看，可你更好看啊！他是很聪明，但你也很能干。他有钱，呃，将来你如果出名了，指不定比他还有钱呢！”

苏萤绷不住，笑出声，举杯跟林锦锦相碰：“情人眼里出西施，也就你觉得我这么好。”

“那可不一定只有我。”林锦锦嘟囔了一句，继而笑眯眯地说，“不过如果我是男生，一定霸占你。”

苏萤亲昵地跟她头顶抵着："总有一天，你会找到能霸占的人。"

"就算有，我也不敢。"

苏萤顿时清醒了些，追问："锦锦，你是不是有什么喜欢的人了？"

林锦锦晃着酒杯，笑着摇头："怎么可能？我这个样子，还能喜欢谁啊！"

苏萤放下酒杯，托着林锦锦的腮："你的腿连医生都没有放弃，你为什么要放弃？何况，谁都有喜欢别人的资格，爱是没有条件的。"

"爱是没有条件的……吗？"林锦锦沉吟，忽然想起了什么似的，"对了，阿萤，有件事我一直想跟你说。"

"什么？"

林锦锦转动轮椅，移到苏萤的书桌前，轻车熟路地打开电脑。

苏萤好奇地凑过去，发现她打开的是楠大的BBS。因为忙于打工和学业，苏萤很少上论坛，更不关注上面的八卦信息。而林锦锦不同，因为腿脚不便，她更喜欢通过网络看世界。

自从苏萤和叶旌走得近了，林锦锦对楠大的BBS关注就更多了。

"我看到了这个。"林锦锦疑惑地问，"你不是跟我说，叶旌是大一新生吗？"

"没错啊！怎么了？"

页面花里胡哨，用大字写着什么风华绝代之类的话，苏萤快速地扫过："校草评比？"第一个是邱礼源，她目光未作停留，又把页面快速下拉，毫不意外地看见了叶旌，第二名，照片居然是张蓝底白衬衣的正面证件照——即便如此，依然像是从二次元世界里走出来的美少年。

苏萤的目光停在那张干净的面孔上，心不在焉地问："真无聊，还选这个。"

"你看看发帖日期再说话啊！"

页面的最上面，赫然显示着发帖日子——两年前的秋天。

苏萤与林锦锦面面相觑。

“两年前，他就已经作为新生当选楠大校草。”林锦锦掰着手指，“所以今年他起码大三了，比你还大一届好吗。”

苏萤困扰地回忆，自己究竟是怎么形成“叶旋今年大一”印象的？

——新生报到的那天，她看见叶旋拖着行李箱，但那也许是他在送新生啊！

——叶旋今年刚满二十，但罗姜说了这家伙就是个可怕的天才！

——关键是，她每次说“你才大一”的时候，这家伙从来都没反驳过！所以她才渐渐认定了，他是大一新生没错。

林锦锦盯着苏萤，看她脸上的表情变了又变，露出错愕的表情：“所以你都是用猜的，从来没跟他确认过吗？”

苏萤默默地点头。

“萤萤，你居然会这么粗心！”林锦锦推了推她，“你连人家什么年级都不知道，到底了解他多少？”

苏萤垂下睫毛：“很少。我对他的了解……很少。”比起叶旋对她，她对叶旋可谓知之甚少，他的家世、喜好，她其实一无所知。

她忽然有些内疚，察觉在他身上付出得太少。

趁着林锦锦在论坛里瞎逛，苏萤给叶旋发了条微信：你根本不是新生，为什么没说？

盯着屏幕发了会儿呆，她忽然觉得这信息发得莽撞——人家是不是新生碍着她什么事儿啊，凭什么要告诉她？

趁着两分钟时限没到，她又把刚刚发的消息撤回了。

没想到，这边她撤回消息，那边叶旋就回复了。

是语音，他的声音里带着明显的笑意：“撤什么呀？我都看见了。冤枉啊小姐姐，我从来没说自己是大一新生，不然你回忆回忆？”

是啊！没说过，但是明明知道她误会了，他也从没解释过不是吗。

苏萤发了一柄血淋淋的小刀过去。

叶旌回了个卖萌的小黄人。

苏萤只觉一刀子戳进棉花里，有劲使不上。

“萤萤，你干吗呢？”林锦锦回头见苏萤正对着手机咬牙切齿，不由地问。

苏萤连忙扔开手机：“没干吗！怎么了，看见什么了？”

林锦锦点头：“你来看看，这个到底是不是你们家叶小哥？”

仍旧是学校论坛，屏幕上几张像素奇低的旧照，光线昏暗，看起来像是酒吧或者 KTV 一类光线昏暗的场合，少年坐在沙发上，留着遮眼的蓬松乱发，手指间夹着白色的细烟，姿态颓废而懈怠，目光落向别处，大约是被偷拍的。

在他身边坐着几个奇装异服的年轻人，也都叼着烟，目光迷离。

因为光线纷杂，加上头发遮了半张脸，又是侧面，少年的五官压根儿看不清楚，可仅从气质上说，跟叶旌毫无相似之处。

苏萤迟疑地问：“为什么这么问？”

林锦锦蹙眉：“发帖的人说这是叶旌。可我觉得……不像啊！”

苏萤从好友手里拿过鼠标，翻了翻页面，果然发帖人说这是号称“楠大小太阳”的叶旌不为人知的另一面。不过，下面所有的跟帖清一色都是在骂发帖人无事生非，画面上那个叛逆少年有哪一点像叶旌了？

“果然是无脑黑。大概是嫉妒你家叶小哥长得帅还是学霸，现在还追到了你这个大美人。”林锦锦灵机一动，忽然想到，“你说会不会是哪个追你不成、怀恨在心的人，有意造谣中伤他？毕竟现在几乎所有人都以为你俩在一块儿。”

苏萤心不在焉地说：“那还不如黑我来得直接点。”

“谁舍得对美女下手呢！”林锦锦又问，“你还在看什么呢？”

屏幕被苏萤停在那张模模糊糊的照片上，确实难以分辨长相，就连身形也毫无相似之处，可是……那少年穿着黑色背心的胸前一枚反光的吊坠却有三分眼熟，大小、形状都相似，尽管因为曝光的缘故边缘模糊，但苏萤还是有种奇妙的熟悉感。

她想起了叶旌给她的那枚翡翠坠子，他说过此前自己一直佩戴着，从未离身。

“怎么了？”林锦锦觉得苏萤的神情有点奇怪。

苏萤摇摇头。不可能，叶旌出身世家，以叶妈妈的谈吐教养还有叶董的身家，绝不可能让少年叶旌以这样颓废的面目示人。何况，她又想起了叶旌那双明亮的眼睛，照片里的人怎么会是他呢。

苏萤没有把吊坠的事告诉林锦锦，甚至不允许自己再过多联想，潜意识里她甚至觉得连猜想都是对叶旌的亵渎。

那一晚的后半段苏萤一直有点心不在焉，和林锦锦的交谈有一搭没一搭，酒不醉人人自醉，等她送林锦锦回家的时候已经有点脚底发飘了。

林锦锦说要自己走，可苏萤哪儿能放心得下，硬是推着她一路回家。直到林锦锦进了屋，卧室的灯亮了，苏萤才沉默地靠在路边的树上，怔怔地发呆。

照片上的少年明明不像叶旌，可为什么她的直觉一再地暗示那就是他？

苏萤拍了拍自己的太阳穴，闭上了眼。

忽然听见脚步声，她以为是路人，没理会，脚步声却停在了她面前。

四目相对的瞬间，苏萤疑心自己真是喝多了产生幻觉。

那双清澈明亮的眼桃花眼带着浅浅的笑意，眉峰上方的额发微鬈，路灯下透着温暖的棕色——是叶旌。

苏萤抬手，打算再拍一下脑门，清醒清醒，手却被人攥住了。

叶旌哭笑不得：“干吗自虐？”

触感温热，他的手坚定有力，笑容如五月阳光，不是幻觉。苏萤忽然笑起来："这才是你。"

"什么意思？"

苏萤摇摇头，深呼吸，问："你怎么会在这里？"

"跟着你走过来的。"

苏萤不解："跟着我从我家过来？"

"嗯，从机房回来想去看看你，结果刚好遇见你送林锦锦。你说你自己都醉成这样了，还逞强送别人？"

"她比我小，一个人回家，我不放心。"

叶旋微笑："那我呢？我一个人你放心不放心？"

苏萤摇头："不放心，我怕你祸害别人。"

叶旋闻言哈哈大笑，眼瞅着苏萤晃晃悠悠地要踩进泥潭，连忙一把把她拽回来。

"干吗干吗，放手。"苏萤有几分醉意，声音里透着些许娇嗔。

她清醒的时候总是端着，那些可爱只有在不自觉的时候才会流露出来。叶旋松开手，但用身体挡着她，免得她稀里糊涂地弄脏鞋。

"你看你对林锦锦那么温柔，就是对我凶巴巴的。"

苏萤瞥他："你要我像对锦锦那样对你？"

"不要。"他答得斩钉截铁。

苏萤目光盈盈，抬头看他。

"你又不会对林锦锦脸红。"叶旋嘴角一弯，"可你对我会。"

苏萤脸上一热："谁脸红了？再没大没小，我自己走了！"

"好好，不开玩笑了。"叶旋抿着嘴，但笑容藏不住，"有件好事儿想告诉你。"

"嗯。"也许是因为微醺，苏萤觉得此刻他在，就是件好事。

"之前我妈不是说能弄到米兰时装周的入场券吗。"看见苏萤的目光一下子变得晶亮，叶旋的笑容愈盛，"已经搞定了，就寒假期间，她弄的可都是前排票。”

苏萤高兴得几乎要蹦起来。那是她十几年来可望不可即的梦想，高街、时装周、时尚之都，居然真的让她等到了这一天。

她脸颊的红云直飞入鬓，晶亮的眼眸倒映着路灯的光，像个得了梦寐以求的玩具的孩子，欣喜若狂，毫不掩饰。

就算散尽家财，只要能换她这样无忧的笑容，他好像也没什么不舍得，叶旌心想。

可这笑容只持续了一瞬，狂喜一点点从苏萤眼底消失，渐渐地，她又恢复了平日的冷淡和疏离，仿佛前一秒的孩子气从未出现。

从楠都到米兰，也许要在那里待一周，甚至更久，机票、车资、酒店食宿。没吃过猪肉总见过猪跑，想想也知道是一笔不小的开销。要在不到两个月的时间里筹这么一笔钱，不是容易事。苏萤不打算跟叶旌提这个事，但眼底的愁云瞒不过他的眼睛。

“阿萤，你英文好吗？要不要这俩月我给你恶补一下？”

“我英语都免考了！”

“看不出来，小姐姐还是学霸呢！”

被他插科打诨一闹，苏萤的心情倒真好了不少，两人说说笑笑回到苏家楼下。

苏萤上楼前忽然停下脚步，问：“那个坠子，你真不打算拿回去吗？不是说从小没摘下来过吗？”

“嗯，一直戴着的。”叶旌笑道，“既然是留给叶家媳妇的东西，迟早要摘嘛。”

苏萤白了他一眼，懒得再跟他较真，刚转身要上楼，忽然被他喊住了，回头只见他正沐浴在小区昏黄的灯光下，轮廓柔和得有几分梦幻。

“喊我干吗？”

“寒假要去欧洲了。”

“嗯，所以呢？”

“先学习一下欧洲的礼节吧。”叶旌觍着脸，用食指戳着自己的脸颊凑上前索要 goodbye kiss（告别吻）。

苏萤哭笑不得，余光瞥见小区那只喜爱来蹭粮的小野猫正在脚边，金色的眸子正盯着他俩瞧，于是一时兴起蹲下身子，双手从猫咪前肢穿过把它抱起，凑近亲了一口。

叶旌一脸茫然，瞅着她抱着同样茫然的小猫站起来，猫脸凑近，胡须戳在他脸颊上——她竟又让小野猫亲了他一口。

放下喵呜叫的小猫，又在它头顶揉了揉，苏萤看着还在摸着脸发呆的叶旌，心情大好，挥了挥手，径直上楼去了。

楼道里安静，她刚上了半层楼，就听见楼下传来某人愉快的声音：“小猫啊，她亲了你，你亲了我——这也算间接 kiss 了吧？不亏不亏。”

苏萤完全能想象出那个少年抱着猫自言自语的傻样，顿时哭笑不得。

这家伙真是可爱得要命。

自从苏萤入学楠大，因为容貌出众加上舞台经验丰富，一直都是各种晚会的主持人上选，但她打工太忙，大多都推了。眼看入了十二月，学生会又开始为圣诞晚会而忙碌，苏萤也毫不意外地收到了文艺部长丛山的主持邀请。

她本想以年底事忙推托，对方笑眯眯地诱惑：“这次学生会经费充沛，主持人不光有劳务费还额外给置装和化妆费。当然，如果你不花的话也一样可以按上限报销。”

于是，苏萤毫无悬念地接了。

让她意外的是，晚会的筹备会上，居然遇见了叶旌。

满满一会议室的人，男男女女叽叽喳喳，苏萤推门的动作很轻，别人都没发现她进来，唯独叶旌抬起头，隔着人群朝她轻轻地笑了下。

有人发现他的视线，这才发现苏萤到了，连忙张罗：“好了好了，女主持也到了。”

又有人问：“她跟谁主持？”

“跟我。”门外传来儒雅的男声。

时已入冬，楠都气温不过十度上下，进门来的邱礼源只穿了单薄的衬衣和西装，领口、袖口严丝合缝，头发打了不少发蜡，看起来儒雅到有些发腻的地步。

这正符合长久以来苏萤对邱礼源的印象——他似乎时时刻刻都把自己置于人群的焦点，所以不允许自己有半点瑕疵，很累。

众人跟着起哄，让男女主持坐一块儿培养点默契。

苏萤最厌烦被人起哄，不但没停下来等邱礼源，反而往前走了几步，才发现会议室里只剩下两个空座位，一处是相连的两把椅子，还有一处是叶旌手边单独的空位。

她几乎毫不犹豫地选择了后者。

叶旌一只手托着下巴，目不转睛地看她走来，眼里有说不清的笑意。

走到椅子边，苏萤才发现上面放了一摞课本，大概是有人提前占的座，难怪空着呢！

她刚要离开，就见叶旌单手挪开了书本，随意往桌肚里一扔。

“人家占了座的。”

叶旌笑得眼尾一弯：“不是人家，是我。”

又用这招！苏萤余光瞟了眼周遭。果然，众人眼神精彩纷呈，鬼知道在她来之前，叶某人又拿什么理由搪塞了觊觎此座的其他人。

邱礼源本是径直走向相连的座位——那是他让人事先留的。谁知等他坐下来才发现苏萤没跟过来，而是坐在了叶旌身边。

众目睽睽下，邱礼源什么也没说，一边整理袖口，一边低头听节目组工作人员上前附耳说话。可余光之中，他还是看见了碰头低语的那两人，牙根一咬，太阳穴突突地跳。

“人齐了，我说一下这次晚会的工作安排——”邱礼源说起话来自带官腔，一边说，手指还一边在桌面上有一搭没一搭地敲，这个动作无端端让他更显盛气凌人。

苏萤被那一下下敲在桌面的声响弄得心烦意乱，忽然感觉手肘被碰了一下，侧头一看，是叶旌从桌下递了罐咖啡过来，小铝皮罐子，还是密封的。

叶旌单手托着腮，目光淡淡地停在邱礼源身上，一副若无其事的模样。

苏萤悄悄接了过来，发现铝罐居然温热。他刚刚把罐子藏哪儿了？她扫过叶旌的飞行员夹克，难道是捂在怀里吗？

忽然察觉到一道目光，苏萤回视过去，才发现视线来自会议桌对面的女孩，雪肤长发，大眼小嘴瓜子脸，漂亮得像个洋娃娃。她坐在叶旌的正对面，见苏萤看过来，立刻低下头若无其事地在笔记本上记录。

苏萤不认识她，于是侧头看叶旌，谁知这家伙正单手托腮，面朝着邱礼源，眼睛却正盯着苏萤，见她看过来眨了下眼睛，示意她需要什么就说。苏萤摇摇头，看来他没注意到对面女孩儿的视线。

咖啡温热，又暖又提神，苏萤僵冷的四肢终于活泛了，乍然听见发言的文艺部长丛山提及叶旌，她这才抬起头来。

“我想感谢一个人的加入，叶旌。”丛山扶了下眼镜，“在咱们筹备组的盛邀之下，叶旌同学答应加入这次的主持队伍，相信会给咱们晚会带来不少人气。鼓掌，鼓掌啊亲们！”

邱礼源变了脸色，口气不悦：“怎么没提前告诉大家？”

丛山说：“这不是打算给你们个惊喜吗？”

“的确是好事。”有人起哄，“到场的女生起码翻倍啊，有邱会长和叶旌，啥都不用排练了，俩人刷脸都能撑满场。”

丛山得意地说：“所以这次主持一共四个人，两男两女，邱和苏萤大家知道了，另外两位就是叶旋，还有咱们校园美人榜的榜首——唐梦楚。这绝对是有史以来最华丽的主持阵容！”

众人的视线随着丛山的手势转向站起来的漂亮女孩——正是刚刚打量苏萤和叶旋的小美女。

“大家好，我是唐梦楚。”女生站起来，落落大方。

“不用自我介绍了，第一美女谁不认识？”

唐梦楚笑着说：“之后的工作请各位前辈多多关照啦。”

众人起哄的起哄，议论的议论，会场一时间热闹起来。唐梦楚侧过身和旁边的人说话，视线若有若无地飘向叶旋，可他已经无精打采地伏在桌面上打盹，连一个眼神也没给她。

苏萤百无聊赖，突然从嘈杂的议论声中捕捉到一个熟悉的名字，叶旋。不知从什么时候开始，她对叶旋的名字比对自己都敏感。

“四人主持是因为丛山想帮唐梦楚”“唐梦楚喜欢叶旋”……诸如此类，原来如此。

苏萤又看了唐梦楚一眼，肤白貌美黑长直，化了在直男眼里堪称素颜的淡妆，即便放在娱乐圈里也不会逊色多少。

但是，不对她眼缘。

嗯，不喜欢。苏萤收回视线，摆弄着手里的咖啡罐，刚要往口边送，罐子忽然被一只大手抽走了。

“已经冷了，别喝了。”叶旋说。

他一开口，唐梦楚就看了过来。

一山容不得二虎，一个团队里美人最好只留一个。虽然是大一新生，但新出炉的校花票选里她的风头已经盖过了曾经蝉联的苏萤，所以在她心里，苏萤是比不过自己的。

可叶旋连个眼神都吝于给她，却跟苏萤喁喁私语，当真是令人不爽。不过叶旋之所以有“小太阳”的外号，也正因为他素来笑脸迎人，大概，对这个苏萤也不过是一视同仁而已！

唐梦楚刚刚自我催眠成功，就看见那个高冷派的苏萤露出微恼的神色，而后叶旌就连连拱手，隐隐听见他说：“结束后重新买一杯好不好？”

唐美人的心情顿时糟透了。她托丛山安排自己进节目组，是为了和叶旌搭档，而不是来看他和别的女孩卿卿我我的。

“叶学长。”唐梦楚清了清嗓子，温柔地开口。

叶旌像是没听见，仍旧与苏萤低语。

丛山还在说其他事项，唐梦楚没办法大声说话，只好略微提高一点嗓门：“叶学长！”

依旧无人应答。

苏萤抬头，隔着会议桌看向唐梦楚，目光交会，她忽然难得地弯起嘴角，笑了笑。

网上都说苏萤虽然美，但冷，不爱笑，因此才在校花榜上落后于唐梦楚。于是她这个笑容，在唐梦楚眼里简直扎心。

“笑什么？”叶旌低声问。

苏萤收回视线：“心情好。”

叶旌居然没追问理由，手指在铝罐上摩挲了几下，忽然一仰头——把剩下的咖啡一饮而尽。

唐梦楚差点绷不住，倒是丛山发现了她的不快，替她喊了叶旌一声，又问：“梦楚有什么事要说？”

叶旌这才稍稍坐正看向唐梦楚，嘴角还带着弧度。

可不知道为什么，唐梦楚觉得他的眼睛远没有刚刚逗苏萤说话时来得明亮。

“有些事想跟叶学长讨论一下，这边会议结束后，你有时间吗？”唐梦楚问。

“抱歉，没有。”叶旌语气温和，答案却斩钉截铁，“我还有其他安排。”

美人向来被簇拥，无论在哪里都很少被拒绝，唐梦楚也不例外，尤其是在众目睽睽之下。虽然叶旌态度很温和，但唐梦楚的脸还是立刻红透了。

叶旌仿佛毫无察觉，又问："要讨论什么？现在人多，集思广益吧。"

众人不约而同地保持沉默——校花的橄榄枝如此明显，居然还真有人不接。可叶旌坦荡荡，好像是真的没有领会。

唐梦楚矜持地说："那下次吧。"

叶旌点点头，对丛山说："她说下次。"

唐梦楚终于明白，为什么又帅、又聪明，家境又好还温文尔雅的男神三年来从未被攻克，他的温柔体贴，根本就是一层壳！内里压根儿就是不解风情的直男一枚，注孤生好吗？

一声低低的笑响起，微不可闻。

叶旌从眼角的余光中看见苏萤单手掩唇，可等他定睛，她已经神色如常，目不斜视了。

一场筹备会，众人各怀心事。

散会之后，苏萤拎包就走，一条胳膊挡在前面将她拦住。

邱礼源示意其他人先离开，又对苏萤说："稍等一下，我有话跟你说。"

苏萤对两人之间的距离非常不舒服，眼前的邱礼源虽然语气上仍是一贯的儒雅，可刚刚的动作分明多了些许粗鲁。

她压下不快，只说："学长，我还有其他事，赶时间。"

"咖啡厅打工？我可以打个招呼，不用去了。"

苏萤笑了下，笑不及眼底，大概，是时候该辞职了。

邱礼源没读懂她的笑容，反而以为取悦了她，进一步又说："其实你就算完全不去店里，他们也不会说什么。"

"不是去店里。"

"又是那个什么家教？"

苏萤没说话，抱肘看着他。

“教什么？语数外？课时费有多少？”三句话不离钱。

苏萤稍微弯起嘴角：“这个好像跟学长没什么关系。”

“小学生，还是中学生？现在的小孩子特别不好教育，这种钱不要赚了，太辛苦。”

“不是小学生也不是中学生，是我。”

从两人身后传来叶旌的声音，他带着那抹似笑非笑的表情，轻车熟路地从苏萤手里取过双肩包，然后头一歪：“还不走？打工迟到了。”

苏萤点点头，对邱礼源说：“再见。”说完，就跟着叶旌离开了。

邱礼源的舌头在口腔里转了又转，总算把快要出口的粗话吞回了肚子里。

“我拍胸脯保证，我可不知道这丫头跟叶旌有什么关系啊。拉叶旌进组是老师的建议，我也就听命行事而已。”从山搭着邱礼源的肩，看好戏似的说，“当初你让我拉苏萤进组，我做到了，接下来怎么搞定，就看你的了。”

邱礼源面色阴鸷，慢悠悠地走下楼，末了嘴角一勾：“你放心，对她我势在必得。就算追到手再甩了，也一定要先入手再说——”

两人一边说着，一边下楼，突然响起一道尖锐的刹车声，惊得两人连退数步。

长腿撑地，机车上的叶旌弹开头盔面罩，轻描淡写地说：“对不起，车把歪了。”然后引擎一轰，绝尘而去。

从山愕然：“叶旌这是怎么了？有点反常啊！”

邱礼源阴沉地说：“知人知面不知心，你怎么确定所谓的‘小太阳’就是他真实的模样？”

从山摇摇头，情敌修罗场，他还是不掺和的好。

校区里安静，机车的动静吸引了众多视线，唯独苏萤目不斜视地大步朝前。刚刚在叶旌的帮助下从邱礼源那儿脱身，走到楼道她就跟叶旌分道扬镳了，当然，今晚她的打工项目并不是家教，那都是托词而已。

“阿萤，你去哪儿？我载你。”叶旌骑得极慢，与她保持并行。

“不用了，我自己走。”

叶旌把挂在手边的头盔递给她：“公交都绕，我这个直达比较快嘛。”

“提前到了又不能提前下班。”苏萤忽然看见叶旌故作受伤的眼神，无奈地缓和了语气，“明天见吧，乖。”就差没动手揉揉他的一头鬈毛。

叶旌目送她走远，回味了一下这句“乖”。

嗯，还挺受用。

“我想去一下城南，学长，你家是住在那边对吗？”娇滴滴的声音从叶旌身后传来。

唐梦楚穿着一袭白色呢子大衣，内搭一条及膝纱裙，十足的淑女风。

见叶旌不说话，她又接着说：“去市中心的公交人太多了，我这鞋也特别不方便。”她光着腿，一双细高跟衬得脚踝纤细，楚楚可怜。

“当然，你这身装扮怎么能坐公交呢。”

唐梦楚红着脸，理了理胸前的青丝，余光看见他低头整理头盔的系带，心头暗喜。

叶旌却将头盔戴在了自己脑袋上，一边在喉结处系扣，一边对唐梦楚说：“该打车就打车吧，既然穿了高跟就别省钱。”

唐梦楚呆呆地看着机车远去，路过苏萤身边的时候，他还倾斜了车身试图摸她的头，但被她侧身躲过了，似乎还低声数落了他句什么。

唐梦楚捏紧了包带，咬住下唇。那个苏萤，比叶旌还大好几岁不是吗？凭什么！

Chapter10
十指交握的吻

自打知道要跟邱礼源搭档，苏萤就清楚日子消停不了。

果然，邱礼源不是请全组吃火锅，就是邀大家唱 K，就像是怕钱花不完似的，手段层出不穷。以苏萤软硬不吃的性子，她不想去的场合就算是撕破了脸也不会去，所以邱少爷的银子一大半都打了水漂。不过，吃人的嘴软，时间长了，众人都有意无意地替他说话，甚至觉得他为苏萤做的一切已经足够感天动地，还不领情的话，就是她骄傲得过头了。

苏萤每每当作没有听见，该对词对词，该做什么做什么，完事就走，绝不多耽误一分钟。

这天，苏萤被丛山通知去量体定制礼服，说是这次礼服的费用学生会出资，当时她正跟咖啡厅那边办理辞职手续，还有许多琐碎的事项需要跟周宇交代。

因为当时没空，苏萤跟对方约了晚上在楠大的大学生活动会议室见，结果当晚她到了那里，才发现只有邱礼源一个人在。

“既然丛部长不在，我就先走了。”苏萤说完就走，邱礼源却一个箭步挡住了门。

天色已晚，活动中心这一层楼里也没别人经过，走廊里虽然亮着灯，但整栋楼静得只剩空调呼呼作响。

邱礼源很高，加上长期打篮球，肩也很宽，挡在女生面前完全是一堵墙，压迫感十足。

苏萤握着手机放在身后，与他周旋："是从部长约我来的，既然他不在，我就先走了。"

"本来就不是他找你，"邱礼源说，"是我。"他背对着走道的灯，面色晦暗，也许是为了刻意营造暧昧氛围，他说话的时候刻意压低了嗓门。

对于邱礼源，苏萤从最初的无甚印象，到后来觉得这人儒雅而不真实，再到现在，她已经有点说不出的反感，就像对旌歌的刘瑞。

"如果有事，为什么不直接电话里说？"

邱礼源说："我给你打的电话，有几个超过一分钟的？不是说在打工，就是在赶路，萤萤，你可不可以不要把自己逼得这么辛苦？"

苏萤确实不怎么习惯煲电话粥，尤其是跟"不怎么熟"的男生。邱礼源这席话听起来是在心疼她，可说到底不过是抱怨自己的付出没有得到相应的回报。

"抱歉，我不习惯在电话里扯闲篇。"

"好，不扯闲篇，我们说正事。"

苏萤不动声色地朝走廊挪了一点："有什么事，我们明天白天说吧，现在太晚了。"

邱礼源跟着她的方向一挪，再度困住她："听说今天你跟咖啡店那边提辞职了。"

"嗯，有点忙不过来。"

"忙不过来你可以不去！我都说过了，你就算一天都不去，工资也会发给你。"

苏萤攥紧背在身后捏着手机的手指，但脸上还算平静："无功不受禄，不上班还拿工资这种事我不想做。"

"那就把家教的工作辞了。"语气无比强势。

苏萤冷冷地看向他，这是第一次，她用这种眼神看他。从前她究竟怎么会以为邱礼源绅士、儒雅，这分明就是个直男癌，还是末期！

“这是我自己的选择。”

“是因为叶旋吗？那小子天天缠着你，不让你在咖啡厅里打工是不是？”

苏萤的忍耐已经快到极致：“跟他有什么关系？跟你——又有什么关系？”

“怎么没关系？人人都知道我在追你，知道咖啡店我就是为你而开，现在你说不干就不干了，还跟叶旋走那么近，不是打我的脸吗？”

苏萤反问：“‘人人’是谁？反正不包括我。你家的店，我打工赚薪水，一分也没多拿过，现在我不做了，怎么就打了你的脸？”她觉得再跟邱礼源争辩下去，自己可能会疯掉，于是抿了下嘴，冷冷地开口，“请让开。”

邱礼源脸色铁青，纹丝不动。

“邱礼源，我再说一次，我要走了，麻烦让开。”

认识这么久，苏萤一直按照学校的习惯以学长相称，这是头一次直呼全名，她对邱礼源的忍耐已经到了极致，连表面的和平也不想维持了。

邱礼源非但没有让开，反而准备用另一只手去关办公室的门。

苏萤看见了，毫不犹豫地一把推开他拦着自己的手臂，快步离去。

邱礼源一把拽住她的手就往回拉。论气力，苏萤哪里是他的对手，他三两下就把她拽了回来。但等站定在他面前，她突然抬头与他对视，目光冷冽，带着毫不掩饰的怒气。

邱礼源一愣，苏萤已经毫不犹豫地横肘，全不留情地使出一记肘击，而后趁他吃痛之际跑向楼梯。

身后隐隐约约传来邱礼源的咒骂，苏萤顾不得多想，抓着楼梯扶手，三步并作两步飞奔下楼。没想到的是，她下了两层楼，刚转了个弯，就撞见了没想到的人。

唐梦楚手里攥着一个白色的信封，梨花带雨，意外听见苏萤的脚步声，转头看过去。

而站在她对面的叶旌双手插兜，原本不耐烦的神色在看见苏萤的刹那转为惊讶。

苏萤一愣，继而听见身后邱礼源追来的脚步声，来不及多说，转身就要继续逃，结果被人拦住了腰，撞进了对方怀里。

“跑什么——”叶旌话还没说完，已经看见了出现在楼梯口的邱礼源，清亮的眸子转瞬暗了下来，桃花眼眯起，嘴唇也紧紧地抿成一线。

“疼。”他箍得太紧，苏萤忍不住低声说。

叶旌连忙松开手臂，顺手就把她挡在了身后。

邱礼源没料到这么晚了，活动中心还有其他人，脸色变了又变，最终恢复了常态，一只手整理着乱了的衬衣，一边慢慢走下台阶，一边说：“这么晚还来排练？”

叶旌面无表情：“我是来找人。”

“谁啊，哦，唐梦楚？”邱礼源转移着话题，“约会吗？不好意思，打扰两位了。”说着话，就要从三人面前扬长而去。

叶旌挪了一步，挡在他身前。

邱礼源看向他，一动不动。论身高，两人不相上下，可此时苏萤分明觉得邱礼源在叶旌的注视下矮了许多，甚至连他引以为傲的风度也荡然无存。

“邱会长别急着走。”叶旌嘴角微挑，笑不及眼底，“你这个点在这里，做什么？”

“工作。”

“那她呢？”叶旌目光投向苏萤。

“当然也是工作。”

“她逃你追，这也是工作的一部分？”

邱礼源冷着脸，语带威胁：“你在暗示什么？”

叶旌冷笑不语。

“苏萤，你就由着他胡扯？”邱礼源蹙着眉头，“将来传出去不知道成什么样了。”

苏萤冷声答：“学生会那边的人说今晚量体裁衣，结果楼上只有你一个人。我倒是想找人问一问，这到底是怎么回事。”

邱礼源本以为苏萤会为了名声配合他，没想到她完全不管不顾，只好觍着脸答：“大概是他们记岔了。”

一言既出，苏萤和叶旌不约而同地发出嗤笑。

“你们忙完也早点回宿舍。”邱礼源理了理衣襟，“走的时候记得锁门。”道貌岸然到让人恶心。

邱礼源走远了，走道里再度安静下来，苏萤这才察觉到一抹不无敌意的视线，然而等她和叶旌一起回头，对上的却是唐梦楚的婆娑泪眼，刚刚的敌意仿佛只是错觉。

“学长，我——”

没等唐梦楚说完，叶旌已经搂住苏萤的肩头将她往身边一揽：“我正在追她。”

两个女生都愣住了。

先反应过来的是唐梦楚，她转头跑开的时候泪水甚至溅落在苏萤的手背上。苏萤这才一把撂开了叶旌的胳膊，跟他拉开半米距离。

“你怎么会在这里？”还是跟唐梦楚一起。

叶旌说：“这话好像应该先由我问你吧？”她怎么会被邱礼源追着从楼上逃下来。

“从部长通知我今天量主持礼服尺寸，白天我在咖啡厅交接工作走不开，所以约了晚上，结果我来了，楼上只有邱礼源。”苏萤想起刚刚邱礼源动手动脚的样子，心里一阵恶寒，她一定是有眼无珠，从前竟会觉得他绅士！不过幸好，她一直觉得邱礼源的完美太假，并不十分信任。

叶旋生气地说：“你是傻瓜吗？什么服装店会晚上来学校给人量体？摆明了是圈套，你都能上当？”

苏萤抿嘴，承认他说得在理，是她自己的疏忽。可是，他呢？难道也是被以工作之名骗来的吗。苏萤抚着胳膊，漫不经心似的问：“那你怎么会在这里？谈工作？”

“不是。”

“那来谈恋爱啊！”她说完才察觉语气有点酸。

叶旋这才露出一丝笑：“对啊！”

苏萤点点头：“是我打扰了，对不住。”

叶旋带笑拉住她：“你走了我找谁谈去？”

苏萤觉得好气又好笑，顺手推开他就要走，结果脚踝处一阵抽痛，让她歪向了一边。

“怎么了？”

大概是她刚刚冲下来太急，脚崴着了。苏萤抿嘴，还想逞强，一瘸一拐地走出没两步，就听见身后一声叹息：“服个软又不会死。”

苏萤假装没听见。

忽然眼前一黑，她下意识地把东西从脸上抓下来，发现是叶旋的外套。穿着白色高领毛衣的叶旋在她身前蹲了下来：“我今天开车来学校的，快上来。”

苏萤没动，他回头：“不要背？那我可公主抱了。”说着，他作势就要站起来。

“背！”苏萤脱口说道。

叶旋轻笑，等身后的人趴在自己背上，站起来，他才开口：“不想明天上首页的话，就拿衣裳把脑袋盖着。”

怎么跟犯罪分子似的，苏萤心想。

但等两人走在学校的路上，苏萤才深深感激叶某人的先见之明。四面八方若有若无的目光，隔着他的外套她都能感受得到，还好，有他的衣裳挡着。

“国际模特协会不是禁止使用‘零号’模特了吗？”叶旌忽然没头没脑地说。

苏萤一愣：“是啊！”

“那你为什么还这么瘦？”叶旌说，“当心以后没人用你，还不抓紧多吃点。”

是在说她轻吗？苏萤想。

“《Silence》那边还让我减三到五斤。”

叶旌一听，立马不满地说：“还要你瘦？那我们不拍了！”

苏萤在他肩头一掐。

叶旌吃痛，低声求饶，只听苏萤笑着说：“就是建议而已，我不瘦，他们还能逼我绝食？”

“就是就是。”叶旌连连附和。

明明前一分钟还在说她瘦，等到了车库，把她放上后座，叶旌又故意喘着气说：“小姐姐，你的肉是长在骨头里的吗？看着这么瘦，背起来那么重！”

真是幼稚鬼，话都不会说！苏萤把他的机车服往他背上一拍：“我又没求你背。”

“我乐意啊。”叶旌顺手接过衣服，笑得灿烂，“你再重我都乐意，所以胖一点儿吧，好不好？”舌头跟抹了蜜似的。

苏萤白了他一眼，竟没有反驳。

叶旌一边把头盔替她系上，一边说：“罗姜说从机房出来的时候看见你去活动中心了，我打算去找你，给你个惊喜，没想到唐梦楚会在那里。”

这是在给她解释了，苏萤垂眸，在他转身戴头盔的时候含糊地“嗯”了一声，表示她原谅了。可是，原谅什么呢？

机车在无人的街头飞驰，终于停在红灯前的时候，叶旋听见身后戴着头盔的姑娘闷声问："活动中心的监控录像，你能弄到吗？"

叶旋"嗯"了一声，顿了许久，才问："他对你做了什么？"

尽管他故意克制，苏萤还是从语气里听出了一抹不易察觉的杀气，居然让她有点心慌。她轻声说："没什么，就是想给他点警告。"

"我知道了。"

"喂，叶旋。"

"嗯。"

"刚刚唐梦楚哭得那么伤心，你真的不用管吗？"

"又不是我惹哭的，为什么要管？"

喂喂喂，他不是传说中的小太阳吗，这么冷漠真的合适？

"这么说话一点都不像你。"苏萤随口说。

没想到叶旋沉默了会儿，转头问她："如果这才是我，以前那些是装的呢？"

苏萤想了想，笑了："如果是装的就好了，因为如果对谁都温柔的话，真的太累了。"

红灯已经转绿了，叶旋却还停在原地。

"走了。"苏萤说。

叶旋踩下油门，在轰鸣声中，苏萤听见他说："谢谢。"

苏萤本以为经过活动中心的冲突，邱礼源能消停一阵子。

谁知道隔日她下课刚出学校，就看见了他那辆惹眼的宝马 Z4 停在路边。她本打算照常绕过去，没想到邱礼源将窗户打开，大声地招呼："苏萤，上车。"

苏萤压根儿不想理他，径直往前走。

邱礼源就开着车一直跟着，客气而绅士地说："我这样开车会挡住后面的人，你要不想交通堵塞，就快点上车。”

好像反倒是她的不对了。周遭有校友往来经过，无不注目，楠大没几个人不认识邱礼源的，人人都知道他既得校方欢心，又受女生喜爱，追苏萤追到为她开咖啡店，也算是出手阔绰得很。

苏萤被那些视线打量得窝火，这根本就是道德绑架！

“阿萤。”清朗的声音从她身后传来。

苏萤见了救星似的回身，笑容几乎立刻浮上面孔。

叶旌骑着机车，将头盔扔给她：“上车，我送你去。”

几乎没有犹豫，苏萤就戴上头盔坐上后座，一气呵成，压根儿没再多看豪车里的邱礼源一眼。两人绝尘而去，邱礼源一拳打在车门上，恨得牙根发痒。

“叶旌这机车可以啊。”坐在邱礼源车后座的丛山感慨道，“哈姆雷特，得好几十万吧！还是改装过的，啧啧，赶上一辆跑车的价了。”

邱礼源冷笑：“靠爹妈，谁买不起？”

“不，这还真不是靠爹妈。我听说前两年，他玩票做的一个程序卖了不少钱，买辆摩托绰绰有余。”

邱礼源从后视镜里瞥了丛山一眼，他拿食指做了个闭嘴的动作，可想了想，又问：“睿翼集团的那个注资项目，你们是不是在跟叶旌竞争？”

“竞争？就凭他跟罗姜，那群乌合之众搞出来的项目能跟我竞争？”

丛山和稀泥：“罗姜是贪玩了点，不过做程序这块叶旌还真是难得一遇的天才，长得好，家庭好，头脑还聪明，哎，他跟你抢苏萤，是挺不好搞的。”

“这世上会有完美无缺的人吗？”邱礼源从牙缝里挤出一句，“我就不信。”

丛山撇撇嘴，不再多说了，直到忽然在手机上看见了什么，“啊”了一声之后陷入了长久的沉默，过了半晌才开口：“邱，你要不要在路边停一下？”

邱礼源说：“干什么？”

“这上面的人是你吧？”

邱礼源接过他递来的手机一看，一脚刹车猛地停住了。

那是经过处理的一段监控视频，画面上他的面孔清晰可见，对比自己矮一头的女生拉拉扯扯、搂搂抱抱，非常明显女孩子是抗拒的，而他就显得格外猥琐。最让人发狂的是，经过特殊处理之后，女孩子连衣服都是打着马赛克的，而邱礼源却完全暴露在镜头之下，像个十足的流氓。

邱礼源抬手，从山连忙起身一把攥住自己的手机：“别扔！这是我的手机。”

“找死。”邱礼源咬牙切齿。

“什么？”从山心有余悸地藏好手机，才发现一贯风度翩翩的邱公子面色阴狠，吓得他甚至不敢追问视频里的女生是苏萤还是别人。

邱礼源问：“学校的监控视频是信息学院在管理，是吗？”

“好像是吧。”

邱礼源的手指在方向盘上敲着，从牙缝里挤出声音来：“我会让你后悔的，叶旌。”

一路风驰电掣，苏萤两人到叶家的时候，院子里居然停着一辆黑色奔驰。

苏萤看了叶旌一眼，发现他已经变了脸色。

“有客人？”苏萤体谅地说，“我已经把咖啡厅的工作辞了，明天也没工作，你今天忙的话，我们的课可以明天再补。”

叶旌将车停好，有些僵硬地说：“不用。”

苏萤刚进门就察觉氛围不对，云姨恭敬地袖手站在一边，客厅沙发上的中年男人正低头看报纸，仿佛没有察觉他们进屋。

是叶旌的爸爸，旌歌的董事长叶儒？苏萤在猜测，叶旌却拉着她的手腕就要上楼。

“这是谁教你的礼节？”中年男人目光都没离开报纸，声音浑厚，不怒自威，“回家不知道向长辈问好吗？”

叶旌停在楼梯上，笑了下：“哦，没看见您回来了。叶董好，叶董辛苦了。”没半点正经。

叶儒怒不可遏地将报纸拍在红木茶几上，一双眼窝凹陷，眼中满是恨铁不成钢的怒火：“你这些年都学了些什么？教养礼数都丢了吗？”

“那要问你啊，爸，你都教了我什么？”叶旌仍旧挂着那个虚伪的笑，“毕竟，子不教父之过。”

寥寥数语，父子俩已势同水火。

“叶旌。”苏萤小声地喝止他继续顶撞。

叶儒的视线移向她，仿佛辨认了一下，才沉声说：“交女朋友了？同学，还是别处的人？”

苏萤不知道该先回答他哪个问题。

“爸爸，你是不是已经忙忘了？我前年就已经成年了，我想这些事没有必要向您汇报了吧。”

苏萤在背后扯着他的衣袖，可是他浑然不觉，就像一只好斗的小兽，全身都在战斗状态，根本听不进别人的话。

叶儒被儿子充满敌意的话激怒，沉声训斥道：“你在外面跟个模特胡闹我也都睁一只眼闭一只眼，不跟你计较了！但你不肯去留学，偏说楠大也是一流学府。我就问你，你在楠大都学到了些什么？学着谈恋爱，带女孩儿回家吗？”

“先生，她不是……”

“我在教子！”叶儒打断了云姨的解释，盯着与年轻时的自己如出一辙的儿子，“你是叶家的儿子，我不容许你这样成日虚度年华！”

叶旋怒极反笑，向下走了两步，与父亲针锋相对："成为叶家孩子是我自己的选择吗？你生我之前问过我的意见吗？我知道你觉得我丢了叶家的人，可我也没有巴着你不放，是你自己要回来受气！"

叶儒被他气得站起来："这是我家！我不回来，去哪儿？"

"爸爸，你忘了吗？这房子早在你跟我妈离婚的时候就分给我妈了。忘了告诉你，我前两年从我妈那儿已经买过来了，现在房主是我。"

"买？你拿什么买？"叶儒指着四周的家具，"用我给的抚养费吗？"

叶旋没有说话。

苏萤侧头，发现他的脸色差极了，平时白净的面孔此刻白得几乎透明，黑白分明的眼睛此刻却浮现出了红血丝，使他看起来既愤怒又疲惫。

"别说了。"苏萤声音压得很低，"冷静下来，叶旋。"

叶旋看向她，她眼底有显而易见的担忧，像一汪清泉，熄灭了熊熊的怒火。失去的理智在她恳求的目光中渐渐回到叶旋的头脑里，他抱歉地握住她的手，闭上眼深呼吸。

叶儒看见两人相牵的手，刚要开口，却见儿子拉着那个漂亮的女孩子走下了楼梯。

"我先走了，你想在这里住多久都可以——但是你不走，我不会回来。"叶旋说完，牵着苏萤就往外走。

"叶旋，我是为你好。国外的治疗技术、教育资源，包括时尚环境都比楠都好得多，你到底跟我置什么气？"叶儒疲倦地在他们身后说。

"这是我的人生，你还想支配我多久？"叶旋头也没回，"我就算是一事无成，起码也做了真实的自我。"

"你想做真实的自己，想没想过别人能不能接受你？你身边这个姑娘，能不能接受真实的你？如果你不是叶家的儿子，如果你住不起这样的豪宅，开不起几十万的哈雷——她还会要你吗？"

叶旋察觉到握在掌心的手试图逃离，立刻用力攥得更紧，然后回头，看向依旧满头黑发的父亲："你真可悲，爸爸。"

父子俩遥遥相望，过了许久，叶旋才似笑非笑地说："我跟你是不一样的。"

"你能确定你跟我不一样。"叶儒看向他牵着的苏萤，"你能确定她跟你妈妈不一样吗？"

叶旋身体一僵，还想说什么，却被苏萤温柔地环住了腰。她在他耳边说："我们先出去。"说着不由分说地把人带了出去。

深巷寂静，树影摇曳，两个人沉默地走了很远，都没有交谈。

苏萤攥着叶旋的手，她能感觉到他的僵硬，那是人被伤害之后的自我保护反应。

直到许久之后，他的手指才终于慢慢地恢复温度，柔软下来。

"叶旋。"

"嗯。"

"我跟你说过我爸的事吗？"

"没有。"

苏萤牵着大男孩，慢吞吞地踩着落叶前行，低着头轻声说："我爸是做工程的，粗人一个。我妈是搞艺术的，音乐、插画、设计服装，什么不接地气她就喜欢什么。没人告诉我他们是怎么会结婚的，我只记得从我很小的时候起他们就总吵架。"

叶旋看着她的背影和与他相握的白皙柔软的小手，没有出声，只是安静地跟着她。

"我妈嫌我爸没文化，不懂得情调。我爸觉得我妈不懂生计，如果不是他天南地北地接工程跑项目，我们一家三口哪儿有钱吃饭，我妈又哪儿有钱打版、做衣服，过不识人间疾苦的生活。所以他们总是吵架，每次我爸回家，他们都要吵。"

"他们也是，我爸妈。"叶旋说。

苏萤像没听见似的，继续说：“可是吵归吵，他们谁都没说过要分开的话，尽管聚少离多，碰面就吵，但吵完了日子就又蜜里调油似的继续过。直到我十岁那年，我妈病倒了，癌症，因为发现得太晚，不到一年就走了。”

叶旌握紧了她的手。

“那之后我爸像变了个人似的，从前他挂在嘴边的都是：搞服装设计有什么用？谁买你的设计啊？厚厚一本册子连袋大米都换不回来。可是我妈走了之后，他开始给我买最好的画具，送我去最贵的艺术学校，任何我学设计所需要的东西，他只会加倍给我，绝不打折，所有曾经我妈想要而没得到的，他全都给了我。除了陪伴——我住校，他住家，我们几乎不见面。”

路灯透过枝叶照射下来，脚底的树叶窸窸窣窣作响。

从叶旌认识苏萤开始，她似乎就一直在忙于打工，一块钱都恨不得掰开来花，这样家境的她居然会选择服装设计专业，这确实让他一直不太理解。

如今他总算懂了，为什么尽管她贫穷，却并不自卑，甚至有着独立于家庭条件之外的冷傲，那大约来自于少年时代曾经优渥的生活与教育环境。

“妈妈去世之后，我让自己沉浸在各种新奇的创意和华丽的设计里，甚至经常跟着培训学校飞到全球各地看展览，听演说。因为喜欢一个独立设计师，我还报名参加了他所在的设计大奖赛，我每一天都过得很充实，让自己没空胡思乱想。这样就算妈妈不在了，爸爸也不愿意见我，我也不会觉得自己孤独。直到有一天，那个大奖赛颁奖前夜，我忽然接到电话，说我爸他……”她顿住了，过了许久才接着说，“坠楼了。”

叶旌目光一闪。苏萤低头看着枯叶。

“直到那时候我才被告知，我爸早就得了抑郁症，已经很久了，也许在我妈离开之后，他的情况就一直不容乐观，而我居然什么都不知道。我心安理得地花着他拼命赚来的钱，却一年连十句话都未必有机会跟他说，以致什么都不知道。”

“阿萤……”

“我没事，已经过去很久了。”苏萤安慰他，“后来，我爸走了，我才陆陆续续地发现这么多年他是怎样供养我过那样奢侈的生活的。他早就不是从前那个为了家庭什么苦都能吃、满世界找工程做的超人了。他时常发病，发病了就不愿见人，所以弄丢了很多工程，投资也亏了很多，欠下一身债，全靠些老朋友资助着过日子，还要养我。”

苏萤眼中泪光晶莹：“我是不是特别没心没肺？花着他的钱，却连他过的是什么样的生活都没关心过。”

叶旌想起在帝都四合院里，方婆说过苏萤第一次去打工才十六岁。苏妈妈在她十岁去世，苏爸爸在她十五岁去世，她被蒙在鼓里的这段日子，正是少年最叛逆又过激的年纪，这一点他比谁都清楚。而十六岁之后，她的一切就全部只能靠自己。

他手一拉，将苏萤拉入怀里，一只手抚摸着她的头发，低声说：“你已经很不容易了，一个人还所有的债务，一个人生活，一个人坚持这么多年。”

苏萤的脸埋在他胸口，眼泪刚刚滑落就消失无踪。她猛然察觉，这么多年了，这是她第一次把藏在心底的话说出来，就连对林锦锦，她也只有酒后吐真言而已。

“叶旌。”声音闷闷的。

叶旌低头，正看见她从他怀里抬起头，眼眸荧荧有光，泪盈于睫，那么坚强又倔强的女孩，露出这样柔弱的神情，比什么都让人心疼。

“我在。”他温柔地应答。

“我误会过我爸，以为他对我的疏远是冷漠，完全没想过他一直在用最后的能量保护我……和我的梦想。后来想想，他其实一直都尽力了，包括从前对我妈。虽然一直吵吵闹闹，但如果不是他，我妈妈当初根本没办法一直自由地做她喜欢的事。他对我们母女的包容根本没有条件，没有索求。”苏萤凝视着他漂亮的桃花眼，“我已经没机会为我的无知向我爸道歉了。叶旌，我不愿看见将来有一天，你像现在的我这么后悔。”

叶旌轻轻按着她的后脑勺，她顺从地依偎在他胸口，没再说话。

许久之后，她听见叶旌的嗓音带着胸腔共鸣的感觉：“虽然情况跟你不同，但是，我懂你的意思了。阿萤，我会处理好和他的关系。”

苏萤闭上眼，听见他有力的心跳，一下，一下，那么稳定，那么可靠。

树影在风中微微摇曳。

夜幕中的两人无声地彼此依靠，直到，忽然车灯亮起，两人才察觉到路边停着的车里居然有人。那辆毫不显眼的车打开车窗，穆然单臂架在窗口，抱歉地说：“是我先停在这里的，你们挡住我开门了。”

叶旌：“妈？”

穆然：“我刚回国，本想抽支烟再回家，烟还没抽完，你俩就来了。”

“你可以早点提醒我们。”叶旌忍住扶额的冲动。

“可我不想。”随着咔嗒一声车锁开，穆然扬了扬下巴，“上车，回家。”

叶旌犹豫。

穆然双手放在方向盘上，看向远方：“那间房子的房主是你，无论如何，就算必须有人离开，那个人也不该是你。”

苏萤轻声说：“回去吧，和你爸爸解释清楚。”她知道叶旌不像叶儒想象的那样浪荡，他聪明，而且有自己的成就，在楠都他并未整日虚度，不应该害怕面对自己的父亲。

叶旌与她对视，终于点了点头。

回到叶家的时候，云姨又惊又喜，附耳对穆然说：“刚刚先生被气得不轻，现在还在书房抽烟，一直没停。”

穆然脱下大衣，不以为然地说：“他还以为所有人都像他的员工一样，要对他言听计从。”

大概是几人进门的声音惊动了叶儒，书房的门被打开了，叶儒的声音随之响起：“走的时候不是很硬气——”话音未落，他看见了穿着一袭红裙的妻子，顿时沉下脸，不说话了。

穆然似笑非笑地走近，在独立沙发上坐下，跷起腿，不无挑衅地说：“房子是叶旋的，你我都无权赶他走。你要是看他不顺眼，麻烦你自己走。”

“你自己看看，这些年都教了叶旋些什么？他的跋扈浪荡，哪样不是跟你学来的？”叶儒铁青着脸，“小小年纪不学好，光顾着谈恋爱！拿什么谈？除了叶家的家产，他有什么谈恋爱的资本？”

“我想你忘了，叶儒，上个月小旋就满二十岁了。”穆然冷笑着说，“还有，当年你追我的时候，我还没满十八。”

陈年往事，早已无人提及。穆然忽然说起当年，倒让叶儒有一瞬的恍惚。他沉默之后，再开口语气缓和了不少：“我在美国找了很好的医生，你为什么不让他去？”

这是苏萤第二次从叶儒的口中听见“看病”“治疗”之类的字眼。她不由看了叶旋一眼，从进门开始他就没说过话，脸色苍白，目光冷漠，仿佛面前斗嘴的人并不是他的父母。

“他是成年人了，去与不去你我说了都不算。”穆然说。

“再大也是你儿子！你就眼睁睁看着他这样浪费自己的人生？”叶儒怒道。

穆然反问：“你就知道他是在浪费人生？你对他的生活了解多少？他每天在干什么、想什么，甚至于他现在念的什么专业、几年级，只怕你都搞不清吧？”

叶儒冷眼不语。

“还有，他身边的这个小姑娘是谁？你以为你真的都知道吗？”

忽然被点名的苏萤落落大方地陪在叶旌身边，即便被叶儒用不甚友好的目光打量，也还是挺着脊梁。反倒是叶旌，原本一直无动于衷，直到视线的焦点汇聚到苏萤身上，他毫不犹豫地将她护在身侧，目光警惕地看向父亲，生怕她受半点委屈。

叶儒终于觉得苏萤的脸有些眼熟，似乎在公司的电脑里见过，终于想起一点："苏……什么？"

"叶儒，你知道这么多年来我最厌烦你什么吗？"穆然笑了下，"你总以为世界就是你眼前的那样。你看到旁门左道，就觉得这世界上不会有人光明磊落。你看见攀附权贵，就不相信有女人能安贫若素。你以为苏小姐是因为小旌少东家的身份才与小旌在一起，却不知道是小旌在追求人家，更不知道她是楠大设计专业的高才生，是你儿子重金请回来的家庭教师。"

一言既出，不光叶儒，连苏萤和叶旌也都愣住了。

"妈！"

穆然看了他一眼，点头示意儿子少安毋躁，又对叶儒说："钱不是万能的，叶儒，你也许觉得赚钱才能给自己和家人更好的生活，但不是所有人都如此。"

"别把自己说得那么高尚。"叶儒疲倦地把烟在烟灰缸里摁灭，目光从穆然精致的妆容扫过，"我为钱，你为名，我们都不是什么好人。"说完，不顾穆然难看的脸色推门走了。

院子里传来汽车发动的声音，院门开合，叶儒离开了。

会客厅里气氛冷凝，云姨站在一角不知如何是好，叶家母子俩相顾无言，最终是苏萤先打破了沉默："今天的课程我们明天补，我先回去了。叶旌，不用送我，时间还早，还有公交。"说完，又跟穆然打了声招呼，"阿姨，我先走了。"

清官难断家务事，该跟叶旌说的她都说了，再夹在人家母子之间，只不过平添尴尬。

没想到，这次出声挽留的不是叶旌，而是穆然。

“等一等，小苏老师，我有些东西想给你看。”穆然说。

苏萤还在犹豫，又听她温和地补充了一句：“是我的新作品，我想听听你的意见。”

尽管知道作品不过是幌子，苏萤还是坐在了穆然专用的那间书房里，房间灰白色调，有着设计师们钟爱的空阔。穆然确实拿出了一套手绘的夏季新衣给苏萤过了眼瘾，而自己则点了支烟，不言不语地看着她发呆。

等苏萤合上画卷，穆然才问：“感觉怎么样？”

“挺好的。”苏萤想了想，又补充，“燕尾的那一件，我特别喜欢。”

穆然微笑，任由烟蒂掉落在红木桌面，看着对面少女如画的眉眼，不再说话。

“您想跟我说什么？不妨直说。”苏萤单刀直入，她当然知道以穆然的咖位，不会是单纯为了听一个新人的赞美。

“我想跟你聊聊小旌。”

苏萤直视着对方的眼睛，点头：“好。”

“你喜欢小旌吗？”穆然顿了下，直白地说，“他很喜欢你，这你应该知道。”

没想到对方会这么直接，苏萤润了下唇瓣：“他很优秀，没有人会不喜欢他。”

“不是那种喜欢。”穆然低笑，“我说的是爱情，男女之间的心动，你对他有吗？”

有，很强烈，甚至让她产生了逃生欲。

苏萤不愿意回答。这个答案连叶旌本人求证的时候，她都无法诉之于口，又怎么可能对穆然说。

穆然端详了她许久，终于掐灭了烟，再开口已经带了几分郑重：“苏萤，你很聪明、独立，气质和模样也都适合这个圈子，无论是做设计，还是当模特，我都很看好你的未来。”

这不是关键。苏萤默念。

“但是，”果然，穆然接着说，“但我是叶旌的妈妈，我不希望看见自己的儿子受到任何伤害。他之前没有喜欢过任何人，你是第一个。我很害怕，你知道吗？自从我发现他喜欢上了一个这么有想法的女孩子，我就特别害怕有朝一日，你会放弃他。”

苏萤本以为会听见的是，诸如“你们不合适”“叶旌应该找个年纪更小的、门当户对的女孩”之类的言论，她完全没想到穆然居然首先担心的是她会先抛弃叶旌。

因为意外，苏萤没有立刻表态。

而她的沉默，让穆然以为自己的猜测被验证了。她摇了摇头：“我不怪你，真的，每个人都有追求幸福的权利。但是小苏，我希望你能答应阿姨一件事，既然叶旌不是你认定的那个人，那你就跟他保持距离吧。他这个孩子——”犹豫了一下，穆然接着说，“看起来确实很阳光，但骨子里敏感得要命，受不得一点刺激，不然——”

“妈！”一声厉喝，声音几乎变了声，与此同时书房的门被人用力地推开了，手臂上挂着外套的叶旌眼眶发红，怒瞪着穆然。

苏萤还没从穆然给她的意外里回过神来，怔怔地看向忽然变得气愤的叶旌。

“你过来。”叶旌对她说，“我送你回家。”

时钟显示已经过了十点，早就没有公交了。苏萤起身，对还坐在一边的穆然说：“您的话我记住了，还有，叶旌他也许比你们想象的更坚强。”她也一样。

说完，苏萤也不等穆然再说什么，上前挽着叶旌的手肘，一同离开了叶家。

小巷寂静，叶旋的机车开得很慢、很慢。

“车坏了吗？”苏萤问。

“没。”叶旋闷声答，他就是不想开得快，到得快。

“那停下来吧。”苏萤说，“我想跟你说会儿话。”

叶旋把车停在了僻静的巷口，并且留心确认了旁边的车都是空的。

苏萤背靠在布满爬山虎的墙边，干脆地问：“刚我跟阿姨说话，你为什么突然发火？”

其实她心里模模糊糊有点念头，似乎每次叶家爸妈提到“生病”之类的话题，叶旋就会爹毛。可是，他明明身强体壮，唇红齿白，健康得很啊！

“我妈年轻时候被惯坏了，我行我素成了习惯。”叶旋答非所问地说，“她讲话从来不会管别人的情绪，所以说了什么不中听的话，你别往心里去。”

他想哪儿去了？苏萤眨眨眼。

“阿姨没说什么不中听的话。”

“那她说什么了？”这次轮到叶旋意外了。

苏萤看着他晶亮的眼睛，慢吞吞地说：“阿姨说你喜欢我，很喜欢。”

她笑得酒窝都浮现出来了，叶旋挠头：“我以为这个你早就知道。”他不早就告白过了吗，连祖传给媳妇的玉佩都交付了，表达得还不够明显吗。

苏萤眼底透着笑，沉吟了会儿：“从你妈妈的口中听见，那不一样。”

“有什么不一样？她还能比我更了解我自己？”

“她说你没喜欢过别人。”虽说对方是母亲，也许有水分，但，八九不离十吧！

叶旋终于被绕晕了：“所以呢？”他为什么觉得眼前人笑得像只狡猾的猫。

“所以，阿姨怕我骗你感情，辜负你，抛弃你。”说着，苏萤自己先绷不住笑开了。她真的一直以为这种台词，都是妈妈用来嘱咐女儿男朋友的。原来，她在别人眼中是这种“始乱终弃”的女人吗？

叶旋一愣。说不上是因为穆然的话，还是因为眼前苏萤那抹让人挪不开视线的笑容，他觉得脑海里空白一片，如果能多维持她这样的笑容一秒，那随便母亲说什么吧，什么都行。

“你说话啊！”苏萤推了推他的肩，指腹下结实的触感让她忙收回手，贴在墙壁。

“那你怎么回答她的？”

“还没来得及回呢，你就闯进来了。”

叶旋流露出一丝懊恼的神色，没想到苏萤忽然抬手托住他的腮，逼着他抬起头来。

她手下微微使劲，揪着他的脸颊摆出一张笑脸来，然后心满意足地点点头：“这样才对，这个笑眯眯的样子才符合你。”

两人靠得太近了，苏萤的心里忽然打起鼓。

她刚刚意识到踮着脚去扯他脸的自己，已经完全凑在他身前，而随着他抬臂撑住墙，她就完全被拢在了他的领域里——属于叶旋的气息，混合着雨后的湿润。刚刚还在试图逗他开心的苏萤，慌慌张张地松开手，落荒而逃。可惜，叶旋的速度比她快多了。

他低下头，轻轻地，却又准确无误地噙住她的唇。

苏萤睁着眼睛，入目是他闭合的眼和纤长的睫毛，她连呼吸都忘了，却还记得闭上眼睛。

耳膜处传来的心跳如同擂鼓，一个声音在她心里回旋，她喜欢这个人，无论年纪几何，家世如何，前路如何，她此刻的心跳因他而起，而且，她不想再忍了。

叶旋内心做好了随时会被推开的准备，甚至就算被她捶上几拳都有可能。

所以当她的气息微动，他立刻朝后退了一点儿。没想到的是，她竟然踮起脚重新主动吻上他。

那是一个被加深了的吻，说不上谁更主动，仿佛没有休止，气息相融。

苏萤的手指抠在了爬山虎的藤蔓间，直到手腕被他温柔地抬起，十指交握。

也许，有一天他们终究会分开，苏萤浑浑噩噩地想，但那个想要分开的人，一定不是她。

Chapter11
无条件宠溺

夜。

苏萤辗转反侧，那个自己化被动为主动的吻在脑海里挥之不去。

他的手指与她交扣，他的气息近在鼻尖，最后，当她完全清醒过来的时候，才发现自己竟然踩在他的鞋面上，双手搂在他的颈后。

天，她大概是疯了。

苏萤翻了个身，结果刚好看见客厅的沙发，顿时又想起之前叶旋留宿，他在沙发上蜷着长腿盖着薄毯的模样，身体又再度发热，简直是魔怔了。

明天还要上课，晚上还要给他补课，一天二十四小时，除了睡觉的几小时，他们几乎形影不离，她觉得自己可能中了毒，一种叫叶旋的不解之毒。

突然，手机突兀地响了起来。

苏萤迷迷糊糊地摸过手机，才看了一眼就醒了——是叶旋。

他连着发了三句话。

——小鱼问："大……鱼……你……喜……欢……我……吗？"

——大鱼说："我喜欢吃讲话慢的小鱼。"

——小鱼说："好的，我改了，再见！"

苏萤读完了，莫名觉得好笑。

大半夜的，他居然突然给她发这种冷笑话，也不知在想些什么。

苏萤回：半夜三更不睡觉，你想什么呢？

对面很快回了：第八个字。

半夜三更不睡觉你想什么呢？——第八个字：你。

苏萤的耳后霍地一热，她飞快地把手机扣在枕头上。她都能想象得出那家伙打下这个四个字的时候，眼中带笑的模样。

她靠在床头，双手捧着手机，一根手指点着键盘：不跟你胡扯，我要睡了。

结果对方飞快回了过来：明天早饭想吃什么？

苏萤回：随便吃点，问这个干吗？你请客吗？

叶旌：管女朋友的饭，必须的。

盯着“女朋友”三个字，苏萤发了好几秒的呆。等她注意到自己嘴角不自觉挂上了笑，才噙着笑意打字：谁同意当你女朋友了？

不出所料，叶旌的电话立刻打了过来。

她哪儿敢接啊！打打字她还能耍耍威风逗他，真要亲口说话，估计没两句她就服软认输了。

苏萤果断地挂断了来电。

叶旌果然又发了语音过来，苏萤想了想，插上了耳机播放，这样他的声音就如同耳语了。

他像个奓毛的孩子找她理论：“阿萤，亲都亲了，你要对我负责！”半真半假，说到末尾他自己先笑了。

苏萤清了清嗓子，也发了语音：“做模特的时候，我拍的片子比这亲热的多了去了。每个人都要我负责的话，我得娶多少房回来啊？”

语音刚发出去，苏萤就又后悔了。她干吗呀，为什么要说这样的话，万一他当真了呢？

她越是着急，手机还越是安静了，本来总是秒回的叶旌这次好一会儿都没有动静。她果然不该拿这种事开玩笑的，现在还能撤回吗？

苏萤点了撤回，系统提示超过两分钟不可撤回——她真是搬起石头砸自己的脚了。

就在苏萤天人交战，琢磨着要不要主动承认撒谎的时候，叶旌总算回复了。

这次是文字信息：好吧，那我继续加油。

隔着屏幕，苏萤都能感受到他的失落和退让，她忽然就心疼了。

叶旌确实是胸闷得慌，本来明明兴奋得睡不着觉，想着试试苏萤有没有睡，谁知道捅出了娄子，给自己添了堵。虽然他一个劲地自我安慰那是工作、那是假的、那是拍摄需要，可一想到她的唇吻别人，他就几乎立刻窒息。

即便如此，他还是不忍心怪她，只说自己继续努力。努力什么？大概是努力成为“被承认的”男朋友吧。

就在叶旌快要被自己折磨得再度失眠时，手机忽然响了。

苏萤发了语音过来，他点了两次都点歪了，第三次才播放出来。

她在那边轻笑，大概是在卧室，安静得能听见一点回音。她说：“逗你玩的，拍片子的时候那些都是借位。”

于是，遇见苏萤之后很久没有再失眠过的叶小少爷，在这个冬夜里，再次失眠了，脑海里仿佛环绕立体声一般，都是那个略带磁性的女声。

她说，他是自己吻过的第一个人。

林锦锦最近觉得压力很大——身边的某人忽然彻底转了性情，是一件非常可怕的事情，因为对同一件事，你却会忽然变得不知道该做出什么反应。

比如，当林锦锦看见楠大的女学生在网吧里织围巾的时候，她像从前一样感慨：“千辛万苦才考进难楠都大学，总不会是为了来学怎么织毛衣的吧？浪费光阴啊，这是……”

如果放在从前，苏萤一定会停下手中的事，看一眼花痴少女们，然后冷淡地评价一句“她们将来会后悔的”，然后不为所动地继续忙碌。

可如今情势突变！

苏萤居然停下了画了一半的设计稿，认真地向林锦锦求教：“在一起的第一个圣诞节送点什么比较好？”

林锦锦说：“投其所好，那小子喜欢打球就送定制球服，喜欢编程就送机械键盘。总之要送他不离身的东西。”

苏萤若有所思地看向网吧里那几个正红着脸交流编织经验的女生，问：“围巾怎么样？不离身，还显眼，忘都忘不掉。”

林锦锦捂住额头，连连哀号：“萤萤！你中毒了！”

对，苏萤很赞同闺密的看法，她大概真的是中了毒，还是无药可医的那种，所以才会在这样的冬日午后，坐在床沿跟一堆剪不断理还乱的毛线纠缠不休。

她不得不承认，在女红方面自己确实很不合格，毕竟，林锦锦是陪着她一起学的，为了陪她，林锦锦甚至也织了一条黑色的围巾，而且不出三天就织完了，她却还在跟一堆毛线剪不断理还乱，原地踏步。

啊！她究竟为什么要跟自己过不去！

苏萤丧气地把织了一半的围巾砸在膝头。为了能赶在圣诞节之前完工，她甚至推掉了便利店的兼职，但看这进展状况，即便如此也未必赶得上。

门忽然被人敲响了，苏萤以为是救兵林锦锦抵达，就一边扯着缚住腿的毛线，一边随手拉开了门。

于是，叶旋就看到了一个见所未见的小姐姐——

她穿着白色的珊瑚绒家居服，领子后面垂着毛绒兔耳朵，内搭的灰色绒衣胸前是戴着黑框眼镜的兔子先生，就连脚下的棉拖鞋也是两团糯米丸子似的小雪兔。

叶旋这才想起来，苏萤是属兔的，可她平日里黑白灰惯了，根本没流露过一星半点萌态，谁会料到私底下她竟也有充满少女心的一面。

他眼角眉梢的笑，让苏萤窘得恨不得逃回卧室里去。可是，她逃不掉——因为从手头上滚落的红色毛线早已经乱麻似的缠在脚下、手上。

什么叫作茧自缚？这就是，苏萤沮丧地想。

叶旋忍着笑，把毛线从她的发梢摘下来，又细致地捻着线从她的手臂、毛线针之间穿行，终于慢慢将她“解救”出来，这才指着她手里的半成品，问：“你这是要织一张网，把我困住吗？”

苏萤丧气地把毛茸茸的围巾揪成一团往小沙发上一扔：“林锦锦的，我嫌碍事，打算替她扔了。”

“她有男朋友了吗？这种宽度，是给男生织的吧？”

眼看叶旋拾起了围巾，苏萤连忙上前一把抢了回来藏在身后：“谁规定女生就不能用宽围巾？”

叶旋不急不恼地点点头：“所以这是‘你’织给自己的吗？”

苏萤没注意到他的陷阱，顺水推舟地说：“没错！给我的。”

“哦——”

叶旋一眼看见了床沿上摊着的编织教程。

书的页脚已经卷起来了，显然被翻来翻去了许多次，他几乎能想象出她跟毛线做斗争的时候，既不肯认输又无论如何都搞不定的模样。服输啊，这件事，他的小姐姐怕是还没学会呢。

“这里，应该这样啊！”叶旋说。

苏萤狐疑地凑上前，看向他修长手指指向的地方，不由吃惊，那正是她每每出错的步骤，总是不知道线究竟是怎么从左下就去了右上，三股就成两股——简直头大。

“你怎么知道应该这样织？”

叶旋挑眉，用食指戳了戳自己的太阳穴：“靠脑子啊，这个图示不是很明显吗？”说话间，他已经从苏萤怀里抽走了乱成麻的围巾，低下头蹙着眉，细心地挑开交叠的毛线，目光顺着线的走向而动。

窗外是轻暖的午后阳光，照在他专注的侧脸，俊朗得仿佛是日本漫画里走出来的秀美少年，让人觉得连大声呼吸都怕惊扰了他。

他试着将毛线按照图示理顺，又有模有样地将木针架在修长的指间。说也奇怪，在苏萤手里比手术刀还难掌握的织针，在叶旋手下却如同翻飞的精灵，与毛线形成了微妙的牵制，相辅相成，一切井然有序。

“你以前是不是织过？”苏萤忍不住开口。

叶旋手里动作都没停，抬起桃花眼似笑非笑地盯着她：“你觉得我是那种娘娘腔的人吗？”

不是。可他这女红比她这个真正的女性做得溜多了！

看着苏萤欲言又止的模样，叶旋停下了手里的动作，拍了下身边的位置：“过来。”

苏萤还沉浸在感慨中，问：“干吗？”

“教你啊！”叶旋反问，“你该不会要让我把这一条围巾都织完吧？”

也没什么不好的，反正终究要给他。腹诽归腹诽，苏萤还是勤学好问地坐到床沿，探过身去看他的手法。

叶旋蹙眉：“这样逆着角度，你能看明白吗？”

“能……”吧，大概。

“那你试试。”说着，叶旋就要把针线递过来。

苏萤连忙往后缩，她哪儿看懂了啊！刚刚视线都被他的手指吸引了好吗。

可是，等她像叶旋说的那样，坐到他身前，从“他的视角”出发学习的时候，才发现自己又着了某人的道。这哪是什么“第一视角”的学习，明明是整个人被圈进怀里了好不好！

“这里，线卡在指间，就不会跟刚刚的那股弄混了。”他的声音和别的任何人都不同，比少年音要低沉，又比青年的声音要清朗，那是介于少年与青年之间最容易触动少女心的频率。

而这声音就在耳畔，即使说的不是情话，都能让耳朵怀孕。

苏萤根本听不进他到底教了些什么，所以，当他把针线交还给她的时候，她理所当然地继续发蒙。

叶旋好气又好笑地扶住她的手背：“线从这里走。”

线怎么走，针怎么放，他怎么说，她就怎么做。

原来有个人能依赖是这样让人安心的事，即使那个人比她年纪小，即使她总疑心聚散终有时。即便如此，她还是沉溺在这温柔当中。

爱一秒，是一秒。

线竟然神奇地理顺了，针脚平整得不像出自苏萤之手。

“我好像会了——”她兴奋地回头，可话只说了一半就被他堵在唇间。

那是一个温柔得像在亲吻花瓣一般的吻，苏萤察觉到他的手在腰后支撑着她，像是怕她吃不住这温柔的力道。

如果有人告诉半年前的苏萤，她会因为一个吻而期待一生，她一定嗤之以鼻。她怎么可能料到自己会沉溺在一个少年缠绵的吻里不可自拔。甚至渴望彼此能够靠得更近一点，再近一点。

叶旋仿佛听见了她的心声，抬起手来扶在她的脑后，小拇指和无名指则落在她的耳郭与耳垂，有一下没一下地轻轻抚摸。

只是那么一丁点的碰触而已，却像在干燥的草原上放了一把火，苏萤闭着眼，任由他无限期地延长这个吻。

直到苏萤终于从脑缺氧的状态中恢复过来，才发现自己竟然软软地靠在叶旋怀里。而他背靠着墙，正轻轻抚摸着她垂到肩头的发丝，与她目光相对，他立刻绽开笑容，云淡风轻似的，可惜红透了的耳郭还是暴露了他的紧张羞赧。

“疼吗？”他问。

苏萤脑内轰地炸开了锅。这话问得！不过是接吻，怎么会疼？！

被她怒目而视，叶旌立刻委屈地说：“可我疼。”

她终于看见了他下嘴唇上渗出来的血丝。叶旌的唇生得很好，不似苏萤唇瓣薄看起来那么凉薄，也不会因为太厚而憨笨，恰到好处的厚度显得性感而不失深情。而此刻，咬破这“性感”的嘴唇的行为简直是罪恶滔天。

苏萤咽了口唾沫：“我弄的吗？”

“不然呢？难道是我自己咬的？”叶旌一副委屈得要哭的模样。

“疼吗？”苏萤伸手，试图去触碰破了的地方。她刚刚到底做了些什么啊，为什么完全没印象？

叶旌灵活地一闪，避开了她的手指。

“对不起。”苏萤诚恳地为自己的莽撞道歉。

“对不起就行了吗？”

“那你想怎样？”

叶旌笑着，目光飘向苏萤手里的围巾：“血债肉偿。”

苏萤挑眉。他赶紧改口：“手工偿、手工偿。”说着又捂嘴，咝地吸了口冷气，“一动就疼啊！”

不就牙尖尖大的小口子吗，有那么疼吗？苏萤狐疑地冷眼看他。

“不然你让我咬一口试试？”

叶旌说着作势又俯身，苏萤连忙从他怀里挣脱出来，拿围巾挡在身前：“别乱动！”不是怕他胡来，现在比起他，苏萤更怕自己会胡来，咬破对方嘴唇什么的，说出去都没脸见人了！

叶旌手撑着床沿，歪头：“你不为这个负责吗？”

苏萤摇头。

“过来。”他笑着说。

苏萤非但没往前，反而又退了半步。

叶旋飞快地起身，动作敏捷地一把抓住她手里的半成品围巾向身前一拉，连人带围巾一起拉到身前，然后就势将已经织完的那段往她脖子上一裹，彻彻底底地将她锁在身前。

围巾蓬松柔软，遮盖了苏萤半个脸蛋。

修长的手指拨开围巾，让她小巧的下巴和微微红肿的嘴唇重新露出来。叶旋的眸光落在她的唇瓣，慢慢靠近，一点一点重新捕获她的唇。

苏萤小心翼翼地，生怕再碰到他的伤口。可刚刚还在呼痛的叶旋却像没事人一样，辗转加深，呼吸一点点变得急促，又怕伤到她，又不舍得放开哪怕一点点。

那种急切靠近又努力维持冷静的冲突感，被苏萤敏感地捕捉到。她心底生起隐隐的感动，终于抬起手来从脑后拥住他，直起腰身回应他的情动。

平安夜很快就来了，校园里的节日氛围完全不输给大商圈。

楠都大学一年一度的圣诞晚会也在平安夜如期举行，那是一场学生们的狂欢，从晚上六点开始暖场，一直持续到十点半。

作为主持人，苏萤等人自然也几乎站满了全场。按照邱礼源的计划，他跟苏萤一对，唐梦楚和叶旋一对，彼此井水不犯河水。

可谁都没料到，第一次作为主持人登场的小太阳叶旋，居然以超快的临场应变能力，在一次演员迟到临时调序之后迅速 hold 住全场，将一板一眼的邱礼源和唐梦楚都甩在了身后。

唯独苏萤似乎没花什么工夫，就跟上了叶旋的节奏，两人的互动自然有爱，完全没被场下的学生们看出端倪来，一切进展得颇为顺利。

快要谢幕的时候，罗姜去后台探望唐梦楚，结果正在喝水的苏萤不小心看见了他系着的围巾，黑色的毛线围巾，和她织给叶旋的红围巾同款不同色。

林锦锦当初说陪着苏萤织了玩，于是织了这样一条黑色围巾。这是巧合吗？苏萤静静地打量罗姜。

叶旋走过来，比了个噤声的手势，拉着苏萤悄悄退出了候场区。

其他人没发现这两人的动静，但唐梦楚看见了，她的视线越过罗姜的肩头追着叶旋飘远。

“梦楚？”罗姜追问，“这真的是你亲手织给我的吗，我是不是在做梦？”

唐梦楚心不在焉地“嗯”了一声。

罗姜欣喜若狂：“我……我简直太感动了。”

唐梦楚这才把视线放在他脸上，这个被她当作“眼线”的男孩已经在身边唠叨了许久，可她其实一个字也没听进去。罗姜是否喜欢她，对她来说并不重要，重要的是，罗姜是叶旋最好的朋友，有了罗姜，她可以轻易打听到任何关于叶旋的事。

所以，她才从不拒绝罗姜的接近。

所以，罗姜才一直有错觉，唐梦楚似乎有那么一点喜欢自己。

可事实上，唐梦楚连眼前的男生究竟说了些什么都没听进去：“抱歉，太吵了，我听不清你说话。”在罗姜的兴奋当中，唐梦楚匆匆忙忙地走了。

罗姜脸上的笑容，像是干裂碎开的面具，如果心碎有声音，此刻他心碎的声音大概足够覆盖场外逐渐升起的喧嚣。过了许久，他终于自嘲地干笑了声，低头看见围在脖子上的黑色毛线围巾，眼底的疑惑更深了。如果这条作为圣诞礼物被匿名送给他的围巾并不是出自唐梦楚之手，那会是谁？

外场的喧嚣一阵高过一阵，甚至比之前晚会的时候更加热闹。

原来，刚刚 ending（结束）的乐队表演完之后，观看晚会的学生们正要起身退场，忽然人群里传出一声尖锐的口哨来。

众人回头，才发现舞台上升起了崭新的帷幕，一点点露出粉色幕布上金色的文字来。

“苏萤，做我女朋友！”有人一字一字地跟着读了出来。

楠大的学生，没几个不认识设计系的苏萤，一见有人大手笔告白，顿时都来了兴致，也不着急离场了，全都好整以暇地等着看好戏。

西装革履的学生会主席邱礼源站在聚光灯之下，风度翩翩，深情款款地隔空告白。

可众人翘首以待了许久，女主角始终不曾露面。

后台，化妆间。

被堵在房间里的苏萤满头雾水，看着守门员似的叶旌，狐疑地问：“干吗不让我出去？外面怎么那么吵，出什么事了吗？”

“没有。”叶旌脖子上裹着那条两人“联合出品”的红围巾，刚刚他就是以索要礼物为由头，把苏萤骗回后台的。

苏萤拨他的手臂：“让我出去看看。”

他手臂肌肉很结实，不动如山。

“你到底瞒我什么了？”苏萤还穿着主持人金色的抹胸礼服，妆容精美，一如镜头下那般美得惊心。

叶旌脱下了西装外套，从前胸将她一裹：“相信我，你这会儿不会想在外面的。”

尽管满心疑惑，苏萤还是选择了信他。

室内空调很足，她试图拿开盖在身上的外套，却被他一把拦住了。

“在舞台上那是没办法，这会儿已经不是主持时间了。”说白了，在舞台上没人能居高临下地看她，离开舞台，情况就不一样了，连他都忍不住被那优美的曲线吸引目光，何况别人！

苏萤白了他一眼，坐回化妆镜前，外面还在吵吵嚷嚷，走廊上还有人跑来跑去的声音。

她一边找手机，一边说："刚唐梦楚拉你手了。"

"邱礼源还搭你肩膀了呢。"还是裸肩！

"你没躲。"

"你也没——"哦不，后来苏萤就不着痕迹地挪到他身边了。

苏萤从镜中挑眉看他。

叶旌装可怜，说："我甩了，没甩开。"

"看你笑眯眯的，明明很享受。"苏萤慢条斯理地摸了摸指甲边缘。

叶旌被她那副装出来的淡定模样惹笑了："我笑是因为左手牵着你，不是因为右边站着唐梦楚。"

"里面有人！苏萤是在这儿卸妆吧——"走廊里传来女孩的声音，而后是拍门声，"苏萤！苏萤，快出来哦，大家都在等你！"

苏萤一愣，看向叶旌，他神色淡定，显然很清楚外面的情况。她起身，盯着叶旌的眼睛走到门边，一把拉开化妆间的门。

原本脸贴在门上听动静的学生们一下跌了进来，尴尬地解释："那个，外面都在等你。"

苏萤蹙眉："等我干什么？"不是已经谢幕过了吗？

"邱礼源当众跟你告白，你该不会没听见吧——"女生话说了一半，终于注意到从门口慢慢踱步出来的那双大长腿。

几人看看苏萤，又看看叶旌，目光从苏萤神色不定的脸挪到她裹着的男式西装外套，终于，恍然大悟。

"你们俩！"

叶旌没等对方说完，已经一把揽着苏萤的肩头，低声说："走吧，回家。"

"等一下。"走道里传来甜美的女声。

唐梦楚站在走廊尽头，同样是盛装，美艳得不可方物。她看着苏萤，不无指责地说："邱学长为了你筹备了那么久，为了帮他告白大家都花费了许多时间、精力，学姐，你连去看一眼，尊重一下别人的劳动成果都不行吗？”

说得多么义正词严啊！

苏萤都想替她鼓掌。一句话而已，就塑造了自己温柔贤惠的形象，顺便把苏萤推到负心的位置上。

“是我强迫他这么做的吗？”被叶旌揽着的苏萤冷冷地问。

“什么？”

“事是邱礼源自己想做，征服的快感也是他享用，我有什么义务一定要配合？抱歉，我很忙。”说完，苏萤又对身侧的叶旌说，“我们走吧。”

叶旌温柔地看着她，特别喜欢她这种毫不拖泥带水的性格。

不，事实上，无论是苏萤的哪一面，他都一样喜欢。

而这种无条件的宠溺在唐梦楚眼里要多扎眼有多扎眼。她终于没能忍住，在众人面前向苏萤发难：“一个邱学长还不够吗？你还要吊着多少人才安心？学姐，放过叶学长吧，他比你还小。”

“你说错了。”叶旌转头，眉目温柔。

唐梦楚泪眼蒙眬地看着他。

“可那又怎么样？”叶旌道，“就算阿萤比我大三十岁，也是我在追求她。”

原本在前台等着苏萤出现的八卦群众，此刻已经陆续汇集到后台来，叶旌的这一句“我在追求她”引得人群里顿时爆发出口哨来。

被众人簇拥着的邱礼源脸色铁青，他原本就高，穿过人群都能看见那两个相依离去的背影，他伸手扯开了领带，喉头发紧。

“邱……”

没等同伴把话说完，邱礼源已经一拳打在墙壁，转身往反方向走去。

楠大的主干道上，零星走着晚会散场离开的学生，从活动中心会场出来的苏萤还穿着金色礼服，虽然外面套上了叶旌的羽绒服，但金色的裙摆和细高跟鞋依旧醒目。

更衣室在同一处，苏萤不想跟邱礼源、唐梦楚再碰面，叶旌当然也不想给她添堵。

但站在冷风中，她有点后悔冲动了。

“我去取车，你是在这里等我，还是跟我走？”

“跟你走。”苏萤毫不犹豫，比起站在这里被注视，她宁可选择一起吹风。

叶旌笑着替她拢了拢衣领，自然而然地牵起了她的手。

这路线不是去地下停车库的。苏萤问：“去哪儿？不是拿机车吗？”

“嗯，拿车。”

“机车不是不让停路边吗？”

叶旌点点头：“确实不让。”一边说着，一边拿出什么按了一下。

随着嘟的一声，苏萤身边的一辆红色奥迪亮起了车灯。她吓了一跳，却见他弯腰拉开车门，做了个请的手势。

直到车开出了南大门口的十字路口，苏萤才转头问：“你买车了？”

“嗯，刚提的，等了两个月。”叶旌笑眯眯地问，“颜色喜欢吗？”

喜欢。但这不是关键，豪车这种东西，是随随便便想买就买的吗。

“我把哈雷折价卖掉了，又添了钱换的这辆。”叶旌邀功似的解释，“八月我不是刚把手头的项目打包卖了嘛！”

八月？苏萤想了想，问：“去帝都的那次？”

“嗯。”叶旌笑，“你看，我还是有做正经事的。”

苏萤问：“阿姨不是说你很喜欢那辆摩托吗？”

“你总穿裙子高跟鞋，机车载起来不方便。”叶旌理所当然地说，“要不是这个颜色没有现车，整整等了俩月才提，我早就换了。”

两个月前吗。苏萤想了想，那是入秋的时候，他们相识两个月，他刚告白，她刚拒绝。在那样情势不明的时候，他就已经以她的方便作为出发点考量，来左右自己的决定了吗。

这一刻，苏萤才明白从前的自己有多么杞人忧天。她以为这少年不过是一时兴起，却没料到他早已经将自己安排进他的人生。

Chapter12

除了你，什么也没有

圣诞晚会之后，小太阳叶旌正在与设计系女王苏萤恋爱的消息不胫而走。从前对苏萤心有余而力不足的男生纷纷打赌：不出俩月，必然分手。

理由是苏萤没有公主命偏有公主病，穷得上不起学，却偏偏高冷得像千金小姐。这种脾气可远观不可近赏，没哪个男人能长期忍受她。更何况，还是叶旌这种从小被女孩子们追捧的小帅哥，凭什么要纡尊降贵哄着她。

分，必分！

可网上有人发起了名为《今天叶旌苏萤分手了吗？》的打卡帖没两天，一则视频就在校园内传开了。

那是一则原本只在帝都播放的别墅广告，不知被谁发现并下载分享到校园网上来。男帅女靓，关键是广告里两个人金童玉女宛如天成，不但完全看不出年龄差，甚至还能明显地从男方的眼神里看见名为宠爱的情绪。

模特不是演员，漂亮是基本功，而感情就只能靠真情流露了。

热评第一条来自匿名用户：看了这个，我不想再打卡他们分手了。

此评论点赞过百。

“怎么样？快夸我，快夸我！”林锦锦撒着娇抱住苏萤的胳膊，“本小姐出马，一个顶俩。萤萤我跟你说，这年头实力才是硬道理。不过说起来，叶同学难道在那时候就对你一见钟情了吗？”

苏萤的视线停在屏幕上依偎着的两个人身上。

当初拍摄的时候，她虽然对这个明亮少年不由多几分关注，但到底没到爱情的地步——起码她曾经是这么认为的。但现在，苏萤有点吃不准了。评论里都在讨论叶旌看她的眼神宠溺至深，只有她自己惊讶地发现那个时候自己与他对视的眼里，就已经藏着根本无法否认的动心。

只是相较而言，苏萤的感情要内敛得多，所以只有她自己才能察觉其中的不同。

“锦锦，还没走呢？”来接班的网管小五走进网吧，不由多打量了一眼林锦锦身边的苏萤，“哎呀，我今天撞大运，居然见到了苏大美女。”

“别油嘴滑舌，我们萤萤名花有主了。”林锦锦斜睨了他一眼。

苏萤没什么表示。对于小五这种类型的搭讪，她早就见怪不怪了。

倒是小五见女神冷淡，自嘲地说：“我当然知道苏大美女名花有主，而且不止一个，哪儿是我们这种凡夫俗子能肖想的？”

苏萤面无表情，林锦锦倒是变了脸色，推搡了小五一把：“乱说什么啊！”

小五揉着胳膊：“怎么乱说了？人人都知道楠大的两大校草为她争得头破血流。”

“人人是谁？”一直没开口的苏萤淡漠地问。

小五和林锦锦一愣，只听她接着说：“我认识他吗？”

这笑话，真冷。

林锦锦心想，她的萤萤被叶旌那小子潜移默化地带坏了。

小五笑不出来，辩解说：“有邱礼源的帖子没叶旌，有叶旌的帖子没邱礼源，两人现在水火不容，混论坛的人还有不知道的吗？”

那必然是邱礼源在捣鬼了，以叶旌的脾气，哪里有那闲工夫在论坛上折腾。

从网吧里出来之后，林锦锦欲言又止了好几次，好不容易组织好语言：“其实邱礼源也挺可怜的，你说他吧，其实本来也挺好的，连你都说他是一百分男朋友。只是追你那么久都没成果，结果眼见着你就投奔别人怀抱了，估计心里不好受吧。”

“锦锦，你说说看，邱礼源哪里好？”苏萤推着她慢慢走。

“一米八五的个子，家里要钱有钱、要权有权，虽然没叶旋那么逆天的脸蛋吧，也算路人里好看的那一类了，学涉外英语，还是学生会主席，哪儿不好啊？”

“不好。”苏萤简洁地说，“人品不好，什么都不好。”

林锦锦一脸意外。

直到苏萤把在活动中心那晚差点吃亏的事说出来，林锦锦才合上半天闭不上的嘴：“知人知面不知心啊！你为什么不早点告诉我？”

苏萤说：“说出来除了给你添堵也没别的用。何况，说不说都改变不了他手脚不干净的事实。”

“那不一样啊！”林锦锦捏拳，“我让小五黑了你们学校的监控，把他的丑恶嘴脸公布出来，看他还怎么在人前装情圣！”

苏萤笑起来：“有人已经做了。”

“谁啊？”

“他啊！”

林锦锦一秒反应过来，学着苏萤的口气，把其中的娇羞更夸大了一百倍：“他呀！”

苏萤笑着，推了她一把。

林锦锦大笑：“完蛋了完蛋了，你这是病入膏肓了！说起叶同学来，整个儿就是小女人附体啊！还我冰山冷美人，还我高冷萤萤！”

苏萤笑着不说话，可眼底还是划过一丝担忧——很显然，为了她，邱礼源跟叶旋结下梁子了，正在处心积虑想找叶旋的麻烦。

可小五刚刚提到，听说邱礼源正到处找人打听叶旌过去的事，他想打听的到底是什么呢？

不期然地，之前论坛上那张颓废少年的模糊照片浮现在苏萤脑海中。

那种莫名的不安，一下蔓延开来。

这天苏萤又在超市做促销，叶旌就在街对面的咖啡店里等她下班，隔着咖啡馆的玻璃幕墙，刚好可以彼此相望。

苏萤趁着没人的空隙偷眼打量他，他戴着耳机，屏幕反光照着他专注的脸，长指有节奏地翻飞，仿佛敲击的不是键盘而是黑白琴键。

她想，迷人这件事大概跟年龄真的没多大关系。就算对方只是一个初出茅庐的少年，一样有能耐把从十八到八十的异性都迷得团团转。比如，现在站在他桌边的学生妹，是今天下午的第几个了？

苏萤撇嘴。

他跟她的处世态度不一样，若是换成她的话，遇见搭讪的陌生人大约眼皮都不会抬一下，但他不会。他就算不耐烦，还是会笑脸待人，总是竭尽所能地把负面情绪压抑住。就算别人递情书过来，他也不会当面撕掉、扔掉——多半是走的时候直接丢在桌上而已。

他明明不是没有脾气的人，为什么总是习惯用微笑来伪装自己呢？苏萤不止一次这样想。

“学弟，可以和你交换一下微信吗？”站在叶旌桌边的女生红着脸请求，“我一月份刚刚考过研，有些资料可以送给你。”

叶旌礼貌地说：“不用了，我没有考研计划，谢谢。”

“怎么会呢？”谁不知道他的专业课成绩在全系都是拔尖的，他居然不考研，这不科学！

“嗯，你没听错。”叶旌温和地请求，“我在忙，如果没有别的事，可以——”说着，他做了个请的手势。

所有人都说叶旌是小太阳一样的性格，女生简直难以相信，他居然会这样近乎无礼地赶人，一定是被那个从小三教九流混圈子的苏萤给带坏了！

“有句话，我不知道应不应该讲。”女生为难地说。

“那就别讲。”叶旌毫不客气地说，脸上刚刚那点笑也已经荡然无存。

“你应该上网搜一搜苏萤，对她多了解一点。”说着，女生把自己的手机摊在叶旌面前，用来证明她并不是无中生有。

屏幕上的照片已经放大了，能看见是穿着高跟鞋的苏萤正从一辆红色奥迪上走下来，弯下腰，笑吟吟地看向驾驶座。

人人都知道叶旌的代步工具是辆哈雷摩托，那苏萤，不是出轨是什么？

“多看看，你就会知道她并不像你想象中的那么好。”女生底气十足地说。

叶旌总算停下了敲键盘的动作，取下耳机，似笑非笑地问：“不像我想象的那么好？你知道我心里她是什么样的吗？”他压根儿不打算跟陌生人解释，这辆红色奥迪的车主正是自己。

女生被挤对得一时答不上来。

叶旌微笑：“她聪明勇敢，坚强独立，这个世上没人比她好。”

“她根本不是——”

“没听清楚吗？”叶旌维持着那个笑容，毫不留情地打断了她，“在我这里，她就是最好的，没有之一。”

女生捂嘴摇头，终于在他那个仿佛在笑，却带着无形压迫力的笑容下转身跑开，没想到推咖啡馆玻璃门的时候，刚好与进来的人撞上。

她一抬头，错愕地发现来人短发齐肩，肤白胜雪，手里拎着对面超市的便利袋——竟正是被她诋毁的苏萤本人。

然而苏萤根本没打算多看她一眼，拎着袋子快步向内走去。

“结束了啊？”叶旌调子轻快，起身从她手中接过袋子。

苏萤被他拉着坐在身边，瞥了眼电脑屏幕，灰色的界面，密集的格子连成一片——居然是扫雷的小游戏界面。

她不由失笑：“怎么在玩这个？我当你在做正经事。”

“就是正经事啊！”叶旌把鼠标垫递到她手中，“正经得不能更正经了，不信你试试。”

苏萤拗不过他，只好安安静静地扫起雷来。

这种小游戏，说简单也简单，却最是考量人的思维能力，苏萤在这方面不算擅长，所以集中了全部注意力，以至于叶旌把水杯递过来的时候她想也没想就叼住了吸管，等她发现这根本就是间接接吻的时候，杯子已经喝得见底了。

“好啦。”苏萤终于松了一口气，食指一落，点开了最后一块安全地。

随着她的动作，扫雷界面上大块的方块都随之一连串地掀开，藏于其下的雷也就全部暴露了出来。

苏萤惊讶地看着屏幕上的雷组成的形状，然后捂着嘴看向身旁正托腮看着自己笑的少年。

——屏幕上，雷的形状赫然拼成了字母：S、Y。

她和他的首字母缩写。

“这个程序……”

“我现编的。”叶旌邀功，“怎么样，我说是正经事，没骗你吧！”

苏萤的酒窝都浮现出来了：“对你来说，还不是小 case 吗？”

“是啊，对我是的。”叶旌不满地说明，“对别人来说没那么容易啊，你都不夸一夸我厉害吗？”

他像个讨要夸赞的小孩子似的，苏萤忍不住凑上前，在他脸颊上快速地吻了一下。

叶旋立刻心满意足，眉开眼笑。

“这么多套路。”苏萤故意说，“你这是把追女朋友的套路统统都用在我身上了吧？”

叶旋摇头：“没全部，还多呢，一百年不知道够不够用完。”

苏萤不由笑出声。

忽然有人从桌边经过，狠狠地撞了一下桌角，空了的杯子晃了一下，险些落地，幸好叶旋眼明手快才扶住了。

苏萤抬头，正对上邱礼源带着攻击性的眸子，也不知道他究竟在他们身后多久了。

“抱歉，这桌子太碍事了。”邱礼源说。

“没关系，桌子没长眼睛，所以它不知道人也不长眼睛。”叶旋将杯子放置好。

“嘴巴放干净点！”

叶旋反问：“对谁？对桌子吗？”

邱礼源很疑心这小子究竟是怎么安全长大的，毕竟，每次对话自己都有动手揍人的冲动。

“嘚瑟吧，我看你还能嘚瑟多久。”邱礼源语带深意地说。

叶旋根本不想多跟他抬杠，轻轻合上电脑，转头问苏萤：“晚饭想在哪里吃？”

苏萤被邱礼源离开前那个阴鸷的目光弄得心乱如麻，随口说：“随便吧。”

叶旋一听，正中下怀，立刻低头在她眉心一吻：“那正好！去我家吧！”

云姨又不在家，据叶旋说是家里临时有事，可苏萤对此表示怀疑——

等红灯的时候，他明明悄悄地发了几条短信，她瞥见了回信人正是云姨。

她已经懒得戳穿他了。

苏萤窝在楼上书房里翻书，既然叶旌说今儿个晚餐交给他，她自然乐享其成，最多是食物难以下咽，他总不至于烧掉厨房吧。

叶家宅子大，叶氏夫妇和叶旌的书房各自分开，叶旌的这间与楼下穆然的不同，书更杂，也更有趣。

苏萤手指拂过书脊，慢慢走，慢慢看。叶旌的涉猎比她想象中还要广，不单单是时尚设计、编程语言，也不乏中西医学、心理学的专业书籍，甚至西方案例。

一张粉色的小卡片，正好从她手指边的两本书之间冒出来了一点。

苏萤犹豫了一下，终究没战胜得了好奇心，抽了出来，结果一眼看见的就是自己的名字：阿萤，生日心愿只有一个，你想听吗？

字迹不羁，是出自叶旌之手。苏萤想起十月他生日那晚，说是他在家里准备好了等她来的，结果被放了鸽子，失望得无以复加。

这卡片，大概是当时他为自己准备的“告白惊喜”。

他的心愿啊……

——“我的愿望是——往后的每年生日，都能收到你亲手叠的星星。”

苏萤莞尔。

“在看什么？”叶旌进门，正看见台灯下她温柔微笑的模样。

苏萤扬了扬手中的卡片：“给我的？”

叶旌一怔，清了清嗓子，故作淡定地走过去：“这是什么？”

苏萤挑眉。

“让我看看呢。”他凑近了，突然出其不意地从她指间抽走了卡片，就手往裤兜里一塞，“哦，练字用的。”

苏萤：“……”

撒谎连一秒草稿都不用打。她就势坐进身边的藤椅里，一言不发，淡淡地打量他。

叶旋不知道哪儿得罪了小姐姐，说什么她都不理，最后没辙了，只好单膝跪在她面前，眨着星星眼求饶：“我承认还不行吗？卡片是当初藏在生日蛋糕里的。”

“蛋糕呢？”

“打翻了。反正你也不来，我又要去帝都找你，蛋糕也没人吃了，翻就翻了吧。”

苏萤直觉有一丝不安，可叶旋小狗讨好似的神情，又让她不知道不安从何而起。

楼下忽然传出一阵尖锐的长哨，苏萤吓了一跳。

叶旋立刻直起身：“已经好了。”

“你做了什么？”

“跟我去看看就知道了。”说着，叶旋就弯下腰，像抱孩子似的双臂从她腰间往后伸去，直接把人从藤椅里抱了出来。

脚底腾空，为了增加安全感，苏萤只能用腿盘住他的身子，双臂搂在他颈后，整个人挂在他身上。

“放手啊！”

“不放。”叶旋抱着她往外走，“你不生气了才放。”

“没生气。”她就是想逼他说实话而已。

“真的？”

姿势太尴尬，面对着面，说话时候几乎要碰到对方的唇。

“真的，真的。”

叶旋笑开，朝前一倾，从他唇间溢出声音来：“那也不放，说不放就不放。”

孩子撒娇似的语气，可行动上一点儿也不孩子气！苏萤想着，只觉得自己快要脑缺氧了，他根本不给她留一点喘息的空间，连下楼的时候也不肯放开。

“小心楼梯。”她含混不清地提醒。

叶旌终于松开一点：“没事，走了二十年了，闭着眼睛都没问题。”说完，又向她凑了过来。

等两人进了厨房，叶旌要去端炉火上的小锅，终于不得不分开，居然顺手把苏萤放在了厨房的大理石案台上。

她手触到冰凉的石面，一下从激吻之中清醒过来。

叶旌恋恋不舍，又吻了她一下：“等等我。”转身去了灶台边，关火，端锅。

“这是什么？”

“山楂桂枝红糖水。”他把褐色的液体倒在玻璃碗里。

苏萤：“干吗用的？”

叶旌难得地露出赧色，顿了一下才说：“过几天你又该肚子疼了，我查过方子了，提前一周每天喝，肚子疼会缓解的。”

因为青春期就没人照顾，苏萤的生理期一向难熬。在帝都拍片的最后两天刚好赶上，她中途去药店买了止疼片，又硬是躺了两小时才重新开工。不过，也就那一次刚好被叶旌撞上了，没想到他竟然默默记到现在。

“太烫了，稍微等一等吧。”叶旌边吹着热气放下碗，边说，等他抬起头来的时候，不期然地被一双柔软的手抚住脸颊。

苏萤捧着他的脸，视线从他的眼睛慢慢向下移到泛红的唇，然后轻轻地贴了上去。

如果这个世上有什么东西可以让人光明正大地丧失理智，那大概就是恋爱中的激情，每一个渴望的念头仿佛从骨髓深处叫嚣着要冲出来，霸占交缠的躯壳。

苏萤的拖鞋落在厨房的地砖上，发出轻微的声响，可是缠绵的两个人谁都没有注意到。

连脚趾都蜷曲了，若不是靠着叶旋有力的手臂在腰后撑着，苏萤几乎要整个儿贴在案台后的玻璃橱柜上。

她从来没有想过，有朝一日有人能让自己甘愿放弃理智，沉沦于对方的世界，甚至拒绝去想这一个深吻之后的下一秒。

除了他，这一秒，什么都不重要。

“乖，再喝一点。”

苏萤慵懒地躺真皮沙发里，浑身乏力，眼皮都不乐意抬一下：“喝不下了，不喝了。”

玻璃碗被凑到她唇边，叶旋温柔地劝说：“多喝点，我保证你这一次肚子不疼了。”

苏萤白了他一眼：“你以为这是神仙汤呢，多喝就能管用。这种药在于长期慢慢调理的，一口吃成胖子怎么可能呢？”

“我知道啊，明天、后天，每天的都包在我身上。”叶旋拍了拍沙发前茶几上的书，示意自己真的很有诚意。

苏萤这才发现那本绿皮书，居然是《中药方剂学》，不由讶然——这家伙，怎么什么都会？

好说歹说，终于让苏萤把剩下的半碗汤药喝完了，叶旋心满意足地端着碗去洗。

见他走了，苏萤立马鲤鱼打挺从沙发上坐起身来，抽出《中药方剂学》压着的一沓 A4 纸。

那是一份名为 U-OPUS 的项目策划书，下方落款赫然是叶旋。

行业分析、项目前景、预算、投资回报率……一连串的内容之后，是苏萤不太能看明白的大段后端代码。不过，她还是看懂了其中的几张效果图，那似乎是一个时尚设计类的网站企划，包括 PC 和移动端。

她这才忽然意识到，尽管比自己还小，但叶旋眼看就要毕业，已经在为毕业设计乃至于将来的职业做规划了。

“你已经看到了啊，正好，我本来也打算让你提提意见。”叶旌坐在她身边，认真地问，“你感觉怎么样？”

苏萤没想到他会问自己意见，想了想，认真地说：“隔行如隔山。”

叶旌以为她要婉拒推托，没想到她居然接着说：“这些能让我看一看吗？我要稍微研究一下才好给你意见。”

一个人，要有多在意另一个人，才会愿意把对方的事当成自己的事来认真对待。这道理叶旌懂，他眼底有光闪过，但终究化作平平无奇的一句：“好啊，看多久都行。”

苏萤点点头，却听他笑了声：“说起来，你应该叫我一声学长。”

“做梦吧！”苏萤撇嘴，“我才不会让你得逞。”

然而，天不遂人愿——

隔了没几日，苏萤接到校办的通知，说有评优的资料需要填写，让她去办公室领，还说那边有负责的学长等着。

苏萤没多想就赶过去了，到了办公室外，果然从窗外看见里面有人影晃动。

办公室门关闭着，她毕恭毕敬地叩门，又说：“学长，主任让我来领一下评优的资料，我可以进去吗？”

门里没应答，脚步声倒是近了，苏萤疑惑地退了半步。

门开了，里面的人笑得仿佛眼里有星光。

“你刚刚叫我什么了？”叶旌一脸得意。

苏萤伸出手：“资料。”

叶旌抱肘：“刚刚还叫人学长，现在就这么没礼貌。”

“你故意的是吧，听见是我了，还故意不说话。”

叶旌摇头：“冤枉啊，我这不立刻来给学妹开门了吗？”

苏萤：“小人得志！”

叶旋欠揍地说："不，是学长得志——这可是你自己喊的。"

苏萤从他身侧挤进去，果然看见了准备好的资料，拿在手里就走。

叶旋忙一把拉住她："好啦，不要生气嘛，逗你玩的。"

苏萤故意板着脸，压根儿不理他的笑脸。

"我本来就比你高一年级啊——好了，好了，我不说就是了。"在苏萤威胁的视线里，叶旋连忙识趣地停止打趣。

其实苏萤不是真的生气，只是前两天刚说过不会让他得逞，这么快就被打脸实在让人不快。不过，现在看见叶旋小心翼翼地赔着不是，她难得地顽皮起来，故意刁难，板起脸，一言不发地往外走。

叶旋一把抱住她的腰，低头抵住她的额头，撒娇地说："对不起啦，不该戏弄你。阿萤，亲爱的小姐姐，原谅我好不好？你说什么我都答应，别气啦，虽然你板着脸也很好看。"

咔嗒。

一声轻微的声响响起。

苏萤和叶旋不约而同地回过头，正看见站在门口的几个学生，用不敢置信的眼神盯着他们。那眼里，分明写着：Oh，my god（我的上帝）！没想到男神是这样的男神！

苏萤连忙挣开他，叶旋倒是面不改色地替那几个人办好了资料领用手续，淡定得不像话。

等人走了，他回过神，看见苏萤正抱着手臂靠在墙边，一脸看好戏的表情："形象毁了吧？"

叶旋走上前，在她嘴角酒窝处落下一吻，低声说："无所谓了，反正这辈子我是栽在你手里了。"

这一日临近期末，苏萤向打工的超市告了假，打算全力以赴地备一段时间的考。

没想到刚离开超市，她便看见了树影里的少年，穿着滚黑边的白色羽绒服，戴着宽大的耳麦，微鬈的短发在冬日显得格外温暖。

看见苏萤出来，他立刻露出笑容，大步迎上前。

“不是说要准备毕业设计吗？”

“提前收工了。”

苏萤狐疑地看他，先前罗姜给他打电话时分明说得火烧眉毛似的，怎么一下又提前收工了。

“也不看看谁出马？”

苏萤啐了他一声，又不无为难：“我以为你没空，所以约了锦锦。”

“没关系，我可以陪你。”叶旌揽着她的肩，“你们要做什么？”

“给林爷爷做推拿。”

“你？”

“嗯。”苏萤笑，“我不像会做吗？”

叶旌笑嘻嘻地说：“不，你会做什么我都不意外。阿萤，你在我心里是万能的。”说话间，他取下耳麦套在她头上。

温柔的男声立刻流淌出来，包裹住苏萤。

《Soul Pub》——居然是她曾经最爱的一首单曲。歌手本身默默无名，唯独这一首知名作品红极一时，但随着时间流逝，也很少有人提及了。

见她眼中有光，叶旌问：“喜欢这首歌？”

“很喜欢。”苏萤说，“你怎么会找到这首歌？它红的时候，你应该才十来岁吧。”

“谁规定十岁就不能听小众歌？”

苏萤笑笑，没说话。这首歌是那一年同名的设计大赛主题曲，有且仅有这一次出现在公众面前。那场比赛是她人生的分水岭，所以这首歌即便曾经再怎么喜欢，她也没有胆量常常放在耳边循环。

但如今，意外重温，她才发现本以为会戳痛内心的歌，带来的却只是满满的回忆。

“谢谢你。”苏萤说。

叶旌看向她，少女侧颜温婉，放空的眼神带着一丝游离在回忆里的眷念。

他低下头，藏起了幽暗的目光。

这首歌，对他来说何尝不是一个过不去的坎。

两人到林家的时候，祖孙两人已经静候多时。

看见叶旌陪在苏萤旁边，林锦锦捂着嘴，双眼放光，目光时不时就飘到他身上去了。

趁着叶旌跟林爷爷说话的空当儿，林锦锦拉着苏萤耳语：“三百六十度无死角，我总算知道为什么你不肯接受邱礼源了——跟叶同学比起来，其他都是浮云。”

苏萤轻轻敲了下她的脑门：“我才不是颜控。”

“对，我知道，你爱的是他的灵魂。”

正说着，叶旌不经意地抬起眼，与苏萤的目光相碰，立刻笑意盈盈。

林锦锦捂住胸口：“小哥哥真的不考虑出道吗？”

苏萤：还是别了，现在的狂蜂浪蝶已经不少了。

因为林锦锦的腿脚不方便，林爷爷又是多年的中风后遗症，苏萤从很久以前就开始固定时间上门来替林爷爷推拿，手法娴熟、力道刚好。

林爷爷一边道谢，一边担心耽误了苏萤的期末考复习。

苏萤根本不放在心上，只是捏着老人干瘦的腿脚，问他近期肠胃情况有没有好转。

“我一把老骨头，能吃能睡就已经不错了，不求能恢复。苏小妹啊，我都听锦锦说了，你打工已经很忙了，以后真的不用特意来帮我按摩了。”

苏萤佯装生气：“您再说这种话我可就生气了。”说完，板着脸转身出去搓毛巾了。

人走远了，林爷爷还在说“莫气、莫气”，而后又转头对等候在一边的叶旌说：“小伙子啊，以后千万要珍惜苏小妹。她是这个世上绝无仅有的好姑娘，就算锦锦也比不上她的心肠。”

林锦锦笑着说：“是，我当然比不上苏姐姐，这一点小哥哥最清楚不过了。”

叶旌笑而不语。

林爷爷说：“你不要以为我这是说场面话。当初在医院里，锦锦出车祸，苏小妹的爸爸的手术室就在隔壁，我是亲眼见着她怎么熬过来的。且不说一个小姑娘独自处理医院那些个烦琐的手续有多困难，就光是她爸走了之后，她能把家里的债务都还清，就不是一般人做得到的——”

苏萤提起过，她父亲在母亲离世之后与自己越发疏远，但一直全力支持她学习设计、学画画，做她想做的一切，直到抑郁症复发，失控坠楼。那之后，她才知道多年以来，父亲为了维持她自由自在的生活欠下了诸多债务，并从此开始忙碌奔波，一心要替父偿债。

苏萤从没对他说这其中的艰辛，可从林爷爷口中，他几乎能想象出那个纤瘦的肩膀扛着多重的担子。

“最夸张的时候，萤萤她过午夜才回家，早上五点去超市打工，白天八节课还一堂不落。而且，她年年拿奖学金，进楠大也是高分录取。”林锦锦眼中有光，“她是我的偶像。”

叶旌沉默着，无意识地将手中的纸巾扯成碎片。

“她是吃过苦的孩子。”林爷爷盯着叶旌的眼睛，嘱托着，“这么多年了，我没见她谈过对象。她既然选择了你，我倚老卖老，恳请你，小伙子，对她好一点，日后无论发生什么，都一定别再让她受苦了。”

“爷爷——”

林爷爷制止了林锦锦的话，固执地对叶旌说：“就算被你嫌弃了我也要说，这些话，我不替小丫头说，也没别人能替她出头了。”

“您说。”叶旋眸光幽暗，但坐得笔直。

“看得出来，你是有钱人家的孩子，而且听锦锦说，你比苏小妹小几岁。”

“不多。”叶旋说，“年龄越大，差距越小。”

林爷爷点点头：“我不是对你们富二代孩子有什么偏见，但见得多了，也知道耳濡目染的影响。苏小妹虽然一直在外面拼，但没谈过对象，特别单纯，也特别善良，对于她相信的人就会死心塌地地信任对方。”

“我知道。”

“她在院子里，听不见。你告诉我，你对她，是认真的吗？”

谁会在恋爱中承认只是玩玩而已。这问题问得太直也太无效，可叶旋还是从里面读出了老人对苏萤深切的关心，或者说感恩。

“我爱苏萤。”

苏萤拿着毛巾，走到卧室门口刚好听见背对着她的叶旋简短而有力的一句告白。

林锦锦看见她了，但故意不动声色地继续对叶旋说：“小哥哥，萤萤她虽然有时候看着有点儿冷，有点儿凶啊，但其实她比谁都温柔。”

“我知道。”叶旋终于露出了这么久以来的第一个微笑，从黑暗里走出来的人，总是更加珍惜阳光，“对我来说，她就是深夜里的那道光。”

林锦锦笑，抬眼看向他身后。

叶旋跟着她的视线回头，只见苏萤脸上神色平淡，眼底却波涛汹涌，如同藏着万语千言。

离开的时候，林锦锦说什么都要送他们去车站，苏萤拗不过，只好答应一起。

叶旋双手插兜，听着闺密二人在一旁时不时附耳低语，又看见林锦锦时不时投来的窃笑，知道她俩在说自己，心底那点阴霾随着苏萤嘴角的酒窝而渐渐消散。

就像她说的，能走出来，真的太好了。

能遇见她，真的太好了。

手机忽然响了，是罗姜打来的，叶旌刚接通，对面就哇哇大叫着求救：“总之，你快点过来吧！我也不知道到底是哪儿的漏洞，都从头到尾筛了三遍了，还是bug一大串，要了我老命了！再不来，小心我在工作室悬梁自尽啊！”

“记得用裤腰带，别用网线，挂了。”叶旌说着，挂断了电话。

苏萤听见了只言片语，眨眨眼：“还愣着干吗？赶回去吧，不然明天你的毕业设计就要上社会版新闻了。”

叶旌没好气地说：“让他平时多用功，非不听，现在全都送到嘴边了他都吃不利索。”

“不是人人都像小哥哥你一样是天才呀。”林锦锦笑嘻嘻地说，“不过，如果我是你那个搭档，天天被比自己小几岁的人教训，一定很不爽吧。”

叶旌哼了声：“有机会你可以亲自问问他。”

林锦锦的脸居然红了。

苏萤一眼看见十字路口红绿灯前等候的公交：“回学校的车来了，叶旌，你先走吧。”

叶旌恋恋不舍地看向她，慢慢俯身，目光停在她红润的唇瓣。

苏萤躲了下，瞟了眼满眼冒红心的林锦锦：“锦锦还在呢。”

叶旌瞥了林锦锦一眼，果然，小姑娘正满面绯红地盯着他俩。

他顺手摘下了鸭舌帽扣在林锦锦的脑袋上，刚好遮住了她的视线，而后一只手轻轻按着帽顶，倾身贴近苏萤，吻住了她的唇。

公交车停在车站，他还没有离开的打算。

苏萤只好推开他，红着脸示意他快走，他这才恋恋不舍地转身飞奔上车，一只手抓着栏杆，不忘回身嘱咐：“到家了给我电话！”

车开走了，林锦锦理了理被帽子弄乱的额发，没有半点埋怨，反倒是无比羡慕:“萤萤,他真好。真的,我好羡慕你,可以遇见这么好的男生。”

晚风拂动耳边的碎发,苏萤嘴角的笑意还未完全散去:“嗯,我也从来没想过,会遇见这样的人。”

“锦锦,我真的没想过,一旦真正喜欢上一个人,什么都变成了可能。从前画下的条条框框都成了浮云,不需要什么条件,你就是喜欢他,就是想宠着他。”

林锦锦抬头,就看见她所熟悉的少女,此刻完全换了另一副模样,既不是在陌生人面前伪装的冷傲,也不是为了安抚亲朋而假装的坚强,路灯下的苏萤带着一点点羞涩和满满的期待,连眼底都如有星光。

她多希望,那个人能一直这样无条件地宠爱苏萤;多希望,未来,也有一个人可以这样宠爱她。

Chapter13
你是我的光，也是我的药

苏萤放寒假的第三天，从叶旌手里接到了梦寐以求的时装周邀请函。

像在做梦，所以收拾行李的时候，苏萤一直把入场券放在手边一抬眼就能看见的地方，好像上面的 Ying. Su 随时会消失似的。

门铃响的时候，她以为是叶旌，没想到开门却看见个穿着制服的送货员，手里捧着个三四十厘米高的精致黑盒。

“苏萤小姐，您的包裹。”

苏萤纳闷儿地接过来，才看见黑盒子上线条曼妙的英文：Soul Pub。

居然是这个品牌？！

“这是谁寄来的？”

送货员查询了一下，抱歉地说：“是国外的地址，我这里只能看到国内的信息。”

“好的，谢谢。”

Soul Pub，这个有着近百年历史，始终不温不火，却深受一小拨设计师追捧的独立设计品牌，它旗下的设计师以灵感蓬勃而闻名，只是因为不量产，也不打广告，所以知名度并不算高。

年少时，苏萤曾经报名参加过的设计选秀，就是 Soul Pub 主办的，若不是父亲突然离世，她或许可以借此出道也未可知。

苏萤打开盒子，里面躺着一条深灰色的礼服，隔着半透明的薄纸，上方放着一张金色卡片，英文，用印刷体的字迹写着，因为慕苏小姐之名，赠予最新作品试穿，如有意合作可与下方邮箱设计师联系。

落款是……Ser！

苏萤几乎不敢相信自己的眼睛，那个曾经让她慕名的神秘设计师Ser居然希望能够与她合作？这简直是她做梦都不敢梦见的事。

别说是合作了，就是能亲眼见到Ser的新作，也是可望不可即的美梦啊！

苏萤默念了一遍邮箱号，确信就算这张卡片弄丢，自己也一定能记得住，才小心翼翼地掀开隔离纸，露出底下折叠整齐的礼裙来。

那是一条质地轻薄宛如蝉翼的长裙，微闪的料子藏在低调的灰色之中，奢华得不露声色，仿佛藏在夜色中的精灵，只在跃动的那一秒才吐露芳华。

苏萤将礼裙套上身，意外地发现尺寸就像是定制，盈余不足一指，将整个身段包裹得玲珑有致，却不显得轻浮，反倒是将她那抹冷凝衬得更显遗世独立。

她喜欢这条裙子的设计。

当然，这毫不意外，Ser的每一个设计，总是能完美地契合她的想象。

苏萤把来自Soul Pub的意外之喜告诉了叶旌，电话对面的他听起来比她更兴奋："这是对方的橄榄枝，你要走红了，阿萤。"

苏萤哭笑不得，只说："所以你别再为我看秀穿什么操心了，就它了。"

对面沉默了一会儿，笑着说："好啊，你喜欢就行。"

出发前往米兰的那天，叶旌早早地等在楼下，有司机开着他那辆红色奥迪在街边等着。

对方看见苏萤，客客气气地打招呼问好，态度恭敬得过分。

叶旌放好行李箱上车的时候，刚好从后视镜里看见司机谄媚的笑脸和苏萤拘谨的神态，默不作声地坐在她身侧，轻轻握住了她的手。

苏萤无言回握，虽然没有交谈，但彼此都知道对方对于来自驾驶座的探究目光的不满。

到机场之后，叶旌拒绝了对方帮忙办理手续的盛情，三言两语打发了人，然后转身一只手推着行李车，一只手牵起苏萤往前走。

“那是我爸在楠都的司机，今天我不方便开车过来，没办法才让他送。”叶旌无奈地说，“他跟了我爸很多年，习惯了把我当成小白鼠来观察，事无巨细地向我爸汇报。”

苏萤略感意外：“为什么？”就算家教再严，毕竟已经是成年人了，叶董有什么必要将儿子监控得如此严密。

“他习惯了。”叶旌一边把护照递给工作人员，一边说，“我也习惯了。”

办理出境手续，苏萤不便多说，只是看向他的后脑勺，莫名觉得他身上有一丝低落。

“这个——”工作人员从护照里取出一张夹着的票据，递给叶旌，“您的私人物品，请妥善收好。”

叶旌接过来，正准备随便叠起来放口袋，苏萤伸出手：“放我包里吧。”

他略一犹豫，票据已经被苏萤接了过去。

“麻烦看镜头。”工作人员说。

叶旌忙转过头去。

苏萤随意地看了眼接过来的票据。

Soul Pub.

这几个熟悉的字母一下子吸引了她的目光，她不由仔细辨认票据上的英文，发现这居然是一张半个月前从Soul Pub提取礼服的票据，而更加让她惊讶的，是票据下方的落款——居然是Ser！

“好了，该你了。”叶旌转过身，只见苏萤正安静地看着自己，他问，“怎么了？”

苏萤摇摇头："没什么。"说着，走上前去开始办理手续。

叶旌往内走了几步，又回头，看见她正低头与工作人员说着什么，神色如常，并不像发现了什么的样子，这才放心。

飞行时间超过十小时，苏萤把靠窗户的位置让给了叶旌，但他中途并没有怎么起身去洗手间。

旅途过半，苏萤才问："你的晕机，好了？"

叶旌假意捂额，叹了口气："有点晕。"

"从肚子转移到头了？"

叶旌想起初相识的时候，他为了搭讪，以半小时一次的频率要求去洗手间，以便引她开口说上一两句话。这坑挖得……

他笑："你就是我的药，有你在身边，我起码缓解了大半。"

苏萤笑笑，没揭穿他。

直到叶旌终于离开座位，前座的年轻女人才回过头，神秘兮兮地对苏萤说："你好，我认识你，你是苏萤对不对？"

那年轻女人戴着黑色圆顶礼帽，白肤红唇，妆容精致，虽然不算漂亮，但穿搭很有套路，见苏萤目露疑惑，忙自我介绍："我叫大禾，是时尚博主。之前我做过关于你的主题，所以认得出你。"

"你好，大禾。"

大禾笑着递出名片，说："叶小少爷，我也认识。不过，他在的时候我不太敢跟你说话。"

苏萤不无疑惑，比起亲和力来，叶旌比她高出一百倍，怎么会有年轻女人说有叶旌在，所以不敢搭讪。

大禾像没看出她的疑惑，继续说："我是收到几个品牌方的邀请来的，你呢？是与叶小少爷搭伴来的吗？"

苏萤笑了笑，没答。她并不喜欢把私人关系与工作混为一谈。

大禾很精明，没有追问，只说："不奇怪，苏小姐是业界新秀，叶老先生是业界泰斗，两位的社交圈有交叉一点都不奇怪。只是容我八卦一句，叶小少爷离开时尚圈已经很多年了，现在是准备回归了吗？”

苏萤想起了那张购物票据上的落款，Ser——那个曾经以鬼马灵动而吸引众多眼球，然后突然隐退，之后就一直半神隐的独立设计师。

“这些你问他本人比较合适。”

大禾为难地笑着说：“如果敢问他，我也就不这样没礼貌地向苏小姐打听了。”她的言语间，都是对叶旌的惧怕，虽然苏萤完全不能理解这种怕从何而来。

“叶……先生并不难以相处。”苏萤试图扭转对方对叶旌的印象。

大禾欲言又止，最后只挤出一句：“也许现在好了吧，但……还是算了。”

“在聊什么？”

从洗手间归来的叶旌随口问道，谁知道大禾立刻回过身去，连跟他正面搭话都不敢。

苏萤等他坐下了，顺手把对方的名片递给他：“是个去看秀的博主，随便聊聊。”

叶旌看了眼名片，抬头，若有所思地看了眼前座人的侧影。

“你之前见过她？”

叶旌收回目光，冷冷地说：“没有。”

后半段的旅程，叶旌几乎一直在闭目养神，苏萤几次看向他，都无法从那张年轻而英俊的面孔上看出端倪。

他似乎总是阳光灿烂，什么也不往心里去，所以没什么困难能入得了他的眼，没什么事能惹他生气。苏萤几乎没有见过他发怒，为数不多的几次都是因为她的故意疏远，他才被激怒，口不择言地出口伤人。

她必须承认，那一刻的叶旌是陌生的。

而此刻，收敛了阳光的笑脸，安静地坐在一边的少年，身上仿佛笼着一层冷冷的雾气，让人无法接近。

米兰当地的行程，穆然安排了专人来照料，倒是真不用苏萤他们费心。

只是不知道为什么，苏萤总觉得自从离开楠都，叶旌的情绪就不大对劲，话很少，虽然当她问起的时候他都摇头说没事。

穆然安排观看的第一场秀，是一个意大利本土品牌，在国内的知名度一般，场内也几乎见不到中国面孔。

正因如此，坐在前排位置的叶旌和苏萤更加惹人注目。

当苏萤察觉到对自己闪起的闪光灯，才意识到不知何时自己和叶旌已经进入了别人的镜头中。

直到正常秀走完，对面灰发蓝眼的摄影师才笑盈盈地走过来，用一口美式英语向苏萤致歉："抱歉，这位小姐实在太耀眼，我没能管住我的镜头。"

"没关系，换成是我也一样。"叶旌说。

苏萤正是穿着Ser寄来的那条礼服裙，东方人特有的娇小纤细，在一众大长腿纸片人或是丰乳肥臀之中分外惹眼，让人移不开视线。

蓝眼睛大笑："不，不光是她，还有你。你们两个人在一起，光芒呈几何级增长。如果不介意，我希望可以以秀场为背景，为两位拍一组照片，当然，成片是否可以商用、版权费用如何去定，我们都可以商议，相信我的工作室会给两位满意的答案。"

叶旌没有直接回答或是拒绝，他第一时间看向苏萤，想要征询她的意见。

苏萤眨了眨眼。

他笑着揽上她的肩，朗声对蓝眼睛说："当然可以，不过，我和我的女神拍摄费用可不低。"

蓝眼睛双目放光："当然！好的东西值得更高的价格！"

这个自称大卫的摄影师并没有过多地向苏萤他们介绍自己。但在听了他的几句建议，换了几个角度拍摄之后，苏萤心里就明白了七八分——这绝对不是一个无名摄影师，甚至，他极可能是这个秀场里最有分量的那个。

正因如此，他才有底气在秀场放弃那么多隆重登场的模特不拍，转而来拍她和叶旌两个素人。

“你的推理应该没错。”叶旌松开衬衣的领口，看向正在吩咐助手的蓝眼睛，“我们这是遇见贵人了。”

“遇见贵人你还跟人家讨价还价。”苏萤一边顺手替他整理领口，一边低声说，“万一人家一气之下不拍了怎么办。”

叶旌看着她带笑的眉眼，伸手绾起她耳畔的碎发，低头在她耳边说：“不会的，有眼光的人都不会放过你这样的宝——比如我。”

苏萤笑着推了他一下，与此同时，她才注意到大卫不知道何时又端着相机朝着他们了。

大卫遥遥喊道：“不用管我，你们随意！”

叶旌捂住苏萤的眼睛，附耳道：“听见了吗？人家说了，别管他。”

苏萤耳后发热，知道他是在提醒自己放轻松——对于那个西方摄影师来说，见多了圈子里的俊男靓女，之所以为他们倾心，估摸着也是因为两人之间甜而不腻的互动。

当苏萤真正忽略了镜头，就在镜头前鲜活起来了。

蓝眼睛透过取景器看见那一对来自东方的璧人，按捺着心头的狂喜，低声对身侧的助理吩咐：“无论花什么代价，我要拿下这组照片，还有，替我和 Soul Pub 联系，确认这身礼服是出自谁的设计。”

两人与大卫分开之后，时已入夜。

夜晚的时尚之都，霓虹璀璨，恍如白昼。

苏萤挽着叶旌的手臂，慢慢地在湿漉漉的街头漫步，雨后的泥土气息与来往的名流身上的香气形成了奇妙的对比。

时间有些虚无，苏萤看向头顶那些巨大的奢侈品品牌广告，光鲜亮丽的模特们有着各种不同色泽的瞳孔、肤色、发色，但有着同样自信的神采与个性。

苏萤停下脚步。

“怎么了？”叶旌回头，只见灯火之下，裹着黑色呢子大衣的少女眼底波光流转。

苏萤抬手，指向广场中央最醒目的那块广告牌：“我希望有一天，能出现在那里。”

那上面正是如今最为炙手可热的超模大C，线条优美，眼中有光，那是种无论男女都会为之所吸引的光彩。

叶旌看着广告牌，过了许久，慢慢地说：“你跟她很像。”

苏萤回头，笑意盎然：“是吗？哪里？”比起大C，她没有大长腿，也没有傲人的上围，肤色发色自不必说，她可没发现自己有哪儿像这个超一线的名模。

“你的眼神。”叶旌双手捧起她的面孔，凝视着她的双眼，“你的眼神跟她很像，像是会把人吸进去一样。”

苏萤微微翘起嘴角，眼神温柔得像要滴出水来。

叶旌也察觉到她的异样，正疑惑，就听她轻声说道：“不管你是安慰我，还是真的觉得我能成功，叶旌，终有一天，我会让自己配得上这身礼服，配得上Ser的名号。”

乍然听见Ser的名字，叶旌一怔。

果然，以苏萤的敏感，在机场看见礼服票据的时候，她就已经推测出Ser根本就是他。

可苏萤并没有打算刨根问底，她已经转了个圈，离开他身前，展开双臂，仰头迎接着铺洒下来的灯火，像是拥着满怀的希望。

然后，她看向他，带着笑：“你相信我吗？”

叶旋觉得那些阴霾、沉重、落寞，在这个笑容里顷刻间烟消云散。她似乎根本不在乎他到底是不是Ser，又为什么要隐瞒，她只是希望自己更加优秀，能够与他更加相配。

苏萤看见叶旋迎面走来，面色如水，一言不发地张开双臂将她拥入怀中。他抱得是那么紧，就像是害怕稍一松手，就会在这个灯火霓虹的街头弄丢她。

“阿萤。”

“嗯，我在。”

“遇见你之前，我有很久不敢离开家。”

“为什么？”

“我很容易失眠，整夜整夜没办法合眼，然后，时间久了就会很疲惫，神经绷得很紧，情绪也会跟着暴躁。”

苏萤轻轻抚摸他的脊背：“穆阿姨跟我提过。”

“她没说全。”叶旋把头埋在她脖子旁，像在呓语般喃喃，“但从帝都，和你同居的第一夜开始，我就睡得很好——只要有你在身边，即使不用药物、熏香，我也可以一觉睡到天亮。”

“我还有这种功能。”苏萤半开玩笑道。

“你是我的光，我的药，这不是我开的玩笑。”

苏萤听出他语气中的慎重，慢慢推开他，这才借着灯光看清他的神色，不同于往日的嬉闹，那么认真，甚至眼底带着一丝挥之不去的阴影。

“你不用勉强自己。”她踮起脚，搂住叶旋的脖子，凑上前看着他的眼睛，“你不说，我就不问，我也不在乎。叶旋，你只需要知道，你很好，非常好，在我眼里，你比任何人都好，比任何人都值得去爱。”

叶旋眸光幽暗，看着少女的脸庞逼近。

“我爱你，还有……”苏萤踮起脚，双臂用力，吻上了他的唇，话语从唇瓣中吐出，“谢谢你。”

这是她第一次如此热情而不计后果地献吻，或许是因为身在异国，远离生活的压力，才能完全释放自我。这一刻她不是穷困潦倒的女学生，他也不是背景深厚的小少爷，年龄也好，家境也罢，都不足以熄灭内心的那团火。

感觉到苏萤踮着脚很吃力，叶旌索性抱着她的腰肢，让她踩在自己脚背上，同时稍稍俯下腰身迁就她，舔舐着她的唇齿，一场交融。

广场灯火辉煌，人群往来如织，拥吻的两人仿佛根本察觉不到其他人的存在，完全沉静在彼此的呼吸脉搏之中。

若有从前，请让它永远成为过去。

若有未来，请让她永远与他同在。

苏萤这样想着，忽然察觉到脸颊上的一丝湿润，睁开眼，才发现不知道何时叶旌的眼角有泪珠滚落，濡湿了两人的面颊。

她抬手，指腹轻轻地擦过他的眼角。

叶旌始终没有睁开眼，只是流连在她的唇瓣、眼角、眉梢，不舍得离去。

此后的几天，按照穆然的提前安排，几场大大小小的秀看下来，苏萤脑海里顿生无数灵感，回到宾馆里连澡都来不及洗，就摸出纸张涂鸦。

叶旌带着点心过来的时候，见门敞着，就直接进屋了。

暗红色的地毯上零星地散落着画纸，上面简单地画着些模特和衣裙，一些隽秀的小字标着注脚。

他把餐盘放在一边，俯身一张张拾了起来，起身刚好看见坐在窗边的落地灯下伏案疾书的少女，侧影如画，头发从耳后垂了下来，遮住了娇俏的面颊。

“领口可以用荷叶，袖不要这么短，到手肘下会和鱼尾更搭。”

猛地听见身后传来的声音，苏萤才察觉到叶旌不知何时站在了自己身后，伸手拉住他的手臂，同时回眸去看自己无数次修改还是不满意的设计。

她按着叶旋的说法，在画面上试着画了几笔，果真，刚刚那种挥之不去的违和感顿时消失，几乎完美地呈现了她想表达的模样。

苏萤兴奋地站起身，顺势搂住叶旋的脖子，亲昵地问：“说吧，你还偷偷跟阿姨学了些什么？”

叶旋在她鼻尖一吻，认真地说：“我没跟她偷师，她总拿我的创意去用才是真的。”

苏萤只当他是开玩笑，手指一勾将纸带起来，端详着说：“今天看的这场秀，我始终觉得压轴的那件，应该换个更丰满的模特来穿，不然韵味不能完全展现出来。”

“所以你给今天的模特设计了这个？”

“嗯，这件适合她那种不食人间烟火的气质。”

“也适合你。”

“嗯？”

叶旋忽然弯腰，将她打横抱在怀里，大步离开了桌案，说：“一回酒店饭都不吃，就埋头画稿，你是想饿成纸片人吗？”

“纸片人才更适合做模特啊！”苏萤半真半假地开着玩笑。

叶旋一松手，苏萤就掉在床褥上，整个人陷进了金丝银线的褥子里，还没来得及惊呼，他整个人已经覆了上来，双肘撑在她的耳侧，和她眼对眼，鼻尖对着鼻尖。

“谁说纸片人才能当模特？”叶旋的吐息落在她的嘴角，“如果我是设计师，你一定是最好的模特。”

“为什么？”苏萤看着他的唇，他说话的时候嘴角有好看的弧度，看得让人想亲一口。

“因为我喜欢啊。”他孩子气地说，“我是设计师，所以我说了算。”

“可惜你不是。”苏萤被他含住唇，含糊地说，“圈子里的趋势还是以瘦为美啊，我就是太胖了。”

叶旋忽然停下了吸吮，略微抬起脖子，眼底仿佛有光：“我不懂什么趋势，我就是趋势。”

苏萤失笑，伸手去摸他柔软的短发，不知道为何，当他敛去那身伪装的和善，崭露锋芒的时候，竟让她不由为之屏息。

叶旋就势往下，轻轻地啃了一下她精致的锁骨，低声喃喃：“你不信我的话？”

“信。”苏萤埋首在他的发间，“问你个事。”

叶旋像只金毛似的，轻轻在她锁骨前嗅着，心不在焉地说：“什么事？”

他的气息撩得苏萤有些心猿意马，她勉强镇定地问：“第一次遇见你，你背的那个包？”

“是我设计的。”叶旋坦然地说，“你那只也是。我一眼就认出来了，当时一共只打版了十个。”

“Ser 的设计。”

“嗯。”算是默认他就是 Ser。

苏萤弯起手臂，想坐起身，可身前的人不满地哼了声，又把她按了回去。

“你真的是……”苏萤有些犹豫，不知道该不该问出口。

叶旋真的是Ser吗？那个七八年前就用设计征服人心的神秘设计师，当年竟只是个十岁出头的孩子？

可叶旋一直对过去讳莫如深，她不确定这样的问题会不会触碰到他的禁区。

没想到沉浸在少女香气中的叶旋，丝毫没有被冒犯的不快，只是尽情地咬着她的衣带，亲昵地摩挲，直到听见她发出一声低吟，他才抬头，桃花眼里情潮汹涌：“是我。”

苏萤听见他清清楚楚地说：“那是我在键盘上随手按的字母，算是化名。”

他说完，又埋头亲吻。苏萤脑子里一震，猛地双手推着他结实的肩头，一把把人掀开了。

叶旌哪料到刚刚还一汪水似的人，突然会大力推自己。他冷不丁地被苏萤推翻在床，尚未回过神来，就被少女一胳膊压在胸膛，凑近了逼问：“所以你就是Ser，而且从第一次见面你就知道我是Ser的粉丝，却一直故意装傻看我卖蠢是不是？”

叶旌被她突如其来的火气镇住，刚刚飘出躯壳的意识终于一点点收了回来，润了一下唇，才可怜巴巴地说：“你也没问过我啊，你一问，我这不就承认了吗？”

没毛病。

她是没主动问过。

在礼服票据之前，她压根儿都没想过，曾经以鬼马的设计让她魂牵梦绕的，居然是个十来岁的小鬼头而已！

苏萤拿食指尖在叶旌的胸口用力地一戳：“总之你就是故意瞒我！”

叶旌嘶地吸了口冷气，在苏萤慌忙收手的瞬间，腰间发力支起上身，飞快地偷亲了她一下，然后又跌回床褥，笑得眼睛弯起：“以后不骗了，我保证。”

苏萤捂着脸，神色变了又变，终于，那层薄怒散去了，眼底的心疼一点点浮了上来。

她伸手，拇指拂过叶旌的浓眉，稍稍用力抹了抹，语速很慢：“你不用在我面前伪装的。”

叶旌脸上原本挂着没心没肺的笑容，在她的话语中一点点淡了，最终只剩下嘴角的一丝浅笑，若有若无。

他平躺着，柔软的棕色短发向后倒去，让整张精致到让女孩自惭的面孔露了出来。他明明有十足的资本，可以玩世不恭，可以自信爆棚，但没有。此时此刻，这张英俊的脸上只有淡淡的哀伤，还有，被理解的坦然。

苏萤平静地与他对视。

过了许久，他才终于微微勾起嘴角，轻声说：“我不是想瞒你，只是不知道该怎么告诉你。”

“嗯。”苏萤的手指温柔地抚着他的头发，像给心爱的宠物顺毛一样，一下下地抚摸他蓬松柔软的发丝。

仿佛受了鼓励，叶旌看着她下颌柔和的弧线，接着说：“我的医生，还有我爸妈，都认为我不适合再做设计的工作，他们劝我转行去做别的。我想了很久，码农不错，一样天马行空，任意游走。”

苏萤想了想，还真是。

可他还是没有正面说起，为什么父母都不同意他再从事设计，明明他的家庭都在做时尚行业。而且，为什么年纪轻轻的少年会有自己的医生？

叶旌的回避，苏萤敏感地察觉到了，但她体谅地视而不见。

每个人都有不欲为人知的过往，他们都一样。

苏萤俯身，吻住他的唇，他的下颌，他的喉结……

窗外，璀璨的霓虹透过纱帘，变幻着色彩，为雪白的床单染上缤纷的旖旎。

离开米兰之前，苏萤的邮箱里就已经收到了来自大卫的工作室发来的合约，凭她半吊子的英文，读了许久，最终被叶旌抽走了手机，他三两眼扫完，摸着下巴说：“不愧是大手笔，往后两年的学费不用愁了，往后你大概看不上给旌歌拍广告的报酬了。”

苏萤狐疑地把手机取过来，又翻看了一遍英文合约。

她觉得，好像，报酬并没有丰厚到让她衣食无忧吧。

“这个报酬是分期的，你看到的数字只是第一期而已，这组片子若能成功卖出去，他还要带你我分成的。”叶旌一边把行李送上运输带，一边说。

“是吗？我怎么没看到？”苏萤还想再翻翻，结果手机被叶旌一下抽走，按下了关机键，丢入包内。

“好了好了，准备登机了。”他揽着苏萤的肩，大步往安检走去。

苏萤莫名觉得不安，抬头偷看了他一眼，结果像是心有灵犀似的，他立刻低头在她眼睛上落下一吻。

寒假本就短暂，两人在米兰逗留一周回国时，还有一天就要开学报到了。

苏萤收拾停当，想约叶旌一起吃个晚饭，结果电话打过去无人接听，微信也没人回。她只好自己去吃了饭，洗了澡，入夜时分依旧没有得到叶旌的回复。

由于时差的关系，加上心里不安，苏萤很久都没能入睡，到后半夜才迷迷糊糊地睡着，梦见了叶旌。

她知道那是梦。

因为叶旌从来没有以这种模样出现在她面前——

他头发有点长，没有烫，但是染了色，像枯草，带着一望可知的颓废气息；额发遮盖住漂亮的桃花眼，视线从发丝间露出，没有生机，甚至带了一些死气，就那样暮气沉沉地看着她。

这是什么地方？昏暗的光线，闪烁不定，给人极为不安定的暗示。他身上那件大印花的无袖衫，帽子兜头，耳坠似乎在隐隐地发着光。

苏萤想喊他，张口却发不出声音。

他看着她的方向，但眼神完全是放空的，似乎根本没有看见任何人。

苏萤想去拉他起身，一伸手，扑了空，终于醒了过来。

窗外晨曦微明，隔着薄薄的窗帘照射进来，苏萤发现自己竟在这个无声的梦境中惊出了满身冷汗。

她摸出手机，没有未接来电，也没有未读信息。

叶旎依旧什么也没有回复。

在她问“要不要一起吃晚饭”的上一条，是前晚临睡时，叶旎发来的他们俩的在楼下分开时候的合影。

老式小区，照明不佳，两个人的面孔在手机镜头下显得有点暗，但两口白牙还是一眼可见，那会儿他笑得心无城府，那是真正开心的模样。

苏萤记得，分开的时候叶旎还在楼下喊了句：“后天我接你去学校！”

楼层里响起邻居男人被吵醒之后骂骂咧咧的嘟囔，苏萤嘴上念着傻瓜，心里却暖暖的，直到进门嘴角都还带着笑。

不过隔了一天，苏萤看了眼时间，六点半，天才蒙蒙亮。

她给叶旎发微信，想问他在哪儿，打字的间隙中灵光一闪，忽然想起了梦里叶旎的模样她是见过的。

苏萤打开浏览器，不太熟练地登上了楠大的BBS，没费什么功夫，她就搜到了之前林锦锦给她看过的“黑料”——画面上，被指认作叶旎的那个颓废少年正是她梦中的模样。

那张照片事隔经年，加上是翻拍，模糊不清，那时候苏萤确实没法确认他是不是叶旎。

可梦中那个眼神已经足够让她认定，是他，是过去的岁月里，那个她未曾了解的他。

苏萤的手指微颤，不祥的预感一点点爬上心头。

直到上午九点，苏萤坐进教室，手机依旧安静，她从没有一日像今天这样魂不守舍，讲台上老师讲了什么，她一个字也听不进去，目光总是不知不觉地移向手机，可它一直没有动静。

直到中午，下课铃刚响，手机也一起响了起来。

苏萤忙问：“你在哪儿？”

对面似乎愣了一下，才开口：“是我，林锦锦。”

苏萤从教学楼出来，就看见了等候在路边坐在轮椅里的女孩。林锦锦怀里抱着笔记本电脑，正昂首张望，看见苏萤出来，连忙招招手。

苏萤小步跑过去，动作太急，撞着了一个女同学的肩。

“对不起。”她匆匆道歉。

可对方看见她的脸后错愕了下，没有立即回应。

苏萤微微欠身，却在错身的一瞬听见那女生对同伴低语：“是她吧，跟叶旌在一块儿的那个。”

“不是一家人不进一家门。”

声音被甩在身后，苏萤走向林锦锦，却又发现不远处有几个男生正看着自己，窃窃私语，见她看过去，那几人忙背过身去，显得欲盖弥彰。

在这种视线包围之中，苏萤脊梁骨都冒出了冷汗，再看见林锦锦欲言又止的神色，更加确定出事了。

“你怎么来了？”

林锦锦抱着电脑轻声说：“你推我吧，我们去那边说话。”她很少主动要人帮忙，苏萤知道，她只是怕自己在同学的视线里尴尬。

到了楼与楼的连廊下，四周安静得能听见树叶被风吹动的沙沙作响。

林锦锦这才打开笔记本电脑，把屏幕朝向苏萤：“还是你自己看吧。”

苏萤蹲下身，就听林锦锦小心翼翼地说：“其实也没什么，只不过是落差有点大，我觉得那都不算事——”

最上面的一张照片，是大卫拍的。

复古的米兰街头，暗黄色调的墙壁与做旧的灯台，展示柜里的华服在镭射灯下熠熠生辉，画面中的苏萤穿着银灰色的长礼服，脊背靠在墙壁，腰肢被穿着同色调礼服的叶旌揽着，正双手搂着他的脖子，两人鼻尖相触，亲密无间。

她记得，那时候自己眼里只有这个明亮如五月晨光的少年。

帖子的标题是《陌上人如玉，月下少年郎》，此刻后面跟着金黄色的“爆”“热”“话题王”的字样，可见楼里的跟帖人数已经爆棚。

话题是因这张金童玉女的美照而起，却不是因为颜值而热——就在首楼大卫所拍的照片下方，单回复数就达到了三位数。而被顶在最上方的一条，是来自匿名用户带着图的回复：什么人如玉，不过是烂皮囊，戴着面具的伪君子。

苏萤手指在鼠标区滑动，因为手冷，加上情绪紧绷，几次都没能点开图片。

还是林锦锦帮忙打开了，那是一组图，被软件拼成了一张：枯草般的长发，落拓的衣衫，叼在唇间的、夹在指缝的、踩在脚底的烟蒂，暮气沉沉的眸子没有一星半点生机，偶然看向镜头，眼中充满了戾气。

如果说曾经被人放出来指认为叶旌的照片灯光昏暗，难辨真伪，这一次的组图则一目了然，除非，在世上还有叶旌的孪生兄弟存在。

这个匿名用户不仅仅放出了图，还一个人自说自话地连着盖了十几层楼。

——十二岁，抽烟、酗酒，醉驾撞人，在国外的少管所关了俩月，以精神疾病为由逃脱制裁，不得不说有钱真好。

——连初中都肄业的不良少年，归国后接连跳级，还入了楠大，该说是天纵英才，还是该说人世晦暗？

——你们说的骄阳，说的楠大之光，说的月下少年郎，君子如玉，确定指的是这个蹲过局子，靠着爹妈逃脱制裁，花钱买学历，披着人皮装君子的“精神病人”？

——别被骗了，叶旌，他就是个伪君子，渣滓！

Chapter14

感谢曾经的你，寂寞的少年

苏萤的手指在发抖，下拉网页的时候几度手滑。

直到屏幕停在一张未经压缩，霸了整屏的照片上。

绿树、白花，石凳和少年。落拓的长发被剪了，短短的一层绒毛似的，少年清秀的轮廓还带着稚气，先前照片中的那种戾气荡然无存，取而代之的是无辜而茫然的桃花眼，如同新生小鹿一般带着怯懦与退缩。

是叶旌，少年时代的他。

那身蓝白条纹的布衫，是医院常见的病号服，花丛之后的楼宇上露出半截字：Psychiatric Hospital（精神病医院）。

有人质疑楼主所言的真实性，于是，楼主放出了这张图，并附言：看图说话。

“他挺好的，其实，也许是有什么误会。”林锦锦看着苏萤煞白的脸，心疼地安慰。

可苏萤恍若未闻，食指自屏幕上轻轻触碰着那双湿润的眼睛。那里藏着恐惧、焦躁以及前路未卜的迷惘。她几乎想穿越时光，回到照片里的时代，上前拥住脆弱的少年，告诉他别怕，未来的你会很好，黑暗只是暂时的。

林锦锦看不懂她的反应，不安地去握她的手，才发现她的手冷得像冰。

“萤萤——”林锦锦双手握住苏萤的手，试图让她温暖一些，“你觉得这是真的吗？”

苏萤看着屏幕上的少年，悠悠地说：“是不是真的不重要，重要的是，为什么要把一个人的过去这样剖开给无关的人围观？他曾经得过病也好，含着金汤勺出生也罢，根本不是他能选择的，为什么要因为这种事情来诋毁他？”

林锦锦说：“我拜托小五查匿名用户的 IP 了，也许能查出来真实用户信息。”

苏萤摇了摇头，站起身，手从林锦锦掌心抽了出来。

“你去哪里？萤萤，我跟你一起吧？”

“不用了。”苏萤回头，笑容很勉强，“我去找叶旋，他现在需要我。”

“他在哪儿？”

“不知道，也许在上课。”他说起过，第一天有课，所以原本打算接她一起来学校。

这是苏萤第一次到计算机系的教室，整个走廊里有一种电机发热之后的焦煳味，混合着冬季里的人流密集处特有的邋遢味。

刚开始没人认出苏萤，直到她找了几间教室没看见叶旋，拦住一个面善的男生问询，那人说“叶旋没来上课”，然后上下打量她，往来的学生这才发现，这个来寻找叶旋的女生，就是与他同时登上热帖的女孩，不由投以或同情或看好戏的目光。

“他的事是真的吗？”那学生突兀地问。

苏萤一愣，继而冷下脸色，眼底带着愠怒，瞬间变成生人勿近的模样，甚至有种凌人的压迫感。

“咸吃萝卜淡操心，关你什么事！”一个声音响起，来人顺手把多嘴的男生推开了。

苏萤冷眼旁观，一言不发。

罗姜挠着已经乱糟糟的头发，直截了当地说：“叶旋没来，我也在找他。

居然连你也找不到他吗？”

“嗯。”

罗姜塌下肩膀：“这小子，心结真是难解。”听起来他对网上曝光的事并不意外。思及此，苏萤看向他的目光里多了几分审视。

罗姜立刻摆手：“不是我！帖子不是我发的，我已经联系版主删帖了，但是版主说管理委员会投票没过半，删不掉。”

苏萤问：“版主是谁？”

罗姜一怔：“邱礼源。”

苏萤转身就走，罗姜快步上前拦住她：“借一步说话。”

顶楼，拐角，无人处。

“你要说什么？”

“你别误会。”罗姜斟酌着用词，“叶旌他不是肇事逃逸的那种小人，他那时候生病了，根本控制不了自己。”

苏萤没说话，靠在墙边，静静地看着他。

罗姜心想，这姑娘跟叶旌在一起的时候可不是这种高冷做派。

“我跟他是穿一条裤子长大的弟兄，他出国之前，我俩是泥巴地里一起长大的。所以当初穆阿姨忽然要送他出国，我也挺意外的。”

第一次听到关于叶旌小时候的事，苏萤抱肘的手臂不知不觉地放了下来。

罗姜和叶旌真的是老友。

“叶旌少年老成，虽然比我小几岁，但做事比我还稳当，他爸又是一手创立时尚帝国的大 Boss，不知道多少人羡慕他的资源。当初看他参加设计大奖赛频频得奖，我总以为是沾了他爸的光，等长大了，再回头看，我才发现这小子就是天生的艺术家。”

苏萤终于开口：“你也知道他用的化名？”

“知道，Ser 嘛，他随手乱按出来的。”罗姜无奈地笑，“他这人看起来对什么都不上心似的，连比赛都不用真实信息——所以得奖根本不是因为他老爸的背景，人家组委会哪知道Ser是何方神圣啊！”

“嗯。”他只怕压根儿没想得奖，只是兴趣使然吧。

罗姜见苏萤面色微霁，松了口气：“但他真的对你很用心，比从前二十年对任何事都用心。”

苏萤唇微弯，没说话。

“我不是在帮他说好话。”罗姜以为苏萤不信，连忙解释，“当初他参加Soul Pub的大奖赛，听说入围决赛了，领奖当天人缺席，怎么都找不到。后来我才听说他在前一天突然被带到美国，做什么、具体在哪里一概不清楚。直到四年前他才回来，回来之后这小子就是你看到的这个吊儿郎当的样子，对谁都笑嘻嘻的，什么都不往心里放……”

“等下。”

罗姜不解地刹住车，却见苏萤满眼不确定地看着自己。

“你刚刚说，叶旌缺席Soul Pub大奖赛，算起来，是他十二岁那年对吗？”

罗姜掰掰手指，点头。

苏萤短促地笑了一声。

“怎么了？”

苏萤摇头，背过身去。从那里可以瞭望整个楠大的校园，正当午，暖阳当头，学生们往来如织，那么多背影，却没有一个属于叶旌。

她以为在帝都相遇是巧合，是宿命的相遇。没想到，真正的宿命早已发生，他们本该在Soul Pub的颁奖礼上初遇，结果他远走异乡，她苦守病房，阴差阳错，生生错过了八年。

“网上那些话你别往心里去。”罗姜在身后说，“我跟叶旌打小一起长大，他的人品我敢拍着胸脯保证，最多也就是颓废了点，没有做什么出格的事。”

“罗姜。”苏萤忽然唤他的名字，同时撩着耳边碎发转过身来。

那一幕，像是电影里的慢镜头。

就连罗姜这种看多了美女的花心萝卜，也在瞬间被击中心房，有点明白为什么叶旌始终对这个冷若冰霜的小姐姐念念不忘。

她身上有种宁静的烟火气，那是藏在冷淡壳子底下的温柔，如春风拂柳，若有若无地撩拨着人心。

“怎么？”

“谢谢你。”

罗姜蒙住，谢什么？

“谢谢你肯为他来跟我说这些，也谢谢你肯出头替他申请删帖。因为你肯这样待他，他才有勇气，在走出来之后重新与你联系。”

她不说，罗姜都没有意识到，自己是叶旌打美国回来之后唯一联络的故交，甚至他曾在酒后对自己说起过治疗期间那种暗无天日的绝望。

罗姜自嘲地笑笑：“不，我不值得被感谢。我居然一直以为他这么嘻嘻哈哈，是真走出来了，没想到这些事对他来说还是不能碰触的禁区。”

“他会的。”苏萤将外套拢紧，在罗姜肩头一拍，“会走出来的。”说完，三步并作两步跑下楼去。

看着女孩瘦削高挑的背影，罗姜忽然鼻子一酸，却又莫名心安起来。有她在，叶旌那小子会平安无事吧。

一整个下午，苏萤都奔走在叶旌常常出没的地方，可是哪里都没有他的身影。

平时，明明她不管走到哪里都会与他“偶遇”，他还总是得意扬扬地说那是缘分。可如今任凭她怎么找，都不见踪影，直到此时，她才百分百确信，那些所谓的缘分，都是某人的刻意安排。

无计可施，苏萤只好每到一个地方就拍一张照片，写几句语焉不详的鸡汤发在朋友圈，然后在那个地方稍微停驻一会儿——以盼望叶旌能主动出现。

手机忽然响了，是陌生来电。

苏萤犹豫了一下，接了起来。

对面是普通话非常标准的年轻女声，很客气，也很有章法地向她自报家门，是国内一线的轻奢品牌，主攻男女时装与配饰。

对方表示在网络上看到了大卫为苏萤拍摄的外景，觉得她的个人气质与自家品牌非常合拍，委婉地问询她是否已经签了经纪公司，她们可以与经纪公司商谈合作事宜。

“我现在是独立模特，没有经纪公司。”

“那更好，我们可以直接商议，您看近日是否有时间来帝都一趟？我们副总与苏小姐您面谈。”

苏萤沉吟，又问：“一个人？”

照片是她和叶旌的合照，从网络热度上说，当时也是叶旌的热度更高，品牌方没道理只相中她一个人。

“对，就是苏小姐。”

“我的搭档呢？”

对面顿了下，似乎斟酌了一下用词，说道：“考虑到网络上有关于叶先生的一些不良言论，我们会有一些顾虑，所以……”所以弃用了他。

挂断电话之前，工作人员再次热情地表达了品牌对于苏萤的喜爱，并表示可以耐心等候她的决定和到访。

本是好事，可苏萤心里五味杂陈。

她忽然有些明白，为什么叶旌那么小心翼翼地隐藏着过去，辛辛苦苦地戴着笑脸面具生活——人们只能接受阳光，却拒绝接纳阳光背后的阴霾。

苏萤坐在楠大后山山脚下的亭子里，一条条地给叶旌发消息。

他始终不回消息，不接电话。

可苏萤不急，因为微信上一直都写着“正在输入……”虽然她始终没有收到任何发来的信息，但起码，她知道叶旌在看，他好好的，只是没想好怎么面对。

所以她继续发着消息，像在自言自语。

——昨天我给院子里小咪喂了一根鱼肠，你知道吗？今天早上它居然趴在门口地垫等我出门。

——明天升温了，围巾可以洗洗收起来了。

零零碎碎，絮絮叨叨，宛如闲聊。

对话框上方也断断续续地出现“对方正在输入”，可一直没有真正发出消息来。即便如此，起码让她知道，他还好好的。

天色渐渐晚了，后山处鲜少有人往来，此刻山上的树木在暮色之中阴森森的，早春的寒气逼人，苏萤站起来，拢紧了围巾。

这一处路灯隔很远才有一盏，光线稀薄，夏季的时候人还算多，这种春寒的日子里，自然是无人往来。

低着头走路的苏萤忽然看见一抹高大的人影，有一刹那的欢喜，猛地抬起头来。

深蓝色呢子大衣，褐色羊毛围巾，身材与叶旌差不离，却没有能让苏萤心动的特质。

是邱礼源。

邱礼源是顺着苏萤的朋友圈定位找过来的，连他都没料到居然还真能误打误撞地遇见，本是满心欢喜，却一眼看见苏萤那个从惊喜到失望，从失望到厌弃的神情，满腔怒火猛地被点燃了。

与苏萤交错的一刹，邱礼源借着酒劲一把抓住了她的手臂。

苏萤立刻闻到他身上浓郁的酒气，不由厌恶地蹙眉，甩开他的手快步离开，多一句都不愿与他说。她曾经对他有过的一星半点好印象，也随着活动中心的那晚烟消云散，更别提现在眼前的人看起来与那些借酒装疯的登徒子并无二致。

她这种条件反射式的排斥，更加激怒了酒气上头的邱礼源。在他二十多年的人生中，何曾被女孩用这样的态度对待过。更别提他还花了那么多时间、精力在她身上。

从来只有他邱礼源给分手费甩人的份儿，什么时候有过贴女孩冷脸的经历。这在他的情史之中简直是可耻的一笔。他要什么有什么，哪一点不比叶旌那个伪装成正常人的疯子强。

凭着悬殊的气力，邱礼源硬是把苏萤拉了回来，钳制在身前，逼近她薄怒的面孔，低吼道："你看见论坛上的东西了吗？叶旌的嘴脸，藏起来的龌龊你都看见了吗？"

"没有。"苏萤甩不开他的桎梏，满心满眼的愤怒，"我只看见一个躲在屏幕之后，拼命嚼他人私事，挖坟翻旧账，诋毁他人来抬高自己的小人嘴脸！"

邱礼源确实喝多了，苏萤说气话，他还真当她没上网看过，立刻松开一只手掏出手机，翻出网页就要给她看。

他松开了一只手，刚好给了苏萤逃脱的机会，但她迟疑了一下，没有逃。

苏萤屏住呼吸，一直等到邱礼源登录 BBS，翻出帖子来给她看。纯白的界面，自动登录，右上角的 ID 是一串没有规律的英文字母。

苏萤的记忆力从来没有像这一刻这么好，她可以肯定自己绝对不会忘记。

在酒精的作用之下，邱礼源根本没有注意苏萤的视线，只见她在看屏幕，就以为她是因为那些劲爆的爆料和排山倒海的非议而震惊。

他不免得意，身体的重心向苏萤的方向倾斜过来，酒气混合着热气，吐在苏萤脸上。

她有点恶心。

邱礼源对她的追求一直都是明目张胆的，但她从来没有为此而恶心过。毕竟，她一直认为喜欢是一件不需要先决条件的事，也就是并不需要她的允许。

但此刻，她迫切地希望这个人能从她的生命里消失。对于他，她想到的是：恶心，龌龊，小人，伪君子。

“苏萤，我爱你，你知道的，自从第一次见你我就深深地爱着你。”没有被立刻推开的邱礼源借酒撒疯，狂热地告白，“你没钱，我有钱；你没背景，我有背景；你想当模特想出名，我家里自然有办法把你捧上天去。最重要的是，我是个正常人，我对你的爱不是狂想，而是千真万确的。他叶旌呢？他就是个神经病！发起病来六亲不认，你怎么知道这秒他爱你，下秒他会不会拿菜刀砍你？”

苏萤忍住扇他耳光的冲动，屏息问：“你怎么知道的？”

“翻墙啊，你上那个意大利摄影师大卫的INS看，你们的那组照片底下，还有在美国见过叶旌发病模样的老美留言，一看就知道了。”

果然是邱礼源干的。

苏萤冷笑，一把推开了靠在身侧的男人。

毫无戒备的邱礼源重心一歪，险些摔进路边草丛，勉强站稳了，一眼正看见苏萤大衣下露出的纤细脚踝，鼻尖前还有刚刚贴近时的少女芬芳，顿时方寸一乱，不经大脑思考地从身后搂住她。

苏萤没想到他居然会在马路上胡来，抬脚就重重踩上他的鞋面。

邱礼源吃痛，可非但没有松手，反倒恶向胆边生，俯身就要强行亲吻苏萤。

混合着酒气的粗喘和他口中絮絮不休的胡言乱语，逼得苏萤顾不上留情，弯起手肘以关节重重地捅向他的上腹。

邱礼源闷哼了一声，踉跄着倒在地上，捂着腹部呻吟。

路灯将苏萤的身影拉得老长，阴影将邱礼源盖住，而她背着光，声音寒冷得刺骨：“叶旋是怎么样的人，我比你清楚。我最后警告你一次，邱礼源，你最好停止侵犯个人隐私，否则算上之前在活动中心的骚扰，我们法院见！”

说完，苏萤转身的瞬间，那个厌恶至极的眼神完完全全地落入邱礼源的眼中。

从片刻之前开始就一直处于非正常状态的大脑终于闪过一丝清明，邱礼源在这一刻终于有了对自己最真实的认知：这个女人不是欲擒故纵，而是真的唾弃他。

从楠大去叶旋家，乘公交格外不便，车从繁华的大学城驶出，一路上万家灯火。

车上人不多，非常安静，苏萤坐在最后排，那正是每次叶旋与她同行时最爱坐的位置。对着窗外灯火怔怔出神的她，并没有留心到一直不远不近地尾随着公交的私家车。

她被邱礼源激起的愤怒情绪，在漫长的车程中终于逐渐平息。

苏萤给林锦锦发了条微信：是邱礼源。

然后她又凭记忆，把在他手机上看见的那段乱序的用户名发了过去。

林锦锦很快就回了过来：收到！

公交正行驶在高架桥上，四周环绕桥身的灯火绚烂，城市的霓虹安静里带着烟火气，这是苏萤生活了二十年的地方，她曾无数次地想，有朝一日赚了钱，生活不再捉襟见肘，要在这城市最高的大楼买一间房，北边临江听风，南边正对满城烟火。

这样想着，她拍了一张亮着灯的住宅大厦，发给叶旋：等攒够了钱，我们搬到这里好不好？

那个“们”字，她盯了好久，删了又打，打了又删，终究还是原样发了出去。

到叶家别墅的街道那一站，车上已经没什么人了，苏萤跳下车，拉起围巾裹住半张脸，余光里觉得街口有人影闪过，可她回头去看，那里分明只有清冷路灯，空空荡荡。

出人意料的是，穆然竟然在家中。

见到苏萤，穆然似乎并不意外，吩咐云姨倒了茶，关上书房的门，招呼苏萤坐在自己手侧，才缓缓开口："事情罗姜告诉我了。小旌不在家。"

竟然也不在家里。

叶旌虽然好说话，和什么人都可以迅速打成一片，但事实上他并不喜欢在外面瞎逛。比起玩闹，他更喜欢跟苏萤两个人待在阳台，她画图，他敲代码，或是干脆两个人一起看书。所以他平素爱去的地方两只手就数得过来，而苏萤已经都找过了，他都不在。

那么只有一种可能性，他知道她在找自己，并且刻意在回避。

这个幼稚鬼，苏萤想。

穆然依旧化着精致的妆，锈红的唇膏不减气场，可再怎么精致，眉眼之间疲倦的痕迹也掩藏不住，她显然并没有休息好，而且同样心事重重。

"您别太担心，他可能只是需要点时间整理情绪。"苏萤把自己给叶旌发消息，而他一直在阅读的情况一并告诉了穆然。

穆然闭上眼，胸口起伏，过了许久，才终于露出一丝笑意："他终究不舍得让你担心。"

苏萤抚摸着手机背，像是那里能让她感到慰藉。

"阿姨，从前叶旌不高兴的时候，喜欢去哪里？"

穆然有些尴尬，如果叶旌不高兴的时候去哪儿愿意告诉她，那么当年的叶旌压根儿就不会得那样的病。对这个继承了她的艺术细胞，甚至比她更加敏锐的儿子，她也好，叶儒也好，作为父母都了解得太少，亲近得更少。

“叶旌出国之前，我和他爸忙于工作，云姨持家，他都是自己生活，喜怒哀乐从来也不和我说。”穆然边说边起身，从书柜最顺手的地方取出一本精装的册子来，“回国内读书的这几年，他总是没心没肺的样子，什么时候都笑脸迎人，就算你冲他发火，也像拳头打在棉花上，听不见回响。我居然会以为，这是因为他一切顺遂，没什么值得他不高兴。”

“这世上哪有人会真的无忧无虑，只不过是藏在心底，不愿让亲友担心。”

“你说得对。”穆然把册子递给她，“你看看这个。”

那是一本有些年代感的相册了，缎面金线，苏萤家也曾有过类似的册子，只是父母相继离世之后，她再没往里面添过新照片。

翻开的第一页，就是个白嫩的大头小子，刚出生不久，头发软软的，还是胎毛模样，眼睛又大又圆，放在现在多半要被疑心是P过的图。

看见幼年的叶旌，苏萤的神色缓和下来，忍不住流露出一丝笑意。

“小旌早产，刚出生的时候干瘪瘦小，我都没答应人给他拍照。”穆然显然也因为这张讨喜的旧照而愉悦了一些，“这是满月照的，好看多了。”

未来，他的孩子也会是这个模样吧。

苏萤一边胡乱想着，一边往后翻，相册里的叶旌一点点长大，白皙的肌肤，黑亮的大眼睛，从单眼皮到渐渐露出桃花眼的端倪，从笑得一脸稚气，到眼神里渐渐有了潜藏的东西。

感谢世上有照片这种东西，让人能把错过的岁月找回一二。

不过，也许是因为叶家夫妇太忙，没有太多机会陪伴叶旌，照片里亲子三人一同出镜的次数少得可怜，一多半的画面里都只有小小的一抹身影——画画一个人，看蚂蚁一个人，就连爬树也是一个人。

“大多是云姨拍的。”穆然低声说，“我和老叶都很少在家。”

“他看起来很寂寞。”苏萤说。

怎么可能不寂寞呢。小小的个头，套在宽大的衣服里，只露出细胳膊细腿，十张照片有五六张都是背对着镜头，显然并不想配合云姨拍照。

画面那么大，背影那么小，孤孤单单地做着本该与父母、玩伴一起做的事。即使看不见正脸，也能想象出那张漂亮的小脸蛋上面无表情的寂寞。

正因如此，当相册里突如其来出现了一张三人全家福，上面十多岁的少年叶旋站在父母中间，左右手都被牵着，笑得眼都眯成了一条缝，隔着时光与相纸，谁都能一眼看见他打心底里流露出来的满足。

“这是他十二岁生日那天，我硬是取消了一场本该我和他爸一起参加的重要会议，这才逼着他爸抽出时间回家。”

所以，照片上叶儒的脸色并不好，甚至可以说是严肃的。就算这样，小叶旋也那样知足，可见平日里见到父母的次数真的是屈指可数了。

苏萤慢慢地往后翻，没想到，那页之后竟就是空白了——这本相册，到这一张合影就戛然而止了。

苏萤抬头正对上穆然的视线，那双与叶旋有七八分相似的眼睛里，此刻有些犹豫，像是不确定到底要不要把接下来的话说出口。

“那之后，叶旋生病了，被你们送出国治疗了，对吗？”苏萤打破了僵局。

穆然没有说话，静静地看着这个被儿子深爱的女孩儿。

苏萤解释：“我推算了一下时间，他参加 Soul Pub 大奖赛时应该就这个年纪。”

“你怎么会知道他参加了那场比赛？”

苏萤抿嘴：“因为我也参赛了，听说和 Ser 一起入围决赛还曾兴奋得睡不着。”

“他居然把化名也告诉你了。”穆然惊讶，同时也释然了。原来这孩子真的连这段从不对人提的往事也向她坦白了。穆然终于放弃了最后的戒备，垂下眼眸。从这一刻起，始终包围着这个时尚精英的那种强势尽退，剩下的只是一个心怀愧疚的普通母亲。

“他生日的那天，旋歌有场安排在海外的会议，叶儒和我都应该出席。但是在那之前，我们已经连续三年没能为小旋过生日了，所以我此前答应了他，如果他入围 Soul Pub 大奖赛的决赛，我一定陪他过生日，这是和他的约定。”

“所以您推掉了那场会议，但叶董其实是反对的？”

“嗯，这件事不过是导火索而已。”穆然说，“不怕你笑话，我和小旋爸爸之间早已经是名存实亡的夫妻关系，没离婚只是因为旋歌的共同股份。但在此之前，小旋对此毫不知情。”

这样的家事，任何一个成年人都不会想要说给他人听。

像苏萤猜测的一样，叶家父母都出身世家，门当户对，二十出头的年纪就结婚了。叶儒有商业头脑，穆然有时尚细胞，一拍即合，在叶旋出生的那年，旋歌公司应运而生。

可爱情到底不是商业合作，即便事业上一路高歌猛进，家庭关系却一天天地亮起了红灯。连孩子都没空去陪的两个人，又哪里来的闲情逸致彼此嘘寒问暖。日子久了，两人与其说是夫妻，不如说是生意伙伴——见秘书的时间都比见伴侣多。

叶儒认为女子应当相夫教子为重，希望穆然能花更多时间在儿子身上。而穆然一直是个在时尚事业上颇有野心的女人，怎么可能突然收山甘做全职太太。

两人谁也不肯自己退让，成全对方，于是渐行渐远，终成陌路。只不过为了照顾叶旋的情绪，又或者为了维系夫妻共持股价的稳定，这段婚姻始终没有正式瓦解，直到叶旋十二岁那年。

为了履行给叶旋过生日的承诺，穆然感情用事地做主推掉了海外的会议，这件事令叶儒非常不满，觉得妻子不知轻重，会惯坏儿子，三言两语不合，两人便由冷战化作口角，唇枪舌剑，句句伤人。

等气头上的两个人冷静下来，才发现端着生日蛋糕的少年，已不知在门口冷眼旁观了多久。叶儒甩手而去，穆然犹豫了一下，伸手去拉儿子，可少年已经扔下了手中的蛋糕，扯下头顶的生日帽，摔门而去。

那一晚穆然通宵没睡，在家等着，云姨说叶旋此前从没有彻夜不归过。很可悲，连这种事，一个母亲都需要靠管家来告诉自己。

但叶旋确实没回来，第二天清晨，穆然是被警察的敲门声从沙发上吵醒的。

“您是叶旋的监护人吗？叶旋因涉嫌蓄意伤人，需要监护人出面处理……”

从来安静乖巧的天才少年，居然在网吧里因为被不良少年打劫钱财而埋伏在深巷，在带头的小混混落单之后用一根钢棍夯在对方后腰，导致对方住院长达半个月，差点就再也离不开轮椅。

所有人都惊诧于叶旋会只为了十块钱被抢而下这样的狠手，穆然也不例外。

但当她到警局，见到被锁在椅子里的叶旋时，忽然有一种陌生得不敢相认的恐惧。

那是叶旋吗？能安静地在书房里绘二十四小时稿子都不出门的少年。不，眼前的男孩明明是一只嗜血的小兽，只要解开绳索，随时能用双手把看见的一切撕成碎片。

后来，和伤者达成和解之后，叶旋的精神诊断也出来了：躁郁症倾向。

苏萤听见穆然说起“躁郁症”这三个字，顿时想起了网上那些照片里与平时判若两人的叶旋，死水般的眸子，困兽般的眸子，或死寂或阴鸷——除了五官一致，找不出一丝他平日的模样。

“躁郁症属于心境障碍的一种。”穆然怕苏萤不懂，“其实他从前的沉默孤僻并不是因为个性喜静，而是一直处于抑郁的边缘。他为了参加Soul Pub的大奖赛把自己关在书房整整三天足不出户，事实上是抑郁发作。可我们不知道，把这些都当成了小孩的创作热情。”

“如果多关心他，哪怕一点点，都会知道他生病了。”

穆然怔了怔，苦笑：“你说得对。”

苏萤喉头有些发苦。她不仅仅是在说穆女士对叶旋啊，一样是在检讨当年的自己对父亲。

麻木，冷漠，才会一步步把挚爱的人推向边缘。

诊断结果出来之后，叶儒立刻拍板，帮叶旋办理了退学，谁也没有通知，很快就将人送到了大洋彼岸，让他一边上学，一边接受治疗。

他们以为以美国发达的治疗技术，叶旋必然会有所好转。没想到，一年不到的时间里，他酗酒伤人，撞车逃逸，和三教九流的人混迹在外，彻夜狂欢，几次三番险些被遣返回国，而每一次，都因为他有精神诊断证明而脱身。

更何况，在不发病的时候，他确实是华人之光，无论是语言，还是社科，无一不出类拔萃。他成了一个天才的疯子，疯了的天才。

最终，穆然在无奈之下，只好把叶旋送入封闭式的精神病院，隔离所有刺激，不允许他再做任何设计相关需要激发灵感的工作，甚至连她和叶儒也不得探视。

整整一年，与世隔绝的叶旋没有再发过病。再后来，病院诊断他基本康复，可离院观察，如有情绪波动再议。

“再议？”苏萤重复了一遍穆然的话。

穆然苦笑：“这种情绪病，并没有完全治愈的说法。”

苏萤终于懂了，为什么如今的叶旋总是显得什么也不往心里去，明明是那么温柔细心的少年，却总装成吊儿郎当的模样，对所有人都嬉皮笑脸。

那是因为他不敢让自己有情绪波动啊！连医生都告诉他，他没有被治愈，只是暂时得到控制。如果他不“控制”了，是不是又要回到过去？

“人不是机器，不是关闭了情绪的开关，就可以摈除喜怒哀乐。”苏萤轻声说，“叶旌他这样……太累了。”

穆然点点头：“这我也知道，但劝了他也不听。他只会反问我，‘难道只有哭、闹才是真实的吗？’久而久之，我也只能听之任之。”

“我知道了。”苏萤站起身。

“不早了，你留在客房休息吧，我让云姨给你收拾。”

“不了，我想稍微静静。”

苏萤执意要走，穆然也没有办法，只好把人送到门口。

昏暗的路灯下，转身离开的苏萤忽然停住脚步，回头问：“阿姨，我可以问你一个问题吗？”

“你问吧。”

“从叶旌那时候生病，直到如今，你有没有告诉过他，不管他是生病，还是痊愈，你都不会离开他？”

穆然愣住了。没有，她因为事业需要奔走在世界各地，甚至大部分的时间都与叶旌日夜颠倒，她哪里有机会去跟一个已经独立了很久的儿子说这么感性的话。

穆然的神色被苏萤看在眼里，她点点头：“我知道了。穆阿姨，如果将来有机会，你试着告诉他吧。”

穆然沉默了一瞬，短促地“嗯”了一声。

叶宅外的路一如既往的又长又冷清，就连为数不多的别墅也已经熄了灯火，只剩院子里透出的零星光线。

苏萤踩着影子慢慢地走着。

穆然说，在封闭治疗的那一年里叶旌谁都没有见过。换句话说，对少年叶旌而言，那是被世界抛弃的一年。如果他有病，如果他是病人，谁都会丢下他，谁都会不要他。

被世界抛弃，对于一个十多岁的男孩而言，是多么可怕的认知。而且，他是那样一个敏感的人。

所以他觉得过去的事迹不可示人，藏得深深的，再用阳光伪装自己，生生地把自己塑造成一个没有忧愁的假面人。他大概很害怕吧，怕再感受那种被全世界丢弃的孤独。

不期然地，苏萤的脑海中划过相册里那个站在父母中间一脸满足的小小少年，还有无数个形单影只的瘦削身影。

苏萤一直都知道，钟情于艺术的人对生活都特别敏感，比如她的母亲，她有多沉溺于笔下的世界，就有多怕接触真实的生活，因为哪怕一丁点儿的波动，都有可能在内心掀起惊涛骇浪。

所以，苏萤能够想象小小年纪就以充满灵气的设计闻名于世的叶旌，有着多么敏感的内心，有多期待家庭团圆，就有多畏惧孤独，害怕争吵，直到这种敏感累积到极点，他终于彻底崩溃了。

脑海中的想法千头万绪，苏萤甚至在想，如果当年的他们已经相识，如果在他困扰而无处诉说的时候，她陪在他身边，哪怕只是拍一拍他当年还瘦小的肩，会不会就能好一些。

她走神了，以至于压根儿没有留心看路，在马路牙子上一崴脚，险些摔倒，人是稳住了，膝盖却撞在了用来阻拦车辆的水泥桩子上。疼，伸腿也疼，屈膝也疼。

苏萤索性原地坐在了桩子上，跷起腿来揉捏，因为在出神，所以坐了很久都没动，直到忽然看见靠近的人影，才猛地抬头。

“走不了了？”

路灯下，穿着深灰色哑光羽绒服的大男孩戴着黑色鸭舌帽，青色的胡茬在唇上隐隐约约，眼底一片青灰，显然是没有睡好，目光停在她腿上。

苏萤的眼眶忽然一热，她下意识想起身：“你怎么会在这里？”

膝盖传来的疼痛，令她不由自主又跌坐回去，倒吸一口冷气。

叶旋快步上前，半跪在她身前，麻利地用一只手托起她的小腿，一只手不轻不重地揉捏：“这样疼不疼？”

苏萤没有说话。

叶旋等不到回答，只好抬头，结果撞进她如水的目光之中。

苏萤看着叶旋的眼睛，双手捧起他的脸，拇指在他眼睑下的青灰处轻轻摩挲，一言不发，红了眼眶。

叶旋慌忙放轻手劲：“这么疼？别是伤到骨头了，我们去医院！”

苏萤拉住他要去抱自己的手，摇头：“你今天一天去了哪里？我很担心。”

叶旋这才恍然大悟，她的泪不是因疼而起。刚刚远远见她撞到水泥桩，又坐在路边很久没有起身，他以为她伤着了筋骨，这才匆匆现身。

叶旋放下她纤细的小腿，一言不发地起身就准备离开。

苏萤一把拉住他的衣摆，撒娇：“我膝盖疼，走不了了。”

见他不动，苏萤再接再厉地走卖惨路线：“而且为了找你，我三顿没吃了，水都没喝几口。”

“早餐煎饼，中午拉面，晚上云姨包的饺子。”叶旋背对着她，说得清清楚楚。

苏萤眉头跳了跳，这人的记忆力简直无敌。

“所以，你今天其实一整天都跟着我吗？”

叶旋不承认也不否认。

苏萤说：“你今天不想回学校，我理解你。可是你为什么连我的消息也不回？”

“没想好。”

“嗯？”苏萤扶着他的腰，勉强直起身。

叶旋察觉到身后人的吃力，不由反身双手扶住她的手肘。

苏萤借势站稳，顺手拽住他的衣袖：“没想好什么？”

在那还隐隐带着泪光的眸子的注视下，叶旌无处可躲，只得哑声说：“怎么面对你。”

苏萤仰头，直视对方。

那张总是带笑的脸上有种惹人怜惜的惶惶不安，在她的注视下，目光都不知该往哪儿放似的。

苏萤想到了惹祸的金毛，那委屈的眼神，无处安放的四肢。

可他明明没做错什么啊，难道要逢人就昭告天下自己曾经得过病。那才是真的有病好不好。

苏萤抬手，从背后扶住叶旌的背，稍微用力，使他贴近自己。

叶旌没料到她会主动抱紧自己，身子僵了一瞬，终于轻轻地拥住她。

苏萤说：“有什么不知道怎么面对我的？想哭就哭，想笑就笑。我连你最无赖的模样都见过，还有什么不能看的？”

“我……”他才说了一个字，声音便被她抬头堵在唇齿间。

苏萤闭着眼睛，全心地感受着这个人。

一日不见，如隔三秋。

她从没有这样深刻地理解过这句话。

手掌下，年轻的身体结实的肌肉，这个阳光得仿佛没有半点阴霾的家伙，居然让她忘了，他还只是个刚满二十的年轻男孩，他再怎么早熟，再怎么想逞强保护爱人，也终究还是有脆弱的一面。

温热的呼吸落在两人的唇间，只有一瞬的分离，又瞬间迎来下一个吻。

直到两个人终于分开，都已经气息不稳。

“其实我很感谢当年的你。”苏萤依偎在他胸前，手指摆弄着羽绒服的拉链。

“为什么？”天知道，他有多么恨那个脆弱得不堪一击的自己。

“我最大的遗憾是没有机会看到爸爸从泥潭里走出来，他没有给我这个机会。”苏萤顿了顿，慢慢地说，“感谢当年的你从来没放弃拉扯自己，不管经历多少风雨，你都走过来了，这才给了我机会，让我遇见你，所以，我不该感谢‘他’吗？”

叶旋沉默一会儿，低头，下巴在她头顶用力地蹭了蹭：“阿萤，你就不怕吗？”

“怕什么？”他这个动作好像一只撒娇的大型犬。

“他们说我是精神病。”叶旋说话的时候，下巴在苏萤头顶有一下没一下地碰触，“我跟叔叔不一样，我不是抑郁症，是躁郁症。”

“是曾经。”苏萤纠正，顺手拉开了他的羽绒衫，内里是一件黑色针织衫，大领口。

叶旋意外，见她微微弯腰，侧耳贴在他胸口。

“你喜欢……不，你爱我吗？”

女声响在寂静的夜里，带着一丝羞涩和说不出的妖娆。

叶旋觉得自己本就加速跳动的心脏在这一刻几乎要跃出胸膛，他喜欢她的，很喜欢，喜欢到想要永远只让她看见最好的自己。

爱吗？

他也是爱她的，因为爱，所以奢望她能连自己最不堪的一面也接纳；因为爱，所以极度害怕那不堪的往事无法被接纳。

她耳边是擂鼓般的心跳，混合着带着胸腔共鸣的声音：“爱。”

明明有千言万语，到嘴边却只剩下这一个音节。

即便如此，苏萤还是笑着抬起头，食指轻轻戳着他的左胸：“喏，它说你没撒谎。”他的心脏，他的心跳。

叶旋捉住她不安分的手：“我不是在开玩笑，你真的不害怕我吗？”明明连他都害怕自己。

“叶旋，从认识你的那天开始，我就知道你这副乖乖仔的模样是装出来的。”苏萤拉起他的手，揉着指腹中间薄薄的烟茧，“我见过你抽烟的样子，就在学校里。你以为我在上课，但我提前出来了。我还见过你跟邱礼源斗气时候的眼神，如果眼神能杀人，他大概可以死一百回。”

叶旌任她摆弄着自己的手指。

“包括第一次，在飞机上，我拿错了的行李包。”苏萤轻轻笑了下，“其实是你调的包吧——我记得很清楚我的包放在左边，你的包在右边，除非你调换了位置。”

没等叶旌回答，她又接着说：“当初在旌歌拍广告，刘瑞脚踩两只船的事是你揭发的，狗仔队是你叫来的，包括群起而攻之的模特也都是你让人召集的，对不对？”

“这你怎么会知道？”那是他圈里的朋友，苏萤不该认识啊！

苏萤挑眉：“诈你的。”

叶旌耷拉下眉眼：“你学坏了，阿萤。”

“近朱者赤。”苏萤戳了戳他的胸口，“拜你所赐，我都学会了。”

叶旌就势握住她的手，触感微凉，连忙把她的手揣进自己衣兜里焐着。

苏萤目光一柔，轻轻地吐了一口气。

“我怕，如果我不是你想象中的那个样子，你就不喜欢我了。”

苏萤看着他，他又说：“之前你跟林锦锦通电话的时候，我不小心听见了。”

苏萤记起那天的情景来，她拒绝他的好意，两人不欢而散，就在离这里不远的地方，她在电话里对林锦锦说起自己不受控制的心情。

苏萤反问：“想象中的样子？什么样子？老实憨厚的大金毛吗？才不是，我早就知道你就一大尾巴狼——嗞！你轻点儿！”

叶旌放开捏紧的手，似笑非笑地问：“你说我是什么？”

大尾巴狼，苏萤想了想，好女不吃眼前亏，改口道：“就一小狼狗，会咬人的那种。”

叶旌总觉得哪儿不对劲，又说不上来，想想狼狗也挺好的，起码能保护心爱的女人，也就懒得再跟她争论。

苏萤松了口气：“所以我才不是喜欢什么想象中的样子，叶旌，我喜欢的是你，没什么先决条件，不是因为你怎么样才喜欢你，因为喜欢你，所以不在乎你到底什么样。”

叶旌把她拉进怀里，头靠在她颈窝，闷声说：“知道了。”

苏萤看着他脖子后面短短的发茬，心里有说不出的柔软：“你回国以后，还有过那种失去控制的感觉吗？”

“没有。”事实上，他没有一刻不提心吊胆，不敢放任自己的情绪，永远伪装成没心没肺的模样，尽可能避免冲突，尽可能什么也不在乎。

如果不是在不知不觉中被苏萤吸引，他以为自己能一直戴着面具活下去，就算是伪装成正常人也行。可是在苏萤面前，他做不到，他似乎总处在失控的边缘，她能轻易地让他笑，也同样可以轻易地激怒他。

正因为如此，叶旌才试图将那些不稳定藏得深一点，更深一点，不能有半点伤害她的可能。

“叶旌，我也会发火，生气的时候会砸东西，会大吼大叫，会有把对方千刀万剐的冲动。”苏萤依偎在他怀中，“你觉得我是正常人吗？”

“当然是。”

“所以啊，就算你真的为什么事、什么人而动怒，并不意味着你没有痊愈，那只是一个正常人正常的喜怒哀乐，叶旌，你在怕什么呢？难道一朝生病，一辈子都只能是病人吗？”

苏萤很少一口气说这么多话：“叶旌，我不信命，不信我自己的，当然也不信你的。”

在过去的近十年里，午夜失眠的时候，叶旌也曾无数次问自己，难道他永远都要背着精神病人这样可怕的称谓吗。除了把过去藏起来，就再也没有别的办法了吗。可是当初，他出院的时候，主治大夫明明说过只要时常提醒自己不要钻牛角尖，不要大喜大悲，他和普通人就是一样的。

苏萤说的话，正是叶旌内心长久以来未能说出口的呐喊。

“没害怕。”少年的声音终于恢复了云淡风轻。

苏萤抬头，捧着他的腮，见他宁静的眼底终于又有了神采。

“没害怕你干吗躲着我？”

叶旌想要躲开她的手，可她又把他的脸扳正，好让自己看着他的眼睛说话：“还说没躲着我，我找了你一整天都没找到人！”

“那是你眼神不好。”

苏萤撇嘴。

“你在天台跟罗姜说话，在连廊和林锦锦说话，下午还去了咖啡店、书吧、篮球场——”他说了一半，戛然而止。

苏萤先是纳闷儿，随即恍然大悟，瞪大了眼睛：“我在后山的时候，你也在附近？”

叶旌默认了。

“那……邱礼源……”那浑蛋动手动脚的时候，他难道也看见了吗？

叶旌明亮的眼神有一瞬的晦暗，含混地“嗯”了一声。

苏萤从牙缝里挤出一声冷哼，松开捧着他脸颊的手，咬牙切齿：“我原本以为他只不过是花花公子，没想到居然还是个卑鄙小人。居然敢暗地里阴我的人，等着，看我不给他颜色看看！”

相识之初，在叶旌眼中，苏萤是个假装高冷内心柔软的小姐姐，后来渐渐地，他更加确信自己的第一印象，并且越来越为她沉迷，但这还是第一次，从她身上看到这样的霸气。

他忽然轻笑出声。

苏萤松开拳头，撇了下嘴：“你笑什么？不信吗？”其实看到他露出笑脸，她是松了一口气的。

“给他颜色看？阿萤，你打算怎么给？”

苏萤眯起眼：“林锦锦有个朋友叫小五，是个黑客高手，邱礼源在

BBS 上干的那点龌龊事，分分钟就能揪出来，让网友教他做人！”

“高手？有多高？”叶旌扬起唇，“比我还高吗？”

苏萤一愣，她居然忘了，眼前的可是还没毕业就分分钟卖出软件程序的楠大信息院扛把子啊！

“忘了。”她老实承认。

叶旌低头，亲了亲她的眼睛：“下次想到高手的时候，优先考虑你的男朋友。”

苏萤嘴上嘲笑他自大，暗地里却长长地舒一口气，他回来了，真正的那个叶旌。

叶旌背起苏萤，慢慢地在无人的街道上走。

“其实你根本不用瞒着我这些事，我这人也一堆毛病，满身缺点。”苏萤圈着他的脖子，随口说着，“根本不会嫌弃你的——嗞！你又捏我！”

叶旌忽然在她大腿上不轻不重地掐了一下。

苏萤立刻报复性地在他耳垂咬了一口：“干吗捏我！”

叶旌嘴角带着笑，看着前路，义正词严地说：“不许说苏萤的坏话，她就算有什么缺点，在我心里也是全世界最好的女孩。”

苏萤哆嗦了一下：“放我下来，你太肉麻了！”

“不放！”叶旌反而将人往上提了提，背得更稳了，“我要背着我的人，而且要背一辈子。”

“一辈子吗？”

“嗯，一辈子。”

苏萤无声地贴在他脸颊，不开口了。

叶旌背着她，慢慢走过了那条无人的街，直到找到出租车，一路回到苏家，他始终没有放开过牵着她的手。

苏家门口。

相较于春夜的寒冷，家中就连灯火都透着温暖。

苏萤说："不然，进来将就一晚吧。"毕竟，时已过午夜。

"虽然我真的特别想答应。"叶旋笑，露出一口白牙，"可我还是回去吧，免得穆女士彻夜难眠。"

苏萤想想也是，只好叮嘱了几句，放他走。

叶旋伸手摸了摸她的头发，手指从发丝间留恋地拂过，然后终于不得不离开，刚下了几级台阶，忽然被她喊住了，他回头："怎么了？"

"我爱你。"

台阶最上方的女孩儿沐浴在客厅暖黄的灯光下，白皙的面容上透着一点羞涩的红晕，但眼神是那样坚定，嘴角带着笃定的弧度。

在黑漆漆的楼道里，那是叶旋眼中唯一的光。

"你就是你，无论发生过什么，将要发生什么，我都不会离开你。"

叶旋感觉心头一根久违的弦像是拨动了，在脑海里嗡嗡回响，沉默了片刻，他低低地说："我知道了。锁好门，我走了。"说罢，快步往楼下跑去。

伸手不见五指的楼道里，抓着扶手一路往下奔走的叶旋，没有去抹溢出眼眶的那行泪。

见鬼，为什么面对她，他总是毫无抵抗之力！

苏萤站在窗口，等了很久很久，才看见那个熟悉的身影从楼道里走出来。在叶旋回身的前一秒，她飞快地蹲了下来，然后摸出手机给他发消息：我洗好澡了，睡觉了，晚安。到家给我留个言。

这一次短信是秒回的，只有三个字——

我爱你。

Chapter15

法定婚龄谁定的

第二天，苏萤在学校依旧遭受目光的围剿，可这次她的心态跟前日截然不同，谁看她，她就看谁，目光坦然到对方都不由自主地躲开她的视线。

刚好是公共课，整个艺术系选了课的学生混合上课，所以人员尤其复杂。

苏萤进教室压根儿没打算找认识的面孔，随意在第一排落了座，谁知道刚坐下，就被后排女生拿笔末戳了戳背。

她回头，对方立刻语气不善地问："你对邱学长做了什么？"

昨天发生那么多事，苏萤早把人渣邱抛到脑后，倒是愣了下才反问："你觉得我对他做了什么？"

女孩似乎对苏萤并不十分熟悉，所以不了解她这样问已经是在忍耐，居然以为她是个好欺负的主，更加盛气凌人："你架子大，不喜欢人家拒绝就是了，何必把人打进医院？你这人心怎么这么恶毒呢？"

苏萤一愣。

进医院？邱礼源这人是纸糊的吗，一个肘击就进医院，再踹一脚是不是可以送他去投胎了。

苏萤压根儿没往心里去，转头去放置课本。

那女孩没料到苏萤是这种脾气，感觉自己受到轻慢，又为梦中情人抱不平，一时急火攻心揪着苏萤的后衣领站起来：“你这什么态度？”

苏萤喉咙口被衣领卡住，白皙的小脸瞬间涨得通红，一边用手指扯住领口，一边起身，这才缓过呼吸。她盯着地面，过了好一会儿才回过神，再抬头，眼神冷冽，微微眯起眼睛，即使没开口也带着十足的威慑。

动手的女生原本也只是一时意气，没打算惹大麻烦，被她如此一瞪，反而下不来台，红着脸梗着脖子，理直气壮地让身边同学评理。

“就是她！把学生会长打伤的就是苏萤。你别拉我——”她甩开前来劝架的同学，红着眼睛指着苏萤，“我就是不服气！凭什么学长躺在病床上，苏萤却可以安安心心地在这里上课。”

苏萤的面色还未完全恢复，食指在领子里扯了两下，从座位里退了出来，一言不发地走上台阶，站在那个梗着脖子的女孩面前。

苏萤不高，跟那女生相差无几，可偏偏因她的神色生出了居高临下的意味。

“算了吧，苏萤，青青她只是一时情急，没恶意。”有人劝。

苏萤没理，只是把被弄歪了的领口稍稍理正了些。

“苏萤——”那人轻轻拉住她的手臂。

苏萤这才回头，语气平淡地说：“没事，我就问她两个问题。”

那人见她不像被激怒的模样，这才放心地松开手。

但先前替邱礼源出头的女孩可没那么放心，连连向后退，差点碰翻了后排桌子上的水杯。

“你认识邱礼源吗？”苏萤问，语气平直，不带挑衅，让人下意识就想回答。

女孩点头，然后又皱眉，别过视线。

“那他认识你吗？”

女孩的脸倏地红了，答案是不认识，邱礼源是大众情人，暗恋他的女孩一抓一大把，她不过是其中一个而已。

苏萤见她缄默，倒像是松了口气似的，眼波一转："不认识就好，那种人渣有多远离多远。"

"你凭什么——"女孩话说了一半，被苏萤猛抬起的眸子吓得把后半句话吞了回去。

那是个充满厌恶与嫌弃的眼神，苏萤一字一句地说："不管他长相怎样，家世如何，单就对女生的行为，他就是个不折不扣的人渣。"

上课铃声响起，讲师刚好跨入教室，苏萤坐回位子，再也没回过头。

她压根儿没说邱礼源究竟做了些什么，可就那一个眼神、两句话，足够在座的人脑补出万字大戏来。

不到下课，BBS 上的讨论已经疯狂。

原本爆料邱礼源因苏萤而入院的帖子，已经被各种质疑声所覆盖，提得最多的问题是：苏萤一个一米六五的瘦弱女孩子，怎么可能把一米八出头的邱礼源打到医院？

可是没有目击者，又在监控死角，众说纷纭，根本没有答案。

苏萤一边刷着论坛，一边穿过整个校区去信息学院找叶旌，没想到刚进教学楼，就遇见了被罗姜搂着脖子的叶旌。

下课时人潮涌动，那么多张年轻的面孔，可苏萤还是一眼就看见了他。

他穿着简单的红色套头毛衫、牛仔裤，书本就抄在手上，在罗姜嬉笑的注视下脸上挂着一抹笑容，很淡，却很真实，不像从前那种佯装的浪荡，倒像是憋着笑却没憋住，溢出来的笑意。

叶旌正跟罗姜说得起劲，没注意到苏萤，一只手持着书本在罗姜脑门上拍了下："他敢说什么？别说我只是揍了他几拳，就算是打得他满地找牙，他也只能认栽。那地方没监控，是他自己挑的好地方，吃哑巴亏能赖得了谁。"

罗姜啧啧直叹知人知面不知心，又说："我要早知道邱是这种人，早八辈子就跟他断交了！”

“少来，要不是你，我才不会认识这种渣滓。”

“是是是，我的错，我的错。”罗姜说着又压低声音，“说正经的，你没事了？”

叶旋歪过头：“我能有什么事？”

“昨儿你没来，我当网上那些陈芝麻烂谷子的事惹你糟心了。”

“哦，那些，是挺糟心的。”叶旋点头，然后挠了挠头发，“不过说起来我还真该给邱礼源送面锦旗，感谢他帮我解开多年的心结。你不知道，我今天呼吸都觉得肺部轻松得多。”

“为什么要给他送锦旗？”罗姜丈二和尚摸不着头脑。

叶旋挑眉：“你专业课到底都学了些什么东西？一整天居然都查不出来发帖人的 IP 和身份？还得小爷我亲自出马。”

罗姜终于恍然大悟：“那些帖子居然也是邱礼源发的！”

“只揍他几拳，真是便宜他了。”叶旋后悔，不过想想，当时那种情景之下自己居然都能保持理智只打了几拳而已，没起杀心，大概真的是康复了。

“就是说啊，换作是我直接套上麻袋揍。”罗姜微顿了下，“我宣布了，从今天开始我跟邱礼源正式断交，宁可毕业之前再也不碰篮球，也不跟他称兄道弟。”

叶旋刚想夸一句讲义气，余光忽然看见了一抹熟悉的身影——苏萤背着双肩包，似笑非笑地看着他，见他发现自己，她饶有深意地点了点头。

她就说呢，不过是一记肘击怎么就把邱礼源打进医院去了。而叶旋明明当时就跟着她，又怎么会只字不提，根本就不是他一贯的作风啊。

叶旋一个箭步上前，单手捂住苏萤的嘴巴，赔着笑脸环着她离开了机房大楼。

到无人处，他才说："你都听见了？"

苏萤挑眉，点头。

叶旌与罗姜面面相觑——不想让她知道自己采用为武力解决问题，明明昨天才跟人家说自己能控制情绪了，结果转头就采取暴力。

叶旌真害怕苏萤误会。

"罗姜，我问你个问题。"

罗姜连忙立正："尽管问！"

"如果你是叶旌，当时你在现场，你会怎么做？"

罗姜拍着胸脯，把刚刚跟说叶旌的话又重复了一遍："还用问？套麻袋，往死里揍。"

"听见了吗？"苏萤转向叶旌。

叶旌脸上那隐隐的一点担心也终于散了，露出笑意来。

这下轮到罗姜蒙了："叶旌，你笑什么？你俩这是唱的哪出戏？别啊，你俩心有灵犀不点都通，不能留我一个人丈二和尚摸不着头脑啊！"

苏萤撩过耳边的碎发，看着叶旌的眉眼说："是个正常人都想痛打姓邱的啊！我一直后悔下手太轻呢！"

罗姜终于恍然大悟——她是在借自己之口打消叶旌的顾虑。

事到如今，罗姜更加明白叶旌为什么会突然为一个女孩如此着迷，那是因为她懂得他的需要，而且总能恰如其分地安抚他残留的不安。

"不过话说回来，不怕邱礼源反咬你一口吗？"苏萤问。

叶旌说："那孬种，还专门选了没监控的路口，自己断了自己后路。"

"活该。""活该。"

苏萤和罗姜异口同声，然后相视一笑，击掌。

苏萤终于注意到罗姜脖子上还系着那条眼熟的围巾，犹豫了一下，问："这个是？"

罗姜立刻眉开眼笑，捧着宝贝似的："怎么样？唐梦楚送给我的，精不精致？帅不帅气？”

唐梦楚？苏萤狐疑。

叶旌也是这时候才注意到，低头看了几眼：“跟我这条怎么这么像？”

两个男生这才发现两人在无意中戴了大半日的“情侣款”，难怪上课的时候隔壁兄弟的眼神如有深意。

叶旌清了清嗓子，问罗姜：“唐梦楚当面给你的？”

唐梦楚对叶旌之心路人皆知，难道真是放弃叶旌，选择了罗姜吗？

罗姜犹豫了一下：“平安夜那天，放在纸袋里搁在我座位上的——但我刚戴上唐梦楚就来了，还夸我戴着很好看。”

“你没跟她确认过是不是她送的？”

“没。”但他转手就送了对方一条施华洛世奇项链，唐梦楚也没拒绝，他默认对方是明白那是回礼的。

叶旌看了苏萤一眼，苏萤摇摇头。看来，她有必要找林锦锦好好聊聊天了。

邱礼源伤得不轻，家里人自然是愤慨不已，提出伤是在楠大校园里弄的，学校理应给出交代，同时提出了对苏萤的怀疑。

校方哭笑不得：一个一米六五细胳膊细腿的女同学，怎么可能赤手空拳把个一八五的男生打到内出血。更何况，她图什么啊！

是啊，苏萤作为一个被追求者，为什么要打伤邱礼源。

这一联想，吃瓜群众不免怀疑：邱礼源是不是对苏萤做了什么不可告人的事，女孩子才会自卫伤人。

但，这一切都只能是猜想。

从医院回来的邱礼源守口如瓶，对于究竟怎么在后山受的伤只字不提，只说是不小心摔的，也不管别人信不信，他一反从前的儒雅，被人逼急了直接一句脏话丢过去。

而另一方面，以苏萤一贯的高冷做派，有胆去问她的人无不碰了钉子，连一句话也问不出来。更何况，事情发生不久后，苏萤就几乎没在学校里出现了。

苏萤向学校递了为期两周的请假申请，远赴南边海岛，为《Silence》拍摄春夏大片。她是艺术系的学生，又是服装设计专业，本就是要进时尚圈的，而《Silence》是国内主流的时尚杂志，学校自然愉快地放人了。

这一次叶旌没有陪着苏萤，因为他和罗姜的U-OPUS项目正在最后的周期，睿翼集团很快就要做出最终选择了，需要他们携带项目前往帝都当面与其他竞争者PK（对决）。

“你一个人没问题吗？”叶旌蹲在行李箱旁边，一只手摸着跟进门来的小野猫，自从“一吻定情”，他就对这只小猫宠爱有加。

苏萤一边往箱子里塞衣物，一边说：“你是在质疑未来超模的能力吗？”

叶旌立刻表明态度：“不！我是觉得身为超模，出行拍片，连个随行助理也没有实在是太委屈了！”

“看不出来，你的求生欲还挺强的嘛。”

叶旌扒着行李箱边缘，抬起大长腿试图往里面放。

苏萤立刻一把拉开他：“干吗？”

“能不能把我也装进去？我不舍得你。”他一副可怜兮兮的模样，只差没跟小猫咪一样摇尾巴了。

苏萤哭笑不得，把箱子盖子一合，坐在盖子上，仰起头，闭上眼睛。

苏家卧室的采光很好，春日的阳光照在她白皙透亮的脸上，漂亮得令人屏息。叶旌倾身，双手撑在箱子上，贴近她柔软的唇。

“你和罗姜几号去帝都？”苏萤在终于喘过一口气的间隙里，努力地问。

叶旌立刻堵上了缝隙，惩罚似的咬了咬她的下唇：“亲我的时候可不可以别想别人？”

她哪儿想别人了！明明是在关心他好吗，苏萤不满地想。

直到片刻后，平躺的苏萤拉起滑落的毛衣衣领，才听见背对着自己的叶旋郁闷地说：“七号去，八号讲项目。”

“那刚好！说不定我从南边直飞帝都，也许能赶上跟你一起回来。”

“哦，那挺好啊！”叶旋还是很低落。

苏萤坐起身，整理了一下凌乱的衣衫，伏在叶旋肩头，探头看他的脸：“你在生什么闷气？”

叶旋别过头，不让她看自己的表情：“我没生气。”

还没生气呢，明明感觉连尾巴都耷拉了。

苏萤跪在他背后，双手扳正了他的脸，让他看着自己：“到底怎么了？”明明刚刚某人还是情难自禁的模样，怎么转头就忽然生起气来了呢。

看见他的正脸，苏萤才发现他鼻翼都是薄薄的汗，呼吸也略显粗重。

“你……”她不知道该怎么说了。他看起来，憋得很辛苦。

苏萤识时务地松开手，手脚麻利地打算下床，没想到叶旋豹子似的迅捷转身，扑食一般径直将她重新按倒，整个人俯在她上方，鼻尖对着鼻尖，粗重的呼吸落在她唇瓣，声音沙哑，带着一点点痛苦的味道：“法定婚龄到底是谁规定的？”

苏萤忍不住笑出了声。

叶旋在她鼻尖上咬了一口：“你还笑！我都快要活生生被憋死了。”

“又不是我定的，你凶我干吗呀？”语气带着一点撒娇的味道。

“如果不是你，我怎么会变成这样？”叶旋气呼呼地抱怨。

只有她，只有这个叫苏萤的女孩，无论何时何地，穿长裙或是家居服，头发喷香或是三天没洗头发，生着气皱着眉，或是抿着嘴藏起呻吟，无论是哪个模样的她，都能让他心神向往，定力全无。

这种被吸引仿佛完全不需要什么条件。

他只想早点把她娶回家，只有这样，才能完完全全地把这只小小的萤火虫据为己有。

但，天杀的！叶旌从来没有像现在这么恨两个人之间的年龄差——苏萤年龄倒是够了，他却还要等两年。

最低结婚年龄这件事，就应该以心理年龄衡量！在淋浴间里冲凉的叶旌愤愤不平地想。

《Silence》的春夏特摄被安排在南边沿海的一个小镇，因为不是旅游城市，人并不多，海岸线蜿蜒曲折，细沙白浪，天高海阔，随手一拍都是景。

除苏萤之外，同期安排的还有几个被杂志相中的新秀，男女对半，无一不是刚刚在时尚圈冒出尖尖角，各具特色的新鲜面孔。

一群年轻人聚在与世隔绝的海边小镇，又都是漂亮人儿，即便是花絮也吸睛得很。《Silence》当然也明白这一点，官方发布了好些俊男靓女的剧透照。

照片上满屏的大长腿，青春逼人。

直到有人把照片搬到楠大的BBS上，众人才发现原来平时总爱穿着不起眼的衣裳，身高也普普通通的苏萤，竟然有着毫不输阵的长腿，匀称光洁，与“零号”身材的麻秆腿相比，反倒更多几分青春气。

在校园里，苏萤几乎是全素颜，也正因如此，都知道她美，却从无人知道她可以美得让人窒息——白色大V领衬衣，扣子半解，黑色高腰裤将衣摆半扎，长腿纤细匀称，坐在破旧的渔船上，迎着金色的晨曦，被海风拂起的短发丝丝缕缕遮盖了精致的眉眼。远处，被虚化了的嬉闹中的年轻男女，而苏萤就处在画面的绝对中心，正噙着笑意安静地凝望着他们，嘴角边浅浅的酒窝，恰如其分地化解了遗世独立的清冷。

《Silence》显然也很中意她，在大批的花絮照甚至大合影里，偏偏挑了苏萤的这张放在页面焦点，对她的钟情和力捧不言而喻。

罗姜盯着页面，目光半天无法从那个既熟悉又陌生的美人身上挪开，直到鼠标被人强制挪开，他才恍然醒悟，不好意思地挠了挠头。

动手的是林锦锦，她已经停在罗姜身后多时了，他居然浑然不觉。一时冲动抢了鼠标，她就后悔了，只得打着马虎眼说："朋友妻不可欺，你没听过吗？"

常常跟着叶旌来网吧找苏萤，罗姜早就和这个输人不输阵的前台妹妹熟透了，闻言觍着脸辩解："爱美之心人皆有之，叶旌都没说话，小妹妹你生什么气？莫不是吃醋了吗？"

他本是玩笑话，哪知林锦锦居然一下子红了脸，耳垂跟要滴血似的，转动轮椅就跑了，伏在前台桌上，连个正脸都不露。

罗姜一头雾水，戳了戳坐在一边摆弄手机的叶旌："小妹妹这是怎么了？"

"你不是说了吗？吃醋了。"叶旌头也不抬，还在打字。

罗姜失笑："我那是逗她玩儿随口说的。"

"说者无心，听者有意。"叶旌关上手机，站起身，"顺便说一句，阿萤跟我说当初围巾她和林锦锦一人织了一条，林锦锦的毛线是黑色的。"

罗姜还愣在原地，叶旌已经往外走了："走吧，该出发去机场了。"

因为机票时间尴尬，是罗姜建议两人来网吧打两局《DOTA》打发时间的。被叶旌催促，罗姜只好浑浑噩噩地准备退出游戏账号，一眼看见好友列表里常常跟自己组队的网友LJJ显示现暂时离开的状态，想了想，给对方留了言——

这两天要去帝都办重要的事，暂时不上游戏，你帮我上线领个奖励，账号密码我下面发给你。

他也不知道自己为什么能心无芥蒂地把账号密码给个素未谋面的网

友，大概是因为在游戏里并肩作战结下的革命友谊吧。

LJJ 没回，罗姜只好悻悻地关了客户端。

两人一前一后从前台走过，只见林锦锦还趴在桌面上，柔软的发丝蓬松干净，露出的一截手腕圆润可爱。罗姜伏在柜台上，在她肩头拍了一下：“喂，小妹妹，我们走了啊！”

林锦锦从臂弯里略微抬起头，只露出两只圆溜溜的大眼睛，闷声闷气地回了句：“走吧走吧，一切顺利！”耳郭依旧红彤彤的。

小姑娘真挺可爱的，罗姜心想着，余光无意中瞥见了林锦锦未关闭的电脑屏幕，熟悉的游戏界面，还有熟悉的头像。——他自己那个丑得极具个性的头像，正在林锦锦的好友列表里一下一下地跳动着。

“走了。”叶旌招呼。

“来了——”罗姜临出门前，不由又多看了趴在桌上的小姑娘一眼，正对上对方湿漉漉的大眼睛，心跳猛地漏了一拍。

与此同时，在飞往帝都航班上的苏萤，正在摆弄着手机，犹豫究竟是提前告诉叶旌自己的动向，还是悄无声息地给他个惊喜，谁知手机突然就响了。

发件人：叶旌。

——小姐姐，国家允许先办酒后领证吗？

苏萤扑哧笑出声来，紧接着又是一条：花絮里那个莫西干头一直偷看你，替我丢他俩白眼，谢谢。

苏萤抬头，果然看见叶旌提到的那个莫西干头男模，正隔着人群朝她看过来，见她回望立刻右眼一眨，报以笑容。

看来网上播的花絮叶旌不但看了，而且吃醋了。

苏萤抿嘴微笑，撒了个谎，说自己的拍摄进程还要往后延，让叶旌在帝都好好努力，等他捷报。消息刚发出去，乘务员就通知飞机即将起飞，她只好关闭了手机。

叶旋说的那个莫西干头男模其实是个好好先生，叫沈奇，对苏萤确实很有好感，但并不激进，圈里俊男靓女多，换CP（伴侣）跟换潮品一样转眼的事而已。

起飞没多久，沈奇就跟苏萤的邻座换了位置。

“刚跟男朋友发消息呢？”

苏萤看了他一眼，点头。

沈奇打了个响指：“我就猜到——摄影老师都说了，抓拍你笑脸的最佳时机就是你低头看手机的时候。我就琢磨着，不是刷微博就是跟男朋友发消息，真可惜，居然是后者。”

他说得直爽，苏萤不由笑了笑。

沈奇问：“聊聊，他是什么样的人？”队里那么多小帅哥，居然没有一个能引起苏萤兴趣，她的男朋友到底是何方神圣。

依苏萤的性子，一笑了之也就算了，可这次居然鬼使神差地有些兴趣，歪过头看沈奇：“你签经纪公司了吗？”

沈奇说没有，他是兼职模特，本职工作是健身教练，有好的杂志、好的摄影师、好的设计师来邀约才出来玩票。

“那如果有个软件，能把你要的这些资源都集中起来，你会不会用？”

沈奇恍然大悟：“你男朋友做软件开发的？”

苏萤眨眨眼，没说其实是学软件开发的。

“码农啊，啤酒肚、地中海那样的？”沈奇把自己逗乐了，又对苏萤比了个大拇指，“在这个看脸的世界，苏小姐，你可以的。”

苏萤知道他把叶旋想象成中年大叔了，但没打算解释，任他天马行空地胡侃，自己只笑笑不说话。其实她自己也发现了，和叶旋在一起以后，她变得可以容忍许多从前难以忍受的亲近，比如，此刻的沈奇，比如聒噪的罗姜。

她曾经给自己建起的高墙，在不知不觉间已经拆除了大半，而她并没有因此而感到不安。

叶旌在她的生命里不仅仅扮演着爱人的角色，更给了她敞开心扉去爱与被爱的勇气，因为知道他无时无刻不在身边，所以不需要用高冷来做保护色。

Chapter16
他所独有的魔力

玻璃幕墙，白墙和科技感十足的投影屏。

这场新软件的讲演会被安排在帝都最负盛名的软件园里，从全国各个高校赶来的精英济济一堂。投资公司叫睿翼，董事长叫许睿意，是个白手起家的中年男人，城府极深，眼光又狠又准，脾气却让人捉摸不透。

此刻，各个项目组代表都聚集在睿翼的会议室里，一个个轮流讲演。

罗姜紧张得手心冒汗，叶旋却依旧戴着耳机，在键盘上不住地敲着什么。

“不紧张啊你？”

叶旋取下耳机，投去一个疑惑的目光——他压根儿没听见罗姜的话。

罗姜探头过去，发现他还在优化程序，不由咋舌：“这节骨眼上，你居然还有定力调代码？”

叶旋目光投向屏幕：“除了阿萤在身边，其他时候我都很有定力。”

报告厅厚重的门开了，等候的众人都看了过去。

邱礼源松着领带走了出来，面色不佳，显然刚刚的讲演并不尽如人意，一起出来的两人也都神色阴沉，头也不抬。

罗姜咽了口唾沫：“感觉，许董很可怕啊。”

叶旋合上笔记本电脑，摘下了耳机：“再可怕也不会吃人，怕什么？”

“U-OPUS 的代表在吗？”干练的女助理扬声问。

叶旋举起手，站起来。女助理立刻露出微笑："到你了。"

罗姜猛地灌了一口矿泉水，跟在叶旋身后走向报告厅。两人与邱礼源一行人擦肩而过的一瞬，罗姜隐约看见邱礼源略显苍白的脸上浮现了一抹诡异的笑容，可当他回头去看的时候，邱礼源已经神色如常地坐回了原位。

大概是看错了吧，罗姜心想，回头看前方的叶旋，一如既往的淡定。无论发生什么事，这小子都能hold住的，对吧？

报告厅里的人并不多，除了女助理，还有另外两个开着笔记本电脑的男人以及坐在高背椅中，指间夹着香烟的许睿意。

叶旋进来的时候，许睿意连头都没有抬，目光在手中的平板上快速扫视，漫不经心地问："U-OPUS的研发，花了多久？"

"四个月零三天。"叶旋说。

听见叶旋的声音，许睿意才抬头，看见背光站着的叶旋，不动声色的脸上总算流露出一丝意外。

叶旋将投影接好，拿着遥控礼貌地问："我可以开始了吗？许总。"

在得到许睿意的肯定答复之后，叶旋站在荧幕右侧，开始对U-OPUS的优势与前景及进行解说，而罗姜则配合他不断将试用案例下发到在场听众的手机端。

叶旋不同于其他项目的主讲，他比纯粹的主讲人更懂得软件内核，又比纯粹的程序员更懂得表达，这样的场合之下，将程序的卖点和精髓表达得淋漓尽致。

坐在许睿意身后的两人被吸引得停下了记录，连连点头，显然对项目非常满意。

罗姜一直密切关注着许睿意的反应，却始终没能从他脸上看出端倪，不由捏了一把冷汗。

两名主管各自提了问题，叶旋轻松应对完毕，终于到了许睿意的环节，他的目光却始终停留在手中的平板上，神色凝重。

罗姜咽了口唾沫，看了叶旋一眼，他倒是神色坦然，对拿下投资胸有成竹。

“项目本身很有潜力。”许睿意头没抬。

罗姜心道不好，先礼后兵不是好苗头，侧头看叶旋，果然，这小子也正色起来了。

“项目打算整体打包卖给睿翼，还是睿翼部分出资，你们自行运营？”

“不打算卖。”叶旋毫不犹豫地说，“目前还是初代，二代的建模也已经完成，后续两年的升级规划我们也都已经做好——由我们自主运营，U-OPUS 可以给睿翼集团盈利。”

“你知道对于一个团队来说，leader（领导）的重要性吗？”许睿意弹了下烟灰。

“知道，我会对这个项目负责到底。”叶旋说。

“是吗？”

罗姜拍着胸脯保证：“许董您放心，在全国的同龄人里，没谁的技术能比叶旋强。”

直到此时，许睿意才抬起头，漆黑的眼中满是深意：“对 leader 而言，技术远不是第一位。有没有足够的远见，协调能力和凝聚力才是关键，更重要的是，Leader 的稳定性关系到团队的稳定性。”

“叶旋没问题的！当初从项目创意开始就都是他在带队，从来没掉过队。”

“是吗？”许睿意将手中的平板竖起来，“那这是什么？”

那是罗姜非常熟悉的配色——楠大的 BBS。前阵子为了删帖，他天天对着这个界面都快要看吐了，自然一眼就认了出来，那正是不久前在楠大闹得沸沸扬扬的叶旋爆料帖。

可是，这帖子不是已经从楠大的 BBS 上删除了吗？

许睿意审视地看向沉默的叶旌：“这是我刚刚在邮箱里收到的，我只问一句——这是造谣，还是真事？”

罗姜听见自己咽下口水的咕咚声，脊梁骨渗出细密的汗水来，目光投向叶旌。可以否认的吧，许睿意根本不可能为这种事特意去美国求证，更何况帖子已经删了，这种截图文件造起假来也太容易了。

否认吧，否认就好。

“是真的。”

罗姜不敢置信地看向死党。

站在投影屏幕前的叶旌穿着驼色的高领毛衣，头发有点儿长，此刻略微遮盖住了眉毛，因为背光，神色并不十分清晰，但这三个字讲得分外清楚。

许睿意将烟头掐灭：“项目是个好项目，如果你们愿意，睿翼可以整体买下项目，价格可以再议，必定会高于市场价。”

话一出口，罗姜一下就变了脸色。这算什么？要他们把从零打造的项目拱手让给睿翼吗？罗姜不由去看叶旌，他的腰背还是挺得笔直，平素带笑的眉眼此刻严肃得让人心慌，直视着目光锐利的许睿意。

得不到叶旌的表态，许睿意将指间的烟头丢进烟缸，站起来：“我可以给你半天时间考虑，卖或者不卖。”

后面还有其他项目组等着讲演，女助理很快就上前来请叶旌和罗姜离开，再看叶旌的时候眼神就十分复杂，毕竟谁也想象不到这样的青年才俊竟会有精神类疾病。

“如果您有考虑的结果，可以随时与我联系，由我转达。”女助理将名片递给叶旌。

叶旌从许睿意发难开始一直沉默到现在，目光阴冷，不知在想些什么。

罗姜见状，只好代为接过名片。

正在等候的众人见原先最被看好的U-OPUS出来了，无不投来探究的目光：面色晦暗，毫无笑容，进场之前的意气风发荡然无存——看来，被许睿意打压得不轻。

真是可怕啊！大多数人都在为自己的项目忧心忡忡，唯独，有一双眼睛里写着报复成功的快意。

罗姜很快就在人群中发现了邱礼源的视线，他坐在一隅，面前的笔记本电脑还在运作，目光从屏幕上方看向叶旌，在低头交谈的众人之中格外显眼。

又是他！罗姜头脑发热，血气上涌，转身就要向邱礼源冲过去。

突然，感觉胳膊一松，夹着的笔记本电脑被人抽走了，罗姜一愣，只见叶旌拿着电脑，一言不发地穿过会议室往外走去。

“等等，你去哪儿？”罗姜追问。

“我没事，你留在这里等消息。”叶旌头也没回，语声低沉。

罗姜还想追，工作人员却将他拦了下来：一个项目组至少要有一个人留在现场，否则视作弃权。

他看向走廊尽头叶旌的背影，心里七上八下：他不会想不开吧？

讲演厅内。

许睿意又点燃了一根烟，单手滑着屏幕，饶有兴致地细看所谓的爆料帖。

这上面颓废的小男孩，真就是刚刚台上那个充满朝气的年轻人？除了脸型，真是哪里都不像。

“会不会是造谣中伤？”睿翼的市场部总监终于忍不住发话。

这个叫叶旌的青年给人的第一印象太好，以至于让人难以将两者联系起来。在这种角逐机会的节骨眼上，突然有人给董事长的个人邮箱发送这样一份爆料，目的和真实性难免让人生疑。

许睿意突兀地笑了一下，而后合上平板电脑，看向发问的下属：“这重要吗？”

是啊，重要吗？U-OPUS 是个有前景的好项目，底子不错，未来可期。但睿翼集团是注资还是全资，是扶持大学生创业还是全资收购自己去做大做强，从长远收益上来讲，当然是后者更赚。

这道理谁都懂。

那么，这孩子到底有没有病，重要吗？

不重要。

能以此为契机，把项目完整地纳入囊中，才是要紧事。

许睿意从下属的目光中看出他已经领悟了自己的意思，也就没再多说。

新的项目组已经进来了，又是一个全新的项目，一双双对睿翼集团充满期望的眼睛，可许睿意已经没什么心情继续听——这一期的项目里，再没有比 U-OPUS 更有潜力的苗子。

U-OPUS，他势在必得。

罗姜在会议室里坐立难安，进进出出的竞争者们脸上都是愁云惨雾，显然谁也没能从许睿意那里得到什么准信。

时间一分一秒地过去，叶旌音讯全无。

终于耐不住焦虑了，罗姜给林锦锦打了个电话。

“怎么样？顺利吗？”林锦锦接通了就问，显然满心满脑都记挂着他们的事。

罗姜略感意外，打了个马虎眼，又问她：“苏萤手机号码多少？”

“你找她干吗？”林锦锦起了疑心，“叶旌呢？他没跟你在一处吗？”

真是个敏感的小女孩。罗姜叹了口气，安抚道：“没事的，叶旌在忙着改程序，我找苏萤问点事。”

林锦锦知道他有事瞒着自己，但没做纠缠，爽快地把苏萤的电话号码发了过去：“她应该快到帝都了吧。”

“啊？”这下轮到罗姜吃惊了，他可没听说苏萤要来。

“嗯，萤萤想给叶旋一个惊喜来着。”

苏萤接到罗姜电话的时候，刚刚着陆开机，正跟沈奇等人一边说话，一边去拿行李。见是楠都的陌生号码，她犹豫了一下就接听了。

“是我，罗姜。你先听我说完，我们现在在睿翼集团，刚刚在讲演过程中，有人把学校BBS上的爆料帖发给了睿翼的许董，对方对我们团队的稳定性提出质疑，要求全资收购U-OPUS，叶旋没答应，出来就跑了，到现在已经两个小时了，我联系不上他，有点不放心。”

“等一下，罗姜，你再说一遍爆料帖被发给了谁。”苏萤问。

“许睿意，睿翼集团的许董啊！”

苏萤一边单手把行李箱从履带上提下来，一边听着电话。

沈奇推着行李车，走了过来：“怎么？需要帮忙吗？”这其实是句客气话，相处了这么多天，他们都知道以苏萤的性格，什么也不会麻烦别人。

没想到，她对电话里说了句“等我消息”，然后诚恳地看向沈奇：“嗯，需要你帮个忙，可以吗？”说完，又对其他几个同样在帝都下机的同伴说，“如果有空的话，我请大家喝杯咖啡，聊聊下一场合作如何？”

苏萤对U-OPUS的熟悉程度，大概是除叶旋、罗姜和其他几个成员之外最多的。叶旋在运行DEMO（小样）的时候就曾让苏萤作为测试人员参与，U-OPUS的001号用户就是SUYING。

但她从来没想过，有朝一日她会像这个项目的主人一样，向其他人做推介，所用的每一个具有感染力的词汇、句子都来源于叶旋，是他在她耳边细致地给她讲解每一个子栏目设置的理由、亮点，也是他用语言在她脑海中绘制了一片属于设计师与模特的广阔天地。

当苏萤向沈奇他们介绍U-OPUS的时候，仿佛叶旋就站在她旁边，循循善诱。

因为家庭的缘故，苏萤从小与人疏离，沉默寡言，从未想过有一天自己会在众人的目光之下侃侃而谈，去不遗余力地夸赞一个人、一件事，那样由衷地怕别人不喜欢 U-OPUS，不接受叶旌的心血。

当沈奇爽快地说出“我喜欢这个平台”时，苏萤已经说得口干舌燥，终于举杯抿了第一口咖啡——这就是叶旌的魔力，让她变得自信，让所有人情不自禁地相信她。

位于帝都最大软件园的睿翼集团，门禁森严。

“抱歉，请问小姐有预约吗？”门卫礼貌地问。

“没有。”苏萤打开钱夹，取出一张名片递给他，“不过许叔说过，有需要我随时可以来找他。”

看清名片上的姓名，门卫立刻打开了电子门，又替她拨通电话：“对，许董的客人，一位年轻的小姐，姓——”

“苏，我叫苏萤。”

罗姜正在努力地做最后的争取。

时间离下午五点已经不远，睿翼集团今次的投资决定即将公布，许睿意让助理将 U-OPUS 的转手意向书送到了罗姜案前。

“还有一刻钟时间，如果您这边不愿意转手，睿翼就会选择下一个候选方案。”

罗姜捏着签字笔的笔杆：“我们的代表现在联系不上。”

“抱歉，这个时间是此前网上公示过的，不便更改。”

“可之前说的是注资，支持学生创业。”

女助理非常抱歉地看着他，欲言又止——之前，集团也不知道 U-OPUS 的创始人有精神疾病啊，投资嘛，当然是要求收益的。

罗姜冷声说：“我刚才就已经解释过了，叶旌有技术、有毅力、有头脑，是我能想到的U-OPUS最好的带头人。离开了他，U-OPUS最多只剩下个空壳子而已！”

女助理一脸为难，这些根本不在她的管控范围。

“睿翼有自己的技术团队，这点不用你们操心。”许睿意走了进来，看着尚未签名的意向书，又抬腕看了眼表，“还有十三分钟。”

资本家嘴脸！罗姜愤愤地想，但嘴上还算是恭敬：“我在等组长回来，U-OPUS主要功劳都在他，我不能擅自做主。”

“没关系，过了时间，就约下一组备选签。”许睿意问助理，“是什么来着？”

“叫异乡人，项目持有人是邱礼源。”

罗姜恨得牙根发痒，许睿意却笑了笑：“去跟邱同学说一声，让他有个准备。”

“好的，许董。”助理领命，开了会议室门往外走，没想到门一开，就看见外面睿翼的工作人员领着一个漂亮得仿佛明星般的女孩，身材纤细高挑，短发衬得一张面孔娇俏而干练。

“您好，请问您是？”

苏萤微微颔首：“你好，我叫苏萤，来找许睿意董事长。”

“请问有约——”

“萤萤，你怎么在这里？什么时候过来的？”许睿意已经听见了对话，快步走了过来，脸上带着不加掩饰的欣喜，上下打量着苏萤。

无论助理还是罗姜，都满脸错愕——刚刚还是杀伐果断的商界大佬，转头就变成巷口意外见到闺女的大叔伯，这画风突变得有点离谱。

苏萤被许睿意领进室内，他居然口气和善地对罗姜介绍：“这是我老战友的女儿，是楠都大学的高才生——说起来，你们也是楠大的吧，校友，巧了。”

罗姜：对，不光是同学，还是我们团队某人的家属。

苏萤一眼看见放在罗姜面前的那份授权书，还没签字。虽然不是业内人士，但她也清楚，一旦把 U-OPUS 卖给睿翼集团，就相当于签了“亲子关系断绝书”，从此往后这个项目的死活就都跟叶旋他们无关了。

她又想起了那一个个深夜，电话里的叶旋略带疲惫又不失兴奋的声音。他是那么期待 U-OPUS 的未来，那是他的快乐和梦想，就像她的米兰梦一样。

“我认识罗姜，也认识叶旋。”苏萤从包里取出一沓文件，递给许睿意，“事实上，许叔，我就是为了 U-OPUS 的事来的。”

许睿意眸光深沉，接过她递来的文件，转过身：“来我办公室说话。”

罗姜咳嗽了一声，苏萤回头，对他使了个眼色。

莫名地，罗姜终于安心下来，重重地朝后靠向沙发背——叶旋啊，你的小姐姐来救命了呢！

一沓文件，两部分内容。

前面初版的 U-OPUS 策划书，手写的，龙飞凤舞的标注，横杠、删除线，备注比正文都多，各种笔和字体，杂乱得快要看不出原始的模样。后半段的纸张明显要新得多，是五六份入驻意向书，上面是模特的资料卡和照片，最后还有本人签名。

许睿意对模特这行了解甚少，所以对策划书手稿更有兴趣，不免多看了两眼：“萤萤，这个怎么会在你手里？”

“我也参与了修改，那个铅笔字，是我的。”

许睿意细看，果然有隽秀的小字，对页面和功能设置提了不少意见。

他将文件放下，打量着许久未见的故人之女：“项目组成员名单里没有你。萤萤，你跟他们是什么关系？”

“朋友，还有恋人。”苏萤毫不隐瞒。

“那个叶旋？”许睿意并没有在罗姜和叶旋之间做猜测，几乎毫不犹豫地认定是叶旋。那年轻男孩的气质和外形，不得不说与苏家闺女极为登对。

“嗯。”苏萤的脸有些热，这是她第一次，向自己的“亲人”介绍叶旋。

许睿意沉声：“你和他什么时候认识的？”

“我是去年夏天认识他，嗯……算是吧。”苏萤不疾不徐地说，“这段时间以来，我看着他把U-OPUS从一张白纸，做到许叔您现在看到的样子。他把U-OPUS看作衔接过去与未来的桥梁，如果睿翼集团真的要把U-OPUS从他们手里拿走，无异于断了他的桥。”

“这话从何说起？”

苏萤想了想，拾起身后灰色的双肩包：“时间有点久了，许叔叔，你还记得这个包吗？”

由于年代久远，包料已经因为水洗褪色，五金还好，不对称的镭射结构看起来非常别致，也正因为这份别致才在许睿意的脑海里留下了些许印象。

那是很多年前，在收到老战友丧讯的第二天，那个黑黑瘦瘦的小姑娘出现在许睿意的办公室门口，大汗淋漓，有些狼狈，漂亮的丹凤眼里却像寄居着一头不服输的小兽，她就是从这样一个包里取出文件递给他。

“我爸爸走了，他欠您的钱我来还——这是借条。”

从前，苏萤的妈妈还在世的时候，许睿意是见过苏萤的。印象里，苏家的小姑娘又白又水灵，说话的时候轻声细语，喜欢画花鸟鱼虫，完全继承了她妈妈对艺术的热情。所以许睿意每逢出国回来，也爱带些颜料画笔、作品集乃至于手作，送给小姑娘当礼物。

后来，苏萤的妈妈去世，苏敬野的精神状况越来越不稳定，手头的项目拖拖拉拉，出现诸多问题，渐渐入不敷出，也是许睿意默不作声地在身后替他料理。一起扛过枪的情谊在男人心里不可磨灭，所以直到乍然听闻苏敬野去世消息的前一天，许睿意还曾给他账户打了一笔钱，并留言说如果有任何困难尽管告诉自己。

当年站在许睿意面前的苏萤，干瘪瘦小，狼狈又无助，除一双晶亮的眼睛之外，全身都看不到一丁点儿活气，这哪里还是当年被老战友夫妻捧在手心的明珠啊！许睿意心疼得恨不能把小姑娘领养到自己家，可惜，小姑娘说自己有监护人了，是家里的老姨，他只好作罢。

当晚他跑了几家商场，一股脑儿给小姑娘买了一堆东西，第二天送她回楠都的时候千叮咛万嘱咐有任何困难都可以来找自己。小姑娘点点头，背着这个灰色的包，两手拎着硕大的袋子——许睿意买了个大包，让她替换，她说什么都不肯，还是背着这个好看却装不了多少东西的双肩包。

那之后许多年，苏萤并没有消失，每隔几个月，她都会给许睿意的账户打一笔款，然后给他打个电话报个平安。倒是逢年过节，许睿意要给小姑娘寄礼物，她却总说自己没有固定住所，收快递不方便而婉拒。

算起来，这是那年之后，许睿意第一次见到苏萤。

她长高了，白回来了，水灵劲比起当年有增无减，但眼睛里的那只倔强的小兽还在。

许睿意既感慨又欣慰，点点头："记得，一个包你背了这么多年。"

"这是当年Soul Pub设计大奖赛打样的入围作品，设计者就是叶旌。"

许睿意有些意外："我没记错的话，他不是设计师，是程序员。"

"嗯。大奖赛决赛开始前的那周，我爸出了事，所以我没有参加比赛，这个包是唯一的纪念，所以我用到如今。"

见小姑娘提起父亲的事神色还算平静，许睿意稍稍放宽了心，但这跟叶旌有什么关系。

"叶旌也没参加决赛，因为他生病了。"苏萤看向许睿意，慢慢地说，"跟我爸一样的毛病，为了离开原先的生活环境和状态，他爸妈把他送出了国，而且不允许他再接触设计工作。"

许睿意沉默了，伸手摸到烟盒，问苏萤：“可以吗？”

“吸烟对身体不好，许叔叔。”

许睿意一愣，他以为小姑娘会说“随意”，但她没有，她像很多年前一样，认真地告诉自己“吸烟有害身体健康”。

许睿意笑了下，连声说了三个“好”，而后说道：“因为不能做设计，他就开发了这个关于设计的软件，因为你在当模特，所以他把设计和模特衔接在了一起。这很有趣。”

苏萤眨了眨眼。

因为他喜欢设计，她是模特，所以他在自己的心血里把设计和模特衔接在了一起。叶旋从来没有提起过这种说法，但怎么不是呢？就像他默默地把拉风的机车换成朴实的轿车，只因为苏萤穿裙子不方便。

叶旋啊，总是偷偷地，无条件地，把自己的生活与她的生活融在一起。

“许叔叔，当年你愿意帮助我爸，一来是战友情谊，一来是因为你也相信他会好起来的对不对？”

许睿意没出声。他当然希望老战友一切都好，但终究，苏敬野没能熬过来。

“我特别感谢叶旋，感谢他经历过一切，还能重新走出来。如果许叔叔，你愿意相信我爸爸，可不可以，这一次也相信叶旋？他真的很坚强勇敢，也很优秀，他一定能把U-OPUS做得非常棒，请给他一次机会。”

许睿意沉默了一会儿，低声感慨：“几年不见，你变了许多。”记忆里，苏家小姑娘沉默寡言，倔强要强，从不愿低头向人求助，就算当年身处那样的困境，她也是咬紧牙关，拼命地打工还钱，何曾低过头。又哪里有这样的口才去说服别人。

苏萤微笑：“是变好，还是变坏了？”

“长大了，这很好。”许睿意沉吟，“我愿意给你机会，也愿意给U-OPUS机会。但是萤萤，你要明白一件事，对睿翼集团而言，我的个人意愿是其次，利润才是关键。”

苏萤说：“可您说了，U-OPUS 是首选。”

“对，项目确实很好，但 bug 也确实存在，这个版本的问题不少，作为初出茅庐的学生未必都能一一应对。软件市场瞬息万变，等你们调整的每分每秒，都可能被其他的新软件抢占先机，你懂吗？”

见苏萤并不十分明白，许睿意打开了 U-OPUS，随手点开几个程序：“已经有其他软件研发了新的接口，睿翼的软件工程师也已经有改进的想法，U-OPUS 如果卖给我们，不出三日就能推出新版本上市。”

“在我们手上也一样可以。”

因为是董事长办公室，外面走廊并没有人，所以许睿意和苏萤说话的时候没有关门，叶旌的声音突然出现在门口，把里面的两人都吓了一跳。

一个安保模样的男人追在叶旌身后，一脸生不如死的表情：“董事长，抱……抱歉，没能拦住他。刚刚我们在监控看见这人坐在天台上，上去拉人来着，结果他看见我们就问您在哪儿。”

“天台？”“天台？”

苏萤和许睿意异口同声。

叶旌看了苏萤一眼，慢慢眨了下眼，嘴角轻微勾起一点弧度，什么也没说，拿着笔记本电脑从她面前径直走到许睿意面前。

电脑打开，界面上赫然是 U-OPUS。

苏萤站在原地，只见叶旌的衣服背后有碰擦的石灰，裤子上也有些灰尘，大概是他刚刚在天台上随意找了个安静地方所致。

衣服有点皱，有点脏，晒了许久太阳，他原本白皙英俊的面孔有些红，头发也稍显凌乱，苏萤却觉得这就是她心目中叶旌最好的模样——执着、热情、永不言弃。

“许董刚刚说的几条，不需要三天，我已经实现了。”叶旌一只手支着桌面，一只手移动鼠标，快速地演示给许睿意看。

“您还满意吗？”叶旌直起腰身，不卑不亢地问。

许睿意眼底里的意外已经掩饰不住，他看向额头上还带着薄汗的少年，再一次确认：“这是你刚刚在天台上临时改的？”

“不，更新的 DEMO 我一直在做，只差临门一脚，本打算和睿翼签约之后立刻就上。”

许睿意低头，若有所思地摩挲着手边的文件。他手下的专业人员预估需要三天左右才能改好，而这个少年早在他们之前已经意识到了这一点，并且走在了前面。

“刚刚发给我的那些所谓爆料——”

“许董，我说了，那些是真的，不是造谣。”叶旌挺直了脊梁，感觉到办公桌下苏萤悄悄地握紧了自己的手，他回握，安抚地捏了捏她的手背，“但人吃五谷，谁能无病？心理和身体都有可能生病，也都会有病愈的一天。我曾经生过病，不代表我永远都是病人，您说是吗？”

“是。”许睿意朝后一靠，眼带笑意，“而且最关键的是，人要靠实力说话。”而他有实力。

“那么，您能让我继续持有 U-OPUS 了吗？”

“还有一个问题。”许睿意好笑地看见苏萤像奓毛的小猫般瞪大了眼睛，抬手做了个放心的手势，“作为一个衔接设计师与模特的软件，你预备怎样起步？”

叶旌笃定地说：“这个您不必担心，Soul Pub 方面的合作我已经谈妥，正式上线之后它会作为第一个入住 U-OPUS 的设计品牌。”

虽然是业外人，许睿意也听说过这个曝光率并不高，却格调满满的设计品牌，不由意外：“你认识 Soul Pub 的高层？”

“算是。”

许睿意见他不想多说，没再追问，只说：“这是设计方面，那么，模特呢？”

“刚刚我给您的，是第一批入驻 U-OPUS 的模特协议。”苏萤说。

叶旌意外地看向她，她抬头，嫣然一笑。

许睿意关上了电脑屏幕，将手中的文件整了整，站起来。

“许董，项目的事……”

“既然所有的问题都不是问题，”许睿意伸出右手，“那么，睿翼有什么不理由不和你们合作呢？叶总。”

Chapter17

等你长大，等你许我一生

叶旌、罗姜，还有睿翼公司法务部的工作人员正在签署协议。

苏萤独自坐在大厦外的长椅上，近晚，残霞满空，睿翼的员工到了下班时间，陆陆续续地离开大厦，往来的人时有注目，她居然没有因此而厌烦。

不知从什么时候开始，她的情绪变得平和了许多，不会因为别人的搭讪而厌恶，也不再刻意地与人保持疏远。而这一切，苏萤知道，都是因为她身后有了一个叫叶旌的人。她知道自己被爱、被珍惜，也知道自己可以更好、更强大，强大到足以去帮助他。

无条件地接纳，无条件地被接纳，一点点在不知不觉中改变，她到底遇见了怎样的一个人啊……正想着，一只手落在肩头。

苏萤一惊，抬头才看见是许睿意，他按住她的肩膀，没让她起身，而是自己坐到旁边。

睿翼集团上下无人不知董事长阴晴不定，鲜少与人亲近，几时见过他这么平易近人的模样。众人都免不了偷偷摸摸地多看这边两眼，以期从那个漂亮女孩的身上看出名堂。

许睿意倒是浑然不在意，顺着苏萤的视线看向天边："合同已经签了，睿翼占四成，你的小男朋友占六成。"

"谢谢许叔叔。"

“不必谢我，生意人肯定不会做亏本的生意，如果不是你的小男朋友和他的项目未来可期，就算有你在这里，我也断不会拿生意的事来开玩笑。”

这话真真假假，苏萤心里清楚，叶旌和项目很优秀是真，许睿意肯放弃到手的肥肉来迁就他们，多多少少还是看着父亲的面子，只不过不想她承情而已。

“许叔叔放心吧，U-OPUS 不会让你失望。”

许睿意闻言大笑：“是想说他不会让我失望吧？”

苏萤脸上微热，抿嘴笑：“都一样。”

许睿意是过来人，自然看得出小姑娘已经情根深种，也就不愿意再拿言语试探，只像普通长辈一样问问两人相处的近况和未来的打算。

这不过是对于故友后人的关切，可落在不知情的人眼里却脑补出了一场大戏。

比如，邱礼源。

此刻，原本已经打算离开睿翼集团的邱礼源，遣走了其他人，独自藏身在建筑旁的阴影中，目光遥遥看向正并肩而坐的苏萤和许睿意，声音极低地对手机里说：“对，什么扶植大学生创业都是幌子，不过是借股民的钱养自己的新欢罢了，你人怎么还没到？一会儿人走了，你来拍什么？”

电话那头的人气喘吁吁地说：“下车了，我赶过来不要时间吗？何况我是财经新闻记者，你让我来拍这种社会花边新闻，给我什么好处？”

“你查一下，钱已经打给你了。”

“行，有钱的是老大。”对面的人似乎在东张西望，“人在哪里？哦，大楼底下的那个好像是睿翼的董事长许睿意吧？旁边的小姑娘，就是你说的新欢？”

“嗯，就是为了这小姑娘，许睿意签下了问题重重的项目作为睿翼集团的重点扶植对象。”

“可他俩看起来，不像‘那种’关系啊。”那记者疑惑地说，“什么人会把这种关系的人在光天化日下这么亮出来？”

“这才是可耻之处！已经恬不知耻到不避嫌的地步了，这种都不曝光，你们还等什么？”

“可新闻要的是证据，说起来你能看见他们对吧？你在哪里？”

邱礼源闻言，连忙往阴暗处又躲了躲：“我给你钱，让你爆料，你管我在哪儿？”

“得，我先拍——”

“在拍什么？”一个年轻男人的声音从手机里传了过来，邱礼源连忙从墙后悄悄张望，居然是叶旌！

阴魂不散！

叶旌签完约，刚从大楼里出来，就看见一个端着相机的男人鬼鬼祟祟地对着苏萤和许睿意，心头生疑，上前刚问了一句。对方立刻心虚地关了相机电源，此地无银似的连声说：“没有，没有。”

苏萤也察觉了这边的动静，与许睿意一起走了过来。

那记者见糊弄不过，对着手机耳麦说：“许董过来了，不然我当面对质一下？”

没想到对面居然已经挂断了电话，只剩嘟嘟的忙音，记者骂了句脏话，收起耳机，一耸肩：“有人报料，所以我来看看是否属实。”

“什么报料？”

记者打量着并排站着毫不心虚的许睿意和苏萤，犹豫了一下，还是决定如实说：“报料人说睿翼集团选择的大学生创业项目内有隐情，项目主理人有精神疾病，许董事长和项目组成员之间存在暧昧关系。”

一言既出，苏萤立刻眯起眼，微微偏过头：“是说我？”

这小姑娘怎么回事？刚刚明明还是个漂亮小女孩的模样，突然气场全开，居然给人一种莫名的压迫感。

“是，是的。”

苏萤嘴角微弯，对身边的许睿意说：“许叔叔，他说我跟您有暧昧。”

许睿意脸色阴沉。

那记者是跑财经圈的，对许睿意其人早有耳闻，见大佬已经变了脸色，心知不妙，假意看了眼手表：“估计是一场误会，您看，时间不早了，我还有新闻要跑，就先走了——”

“慢着。”许睿意伸出手，“报料人的手机号留下，这件事我不追究你。”

谁不知道睿翼集团这位当家人下手狠，记者求生欲很强，赶紧把手机通话记录翻开了，递给对方：“不是我不想给，只是对方用的是网络电话，看不到手机号。”

果然，是一串乱序的短号。

记者见许睿意不说话了，松了口气。

“我能查到。”叶旌双手放在裤兜，似笑非笑地看了不远处的建筑一眼，“不过，得麻烦大叔你在这里等一等。”

那记者条件反射地跟着他看了眼那个角落，被建筑物挡住的阴影里什么也没有，他在看什么？迫于许睿意在圈子里的地位，记者只得跟着回了会议室。

叶旌坐在电脑前，苏萤坐在身边。

许睿意端着茶杯，坐在不远处的窗边，目光锐利，从叶旌打量到记者，又看向睿翼大楼下来来往往的人群，最后给助理发了一条微信：想办法，查一下给我发楠大论坛截图的人的 IP。

一杯茶的工夫，叶旌已经停下了手中的工作，抬头与苏萤相视一笑。

苏萤露出鄙夷的表情，似乎多一眼都不愿意看屏幕上的信息。

“查到了？”许睿意问。

“嗯。”叶旌将电脑屏幕向后一转，“许董要不要找人打一打这个电话？”

刚好，许睿意的手机响了起来，他瞟了一眼，而后冷笑着说：“不用了，在这次来演说的项目组成员资料里查找就好。”

苏萤微感意外，许睿意心情不悦地说：“给我发楠都大学论坛截图的人，IP 就在睿翼。”

“查就不用了，这个号码我和阿萤都认识。”说着，叶旌起身，对已经缩在角落里半天没说话的记者说，“你是想要新闻才来的，让你空手而归多不好啊！”

记者“啊”了一声，迷茫地挠挠头。

叶旌笑吟吟地问：“你不是想要新闻吗？我这里有一条，姑且可以取名为‘昔日才子旁门左道为哪般？是道德的沦丧，还是幻象的破灭’，你看怎么样？”

苏萤不由笑出声。

那记者吃不准叶旌是在拿自己开玩笑还是确有其事，只好小心翼翼地问：“有实际报料吗？”

“有啊，实得不能再实了。”叶旌朗朗地对许睿意说，“许董，您麾下的几位总监真的特别有原则，让人钦佩。”

许睿意点头：“当然，我的人。”

说话间，叶旌已经按下了笔记本电脑的播放键，一段段录音倾泻而出。

“我可以拿出睿翼集团给‘异乡人’的10%的注资，作为给总监的答谢，现金，你说什么时候给就什么时候，本人不出面都可以。

“只要能让睿翼集团选‘异乡人’，如果令郎要来楠大念书，我可以保证面试环节的得分排名……”

虽然电话录音里声音有些扭曲，但语调中那种高高在上的拿腔拿调，还是让人轻易分辨出他的声音——邱礼源。

记者迟疑地问：“这是谁？”

“哦，忘了介绍，这位就是刚刚给你打报料电话的人，楠都大学的高才生，睿翼集团这次扶植项目的角逐者之一，邱礼源。”

屏幕上，语音的来源和刚网络电话的溯源都显示着同样的一个号码。

苏萤看了眼窗外：“或许，你可以现在拨打一下这个号码。以我对他的了解，他现在应该还在不远处呢。”

记者将信将疑地拨打了对方的电话，对方几乎毫不犹豫地挂断了。

站在窗边的叶旌招了招手，苏萤和记者走过去，果然看见一个西装笔挺的身影正匆匆穿过睿翼的走廊，往园子的入口大步流星地走去。

“喏，就是这个人了。”

记者点点头，收起了录音笔，末了又向许睿意致歉：“我跑新闻，一时心急，差点闯祸，多谢董事长不怪，未来有什么能效力的地方，请尽管吩咐。”

许睿意沉默地颔首，并不想跟这种小人多话。

人走了，会议室里终于安静下来，许睿意亲手冲了两杯茶。

叶旌连忙双手从对方手中接过来：“谢谢许董。”

“跟着萤萤，叫许叔就行。”

“好的，许叔。”他一副笑容灿烂、心无城府的模样。

许睿意点点头，坐在他对面，下巴微抬，看向笔记本电脑：“那几段录音，不是刚刚临时搞来的，对吧。”

当然不是，必然是当初邱礼源和那几个总监通话的时候就已经被监听了。

叶旌挑眉，笑了一下。

“你是不是早就料到邱礼源会暗地里使坏，所以留了一手？”许睿意看着一脸人畜无害的纯良模样的少年，心里忽然觉得有点亲切，这简直就是年轻时候的自己，所有的计算都藏在心底，人不犯我，我不犯人，但，人若犯我……

叶旋坦诚地说：“这事儿我做得不光彩，许叔要不还是别再追根究底了，免得阿萤要对我有不好的印象。”半开玩笑的语气。

苏萤推了他的手臂一下：“为什么事先都没告诉我？”

“我也不确定邱礼源能卑鄙到这个份上。”

许睿意说：“若要人不知，除非己莫为，他是咎由自取，萤萤不必怪叶同学。”

“我没怪他呀。”苏萤噘嘴，“早点告诉我，我还有别的‘好料’可以一起爆。”

叶旋和许睿意面面相觑，不约而同地苦笑——这世上呀，什么人都可以得罪，唯独别得罪女人，真的会让你生不如死。

随意闲谈了片刻，因为叶旋和苏萤还要赶回楠都，只得匆匆告辞。

临行前，许睿意终于问：“你们俩，什么时候结婚？”

苏萤一愣，结婚？叶旋刚满二十岁，法定婚龄都还没到呢！

“准备先订婚，许叔要来吗？”叶旋说。

叶旋单手揽住苏萤的肩，笑眯眯地说：“具体日子听阿萤的，邀请函我给许叔发。”

“当然，天涯海角我都去，替萤萤的爸爸观礼。”

苏萤鼻子一酸，伸臂与许睿意相拥：“真的，谢谢您。”

“不用谢。”许睿意把声音压得极低，用只有苏萤能听见的声音说，“我不知道他之前那些旧闻是什么情况，目前我还是看好他。但是如果他有任何对你不好的地方，告诉我，千万别委屈自己，记得你背后是睿翼集团。”

苏萤抿嘴笑。

离开睿翼之后，叶旋忍了又忍，终于忍不住问：“许董跟你说什么悄悄话了？我的坏话吗？”

苏萤故意卖关子：“你有什么坏话怕别人说吗？”

叶旋可怜巴巴地说：“比如嫌弃我生过病，还被拍过那么多丑照什么的……”

苏萤旋身，一把搂住他的脖子，吊在他身前撒娇说：“谁敢嫌弃你啊？许叔叔是跟我说，让你放心大胆地拼事业，永远记得 U-OPUS 背后有睿翼的支持。”

叶旋就势揽住她纤细的腰：“难道不是说如果我欺负了你，就让你回睿翼找他来揍我吗？”

“怎么可能呢？”这人的脑子怎么就这么好呢，什么都瞒不住他。

叶旋也不为此纠结，抱着她往前慢慢走，问：“我什么时候给许叔发请柬合适？人家工作很忙的，得提前约。”

苏萤愣了一下，才明白他指的是订婚，笑着把脸埋在他颈侧：“你还小呢。”

“小什么？”叶旋手臂忽然加大力，在苏萤的小声惊呼中坏笑着，“你说我哪里小了？”

这人到底有多少副面孔？台前指点江山，幕后运筹帷幄的，私下相处嬉皮笑脸的，一会儿大金毛似的摇尾讨好，一会儿又小狼狗一样挡在她身前。他明明很善变，唯一不变的是，无论哪种模样都一样以她为先，无论哪种模样都让她移不开视线。

苏萤嗅着他身上熟悉而让人心安的气息：“等个合适的时间吧。”

叶旋点点头，在她发髻间一嗅：“我知道了。”

消息的传播永远比人还快。

苏萤和叶旋从帝都回来当天，关于邱礼源试图向睿翼集团行贿，却反被对方告发的丑闻已经传遍了楠大校园，甚至连之前网上曝光叶旋过往的事，也有人言之凿凿地说那是假的，是邱礼源为了不正当竞争，中伤叶旋而炮制的谣言。

对于此，有人来问叶旋，叶旋托着腮，沐浴在早春温煦的阳光里，笑着反问："那你看，觉得是真是假？"

对方摇摇头："我看就是假的。你脾气也真好，居然任他这么瞎掰扯。"

叶旋不置可否，等人走了，罗姜才回过身趴在他桌前："直接否认了不就完了，反正除了邱礼源那浑球也不会有人在来挖这些陈年旧事，他如今自顾不暇，都好几天没来过学校了吧。"

"他老爷子会想办法摆平的。"

罗姜想了想，觉得也是，也不知道邱家老爷子什么背景，在楠大要风得风，校园里一铺值千金，他居然随随便便就能给儿子开家咖啡店，想来得有点来头。

"所以你是因为怕邱礼源东山再起，继续抓住不放，才不敢澄清？"

"有什么可澄清的，我就是得过病，住过院，这都是事实啊！"叶旋拿笔尖在纸上胡乱涂抹着，"罗姜，你知道我为什么那么喜欢阿萤吗？"

这还要问，当然是因为漂亮啊！

罗姜把话又咽了回去："嗯？"

"从前我就发现了，她在班里人缘真的不太好，我俩没公开的那阵子，我每次去他们班都能听见有人在嚼舌根。"

"漂亮女孩嘛，被嫉妒很正常，就像唐梦楚，还有好些人说她利用我呢——"

"别拿她跟阿萤比。"叶旋拿笔头在罗姜脑门上一敲，"我说，你是不是傻的？你真以为天天陪你开黑，帮你加血套光环的是唐梦楚？"

罗姜一怔："你什么意思啊？"

叶旋双手托腮，用观察研究对象的专注眼神看着好友："如果不是答应了小锦锦，我真想把你这脑壳撬开看看，里面是不是装的糨糊。"

"这又跟锦锦有什么关系？"声音不知不觉弱了三分。

"你就不会留意一下跟你玩游戏的人上下线时间的规律吗？唐梦楚还在朋友圈里晒自拍，怎么可能跟你开黑，还用辅助拿下 MVP（全场最有价值玩家）？”

“你为什么早不跟我说？”

“这还要别人提醒。”

罗姜低咒了一声：“不行，我要去找小妮子问清楚，居然骗我。”

“行，不过去之前先把你脖子上的围巾给取了。”

“为什么？”

叶旌用看无药可救之人的眼神瞥他：“你以为唐梦楚和苏萤能有什么默契，两人会织出同款的围巾来？”

罗姜恍然大悟，然后牙痒痒地瞪了叶旌一眼：“你小子等着，过后我再找你算账。”

叶旌摆摆手：“去吧，去吧。”等人跑了，他才趴在桌上，懒洋洋地看向窗外。他是真的不在乎别人怎么议论那段过去，不想费力隐藏，也懒得去为自己解释。就像苏萤说的那样，无足轻重的人，无论怎么看待他，都是无足轻重的看法。

他从头到尾都很清楚，能不计较一切，只因为他是他自己，就无条件爱他的人，只苏萤一个。

一个，也就够了。

抬腕看了眼时间，叶旌动身去接苏萤下课，没料到，刚走出教学楼，一辆黑色奔驰就不偏不倚地停在了他的面前。

苏萤在街对面就看见了站在奔驰车边的叶旌，她认出了那辆车是叶儒的，曾在叶家别墅见过。

她正想给他发个消息改天再约，他就已经看见了她，快步跑了过来，自然地从她肩头取下背包。

“你爸来找你，要不我俩改日吧。”

叶旌说：“他不是来找我的，是找你。”

苏萤看向街对面，车窗不透明，看不见里面的人：“找我干什么？”

“道谢咯。”叶旋笑嘻嘻地推着她的背往前走，“说什么，在睿翼也是托了你的福。”

司机拉开车门，苏萤立刻意识到这位叶董是有备而来——他居然坐在副驾驶座，把后排留给了两个年轻人。

苏萤和叶旋并排落座，又忙打招呼：“叶董您好，我是苏萤。”

叶儒说：“我知道，你在旋歌拍的每条片子我都看过了。”

压力山大，苏萤只觉得手心都沁出汗了。

“你和小旋在睿翼集团的事我都听说了。”叶儒从后视镜里看向苏萤，“你和许睿意是什么关系？”

“我爸在世的时候，跟许叔叔当过战友，也一起做过生意。”

“在世的时候？令尊……”

“嗯，我父母离世有一段时日了。”

“叶旋，这些事你应该早点告诉我，我也就不会对苏小姐失礼了。”

苏萤忙说：“您别放在心上。”

叶旋撇嘴：“我愿意说也得您老有空听才行。”

苏萤悄悄地捏了捏他的手。

叶旋乖乖地闭上了嘴。

“我听小旋说被睿翼看中的这个项目你们俩都参与了？为什么不找叶氏投钱，自己做老板不比伸手向别人要钱容易。”

苏萤倒是有点意外，她事实上只是U-OPUS的驻站设计师兼模特，说参与其实有点夸大了。

“就是因为这是我和阿萤心血的结晶，才更不能交给叶氏，否则它会变成什么样，爸你比谁都清楚不是吗？”

“怎么跟长辈说话的！”

眼看着父子俩又要吵起来，苏萤连忙说：“叶旋他们的项目很有潜力，睿翼集团很看好他们，所以才签约的，能获得第三方的认可对叶旌来说也是好事儿，不是吗？”

叶儒的情绪稍微缓和了些，只觉得小姑娘说话可比自家儿子中听多了，才说：“我可听说当初许睿意差点就要直接把项目买断了，就因为有人在网上给你各种抹黑。”

连叶董都听说了吗，苏萤看了叶旌一眼，他神色平静，仿佛并不意外。

叶儒冷哼了一声：“做出这种事情还想全身而退，没事人一样回来念书毕业？真当我是吃素的，欺负到我叶家人头上来了。”

苏萤哆嗦了一下，被叶旌安抚地拍了拍手背。

“你对邱礼源做什么了？”叶旌随口问。

“毛头小子我用得着管他吗？他要被学校处分，他老子出来捞人，被我截和了，直接连老子带儿子一锅端。这家人以后都不会在楠都大学出现了。苏小姐，你可以安心。”

哎，怎么又扯上她了。

叶儒眸光冷冽：“对女孩子动手动脚，这种人品的学生，楠都大学也不想要。”

苏萤没有说话，侧头看向叶旌，他居然假意去看窗外的风景。

车内安静了一瞬，叶儒说：“创业不易，你们放着家里的庇护不要，非要出去闯，说白了还是幼稚。”

“我相信叶旌，许叔叔也相信他。”

叶儒看向苏萤，目光比看儿子温和得多：“当初我跟他妈妈也是这么想的，到头来呢？人的时间和精力是有限的，欲望却没有穷尽，总会越走越远，我不希望你们重蹈覆辙。”

“如果最开始，你和我妈理想中的终点就是重合的，就算殊途也终究会同归。怪只怪你一心扩大版图，而我妈只想在艺术上有突破。我和阿萤，跟你们俩不一样。”

“叶旌。”苏萤低声制止他对自己父母的感情做评价。

可叶儒仿佛听进去了，过了许久，长长地叹了口气。

车很快到了叶家别墅，叶儒说什么都不肯进门，随便找了理由就把两个年轻人搪塞了。

奔驰渐远，叶旌去牵苏萤的手，才发现她正用审视的目光看着自己，顿时心虚：“怎么啦？”

“邱礼源的事，是你匿名告诉叶董的，对不对？”

叶旌装傻，眨巴着眼睛。

“邱礼源在活动中心的录像文件就你有，不是你，还有谁？”

叶旌嘿嘿笑着：“跟我待久了，你也变‘坏’了。”

苏萤推了他一把：“要叶董帮忙你直说就是了，干吗偷偷摸摸的？”

“才不是呢，老爷子的脾气你不懂。真要是我直接求助他，他非得拿乔不可，这样让他觉得自己是叶家顶梁柱，出手维和，他心里舒坦，我也不必被他抓小辫子，完美！”

说完，他才发现苏萤挑起了眉毛，顿时收敛起得意扬扬的表情。

“你是不是对谁都这么精于算计？我呢，你对我算了什么？”

叶旌一把抱起她就往别墅走：“才没有，唯独对你，我是无条件臣服。”

苏萤被他闹得想笑，连连打着他的手才让他松开，刚好看见穆然从二楼走了下来，神色平静。

“回来了啊，你爸怎么没进来？”

叶旌犹豫了一下：“说是约了客户。”

穆然轻哂：“怕是看见我的车在门口，不想进来了吧。”

苏萤和叶旌正相视无言，家里的座机忽然响了起来。

云姨接起后“嗯”了几声，不无惊喜地对穆然说：“叶先生说他现在在兰苑等您，问您有没有时间？”

穆然喜怒不形于色的脸上居然浮起一丝红晕，顿了一下，对云姨说：

“和他说，我知道了，一会儿到。”

随着卧室门关上，叶旌露出一抹笑意，苏萤扯了扯他的衣袖：“又是你安排的？”

叶旌摇头：“感情是他们俩的事，我不会乱插手的。不过，今天是他们俩的结婚纪念日，兰苑，是他们当年摆酒的地方。”

苏萤眼睛一亮：“所以……”

叶旌笑笑：“谁知道呢？”

穆然没一会儿就出来了，相较于平日黑白灰为主的衣着，身上水蓝色的套裙既有成熟女性的优雅，又不失女人味，非常有个人韵味。

“小苏——”穆然在玄关处犹豫了一下，“你觉得我这身合适吗？”她明明是顶尖的设计师，却来问别人合适不合适。

这可真是，关心则乱。

“很动人，就是少了这个。”苏萤一边走过去，一边说。

叶旌也有些意外，却看见她从贴身的袋子里取出了那个红绳系着的翡翠坠子，递给穆然，叶家祖传，只给叶家的媳妇。

穆然看见旧物，眼眶微红：“小旌已经给了你。”

“阿姨也是叶家的媳妇啊！”苏萤笑着问，“要不要我帮忙戴？”

穆然沉默地点了点头，临出门的时候又反身回来，双臂拥住苏萤，轻声说了句：“好姑娘。”

苏萤回头，笑着看向叶旌。

叶旌问：“你一直带在身边？”

“不是你让我带着的吗？”

“我是让你戴在脖子上，你怎么放在包里？”

苏萤俏皮地眨眼：“因为我还不是叶家媳妇啊！”

叶旌懊恼地攥住她的手腕：“还要我等多久？”

苏萤钻进厨房，帮云姨打下手，片刻后又探出头，半真半假地说：“明明就是我在等你啊！”

等你长大。

等你来娶。

等你，许我一生。

在睿翼集团的光环之下，U-OPUS一经上线，就成了该类别软件中的一匹黑马，不仅成为时尚设计师们的新宠，更因为《Silence》春夏大片的新秀们亮相软件，而引来无数模特争相入驻U-OPUS。

一时之间，圈内以拥有U-OPUS的限量账号为傲，能登上首页更是值得大书特书的资本。

软件本身无疑是成功的，还有细心的人发现了U-OPUS上用户编号为0的账号，ID是Ser。

只有十年前就混迹时尚圈的人，才会对这个ID充满了探究与好奇——U-OPUS背后的人，真的是那个曾经鬼马灵动，名动圈中的神秘设计师吗？

这个疑问，在苏萤出席品尚之路模特大赛颁奖礼的时候，终于有了答案。

苏萤得到的提名是年度最佳新人，这是她第一次出席领奖，却不是她第一次获奖——之前的几次模特大赛，她也以最具潜力模特、最上镜奖等入围，但都没有真正亮相。

她自己给出的解释是：比起模特，她还是更倾向于做一名设计师。

就在人们扼腕一个充满灵气的模特新秀无缘T台时，苏萤突然又出来领奖了。人们议论纷纷，苏萤我行我素，什么也没有说。

直到颁奖盛典当晚，手持金色奖杯，穿着一袭银色裹胸礼服，惊艳亮相的苏萤在大屏幕前微笑，说起这件礼服的设计师Ser，众人才恍然大悟，她哪里是来领模特新人的奖，这根本就是一个迷妹向偶像告白的现场！

“Ser的设计，无论何时、何地、是什么、需要我做什么，我都会无条件、以最好的状态来演绎，希望我的努力能让‘大师’满意。”

主持人连忙追问："Ser 已经神隐很久，苏萤，你是怎么获得大师的独家设计的？"

"巧合啊。"苏萤看向闪着红灯的摄像机，仿佛隔着镜头看向那一头的某人，"巧合相遇，巧合相识。"

巧合相知，然后相恋。

"那粉丝们在哪里能看到大师新作呢？"

苏萤眼儿一弯："在 U-OPUS 啊，0 号注册用户就是 Ser。"

谜底就此揭晓。只是，人们又有了新的揣测：神隐已久的老牌大神，怎么就成了新锐软件的第一位用户？

事出反常必有妖。

可惜，大神毕竟是大神，再多人去挖掘还是连边角料都没有挖到，只是 U-OPUS 的人气因为苏萤的爆料又创新高。

上线半年之后，U-OPUS 就成功登顶北美下载榜，一路高歌猛进，就连金融圈也开始感慨睿翼集团的董事长独具慧眼，于万千良驹之中挑出了千里马。

在 U-OPUS 最终登顶的当日，由罗姜和林锦锦牵头，办了一场庆功宴。

苏萤本该作为嘉宾出席，奈何前一日的拍摄因为天气被耽搁了，临时赶不回来。电话打回来的时候，叶旌正在对镜打领带，已经换了第三条，还是不甚满意。

挂断了电话，他扯了扯领口，忽然觉得不系领带反而不错，索性将领带丢在一边，松了领口就出门了。

抵达会场的时候，罗姜正在张罗，他虽代码不如叶旌灵光，但事事面面俱到，是后勤的一把好手，尤其是，身边还有个林锦锦做智囊。

"昨天陪你刚买的西装呢？领带呢？你怎么穿着休闲裤就来了？哎哟我的妈，还有板鞋。"罗姜瞬间奓毛了。

叶旌低头看看自己，衬衣是干净的，休闲裤是笔挺的，板鞋簇新，没毛病。

反正，阿萤也赶不回来，他就不必那么紧张了。

“你怎么能这个样子出现，不求——”

叶旌打断了他的话：“阿萤赶进度，今天回不来了。”

罗姜瞠目：“那怎么行？许总都请了，你爸妈也来了，就连方婆都从帝都大老远赶来了。”

叶旌微笑：“本来也是值得庆祝的事，就单纯点，为U-OPUS登顶热闹一下好了。”

罗姜见他神色如常，心里反而七上八下了，犹豫地问：“你没事吧？一会儿要发言，你小子可不要闹别扭搞失踪。”认识他这么多年了，他这任性脾气，罗姜再清楚不过。

叶旌搭上他的肩膀：“说什么你都是个副总，我不在就你发言呗！”

罗姜差点没跳起来：“开什么玩笑！我连一个字都没准备，你这是要我将来无颜见兄弟吗？”

叶旌哈哈大笑，松手走向会场：“安心啦，我有数。”

罗姜怔怔地看向他的背影，犹豫地说：“你说他筹备了这么久，突然就被你家萤萤放了鸽子，是真看得这么开吗？”

林锦锦拄着拐杖，手机还亮着：“你不觉得这一年来，叶小哥变了好多吗？”

罗姜若有所思，喃喃道：“说起来，他真是很久没跟自己过不去了，该凶就凶，该笑就笑，正常得多了。”那个曾经总在压抑自己真实情绪的小屁孩，仿佛被留在了没有苏萤的过去。

“嗯，所以他可能真的不在乎哦，反正这件事儿也不急在今天一天。”

“你说的也是，不过，”罗姜回头，看向刚刚被送来的蛋糕车，“这个怕是用不着了吧？”

林锦锦笑得眼睛眯成一道线，招招手让他附耳，低语了几句。

罗姜顿时把娇小的女孩抱了起来：“你们这些磨人的小妖精啊！”

林锦锦又好笑又尴尬，推着他的肩膀：“你这是哪儿学来的词？”

“哪儿用错了吗？还不是你看的言情小说里的。”罗姜很是委屈。

“你干吗看我的小说！”

罗姜把小姑娘轻轻地放在地上，认真地说：“我想知道你喜欢什么样的人。”

林锦锦转身，去推蛋糕车。

罗姜跟过去，刚好听见她低低地说：“不用看了，就你这样的。”

庆功宴的流程并不长，来客除了U-OPUS的工作人员和彼此的亲友，并没有其他外人。站在舞台中央的叶旌也显得分外轻快，不知情的人压根儿看不出任何异样来，会场热闹，服务周到，宾客尽欢，就连方婆也嘬着楠都特产的米酒，赞不绝口。

到了尾声，叶旌再度登台致辞，正感谢各位到场嘉宾给予的呵护时，宴会厅的大门忽然被人推开了。

一身旗袍的苏萤风尘仆仆地站在门口，高跟鞋被她提在手中，微微喘息着，对侧头看来的众人颔首致歉。

而紧随其后的，则是扛着三脚架和相机的摄影师，同样筋疲力尽，一站定就将三脚架原地架起：“姑奶奶，离deadline（最终期限）还有十分钟，最后这组造型必须现在、立刻、马上拍！”

苏萤二话不说，把高跟鞋放在柔软的地毯上，一边低头去穿，一边说：“行，拍！”

谁知刚刚一只脚踩进去，她就被拦腰抱了起来。

“疯啦，这么多人。”苏萤压低了声音，恨不得躲起来。

叶旌目不斜视：“你才疯了，脚磨成什么样了还往高跟鞋里套？”

“我这不是为了能赶回来，喝上一杯庆功酒才这样的嘛！”

“庆功酒你可能喝不上了。”

“为什么？”宴席不是还没散场吗。

“别的酒或许可以。”叶旌抱着苏萤站上了舞台，见她赤着脚，干脆自己也踢掉板鞋，穿着袜子和她并排站着。

这多少缓解了苏萤的局促，来宾们也都善意地笑起来。

这恐怕是最不修边幅的男女主人，但，也是最养眼的一对。

“今天邀请各位亲朋到场，一方面是为了庆祝在大家的帮助下，U-OPUS 取得的阶段性成绩；另一方面，是有一件非常重要的事，希望得到大家的见证和祝福。”

台下众人顿时心知肚明，起哄与掌声此起彼伏。

苏萤笑得酒窝都浮了上来，羞赧中带着惊喜。

“有时候我真恨自己这么遵纪守法，该死的二十二岁怎么比国内航班来得都迟！”

众人笑出声。

叶旌单膝跪地，托着苏萤的手：“从现在开始的一年时间里，请问你愿不愿意领取唯一且一次性的专属称号——叶旌的未婚妻？”

苏萤轻笑：“就凭你一句话，就想用这个头衔锁住我吗？”

“因为你说赶不过来——”所以准备好的东西都临时取消了。

突然，人群自动往两边散开，罗姜推着蛋糕车走向前来。

叶旌眼睛一亮，连忙改口：“蛋糕为证！吃了蛋糕的，都是见证者。”

苏萤终于眉眼一弯：“这还差不多。”

这就满意了？一个蛋糕，她就答应求婚。围观群众表示无法理解这么漂亮的姑娘居然如此好追，可她低头去切蛋糕的模样如此恬静满足，竟真是毫不计较的模样。

叶旌目光柔和，视线一丝一毫都没有离开过苏萤的脸。

这个傻姑娘，还真的不懂得提条件。可越是如此，他心里越是柔软，恨不得将人捧在手中，护在掌心。

纵然心中有千言万语，叶旋却只是沉默地握住苏萤的手，与她一起轻轻地切开蛋糕。刀似乎遇见了阻力，苏萤疑惑地拨开蛋糕，却意外地从中抽出了一张透明薄纸。

在头顶的暖光照射下，她一下认出了这张卡片——正是叶旋二十岁生日时夹在蛋糕中，却阴错阳差被错过了的那张。

——阿萤，生日心愿只有一个，你想听吗？

这行字是旧的，字迹稍暗。

而下方，还有一行簇新的小字，带着叶旋特有的弧度：我爱你，请嫁我为妻！求你了＞0＜

那个撒娇的小卡通表情，逗得苏萤忍俊不禁，刚刚弯起嘴角，就听见身边人小声说："别动，你手上沾到奶油了。"

"哪儿？"苏萤连忙抬手查看，却被叶旋顺势托住了左手。

"这里。"

一枚精巧的戒指被稳稳地套进她的中指，萤火虫纤薄的羽翼在灯光下璀璨生辉。

她抬眼，眸光如水，带着无须诉之于口的柔情。

叶旋微笑，点头，然后心满意足地收获了来自最爱的女孩炽烈的拥抱。

——什么材质，多少克拉，哪个品牌，对苏萤来说毫无意义。

她只知道，这枚萤火戒指出自于她最钦佩的设计师，最深爱的人。

仅此，足矣。

【完】